U0024200

陳墨
藝術金庸
下

陳墨——著

陳墨 藝術金庸（下）

目錄

卷一 形象塑造論

陳墨藝術金庸 下 —— 目錄

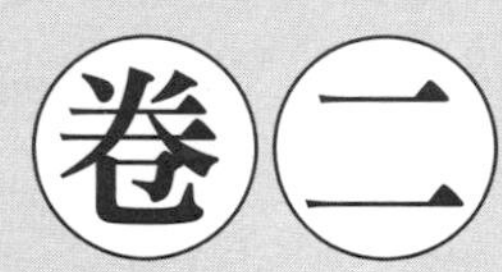

形象塑造論

第一章　文學與人物形象

我們花了大量的篇幅分析了金庸小說的敘事藝術，從這一章開始，我們將要把注意力放到金庸小說的人物形象塑造的藝術上，探討金庸小說塑造人物的原則、方法、技巧與形式。

小說的敘事只是文學的手段，它的目的在於塑造人物形象，講述人生故事，表達作者對人性的認識和抒發作者對人世的感慨。所以高爾基說：文學是人學。

一般的武俠小說，大多把主要的精力放在故事情節的編織上。一般的武俠小說作家總認為，有一個好的故事和曲折的情節就能吸引讀者。

這當然也有一定的道理，只是還不夠。故事情節只不過是小說的軀體，而人物形象則是它的靈魂。沒有生動的人物形象，就像軀體沒有靈魂，從而也就沒有真正的生命力。所以，高人雅士就拒絕將武俠小說擺上文學的廟堂。

這些武俠小說中倒也不是完全沒有人物，只不過總是幾張老臉，千人一面，而且長年不變。標準的武俠小說是描寫俠和魔的鬥爭故事，俠代表好人、英雄、道德楷模，魔代表壞人、奸雄、道德敗類。這與其說是人物形象，不如說是觀念圖解。另有一些小說倒是沒有了好與壞、俠與魔的界線，那樣卻更糟糕，原先還有紅臉與白臉之分，現在卻連「臉」都沒有了，連個圖解都不是，只是一種模糊不清的影子。武俠小說檔次不高，其根本原因就在於此。

當然也不能完全責怪武俠小說家，除了現代商業文化及一次性消費觀念與市場的影響之外，傳統文化的影響也起了很大的作用。西方哲人告誡人們要「認識你自己」，並說「認識自己，是人類最高的智慧」；而東方哲人則說「克己復禮」是最重要的，自己算個啥。西方的美術家大搞人體雕塑、人體繪畫，認為人體美是自然界中的美的極至，並規定學畫必須從人體素描開始；中國的繪畫則是山水亭臺、花鳥蟲魚，要麼就是佛像神跡、宮廷仕女，即使出現人物，那也只是作為自然風光的陪襯，而且寥寥幾筆，寫意而已。

人物形象臃腫不堪，根本上比例不對。這些當然也會影響到文學。中國是詩人之國，注意的是情與意，而不是形與象；注意的是詞和句，而不是性格與心理。敘事文學也有，要麼是忠奸之辨，要麼是昏君與明君，要麼是狐鬼豬猴，要麼是飲食男女，很少關心個人的形象、性格、心靈。談到敘事，就如魯迅先生所言，寫好人就全都是好，寫壞人則全都是壞。

說到底，還是忠與奸、明與昏、神與鬼的自然延伸或換面不換裡。中國的作者和讀者都習慣了。因為大家處於同一文化傳統背景下。

只有很少的例外，比如《紅樓夢》等。

令人高興的是，金庸的小說也是少數例外之一。

他說：「武俠小說的故事不免有過分的離奇和巧合。我一直希望做到，武功可以事實上不可能，人的性格總應當是可能的。」（《神鵰俠侶・後記》）他這樣說了，也這樣做了。

他把握了文學的妙諦，抓住了小說創作的綱。他的小說中有名有姓的人物有數千個，而形象生動、個性鮮明的人物也有數百個之多。其中，成為典型或「共名」的人物，也不下數十位。

金庸小說的讀者，只要一提起蕭峰、楊過就都會肅然起敬，提起令狐冲、張無忌，都會感到十分親切；提起小龍女、儀琳，都會產生愛意；提起石破天、韋小寶，都會有會心的微笑；提起岳不群、左冷禪，都會有陰冷刺骨感；提起陳家洛、余魚同、袁承志、胡斐、狄雲、苗人鳳、胡一刀……喀絲麗、駱冰、夏青青、袁紫衣、程靈素、戚芳、南蘭、苗若蘭、趙敏、黃蓉、小昭……我們都會有許許多多的共同的話題、聯想、爭議和熱情。

讀金庸、品金庸、說金庸，都會首先想到他的小說中的那些活靈活現、形象各異的人物，他們已經銘刻在讀者的心中，變成了我們日常生活的良伴，成了我們表述思想情感的種種共名：這傢伙是「老頑童」，那傢伙是「任我行」；她可是周芷若……。

這就對了，提起《紅樓夢》，我們首先想到的，既不是「封建社會的衰亡史」，也不是什麼「階級鬥爭的教科書」，當然也不是「吃喝玩樂，群芳夜宴」，更不是什麼「太極八卦圖的結構模式」。我們首先想到的是賈寶玉、林黛玉、薛寶釵、花襲人、晴雯、賈探春……等鮮明的人物形象。提起莎士比亞，我們便會想起哈姆雷特、奧賽羅、羅密歐與茱麗葉、李爾王、馬克白……而莎士比亞的戲劇場次及其故事情節則恐怕已經很難記起來了。誰能複述出羅曼・羅蘭的《約翰・克利斯朵夫》的故事情節和全部細節？誰能講出維克多・雨果的《悲慘世界》的情節結構和所有細節？但約翰・克利斯朵夫、冉阿讓等人物卻不會忘記。

這是一種普遍的閱讀經驗：我們會忘記小說的故事情節，我們會銘記小說的鮮明人物形象。

這一閱讀經驗不僅表明了讀者及其閱讀的深層次的需求，也揭示了敘事文學創作及其作品本身的藝術目的與本質。

金庸是根據自己的閱讀經驗，推斷出文學的這一奧秘的，他抓住了本質，從而找到了創作的目的，因而金庸的小說就有著與眾不同的風采魅力，不僅遠遠超出了武俠小說的水平線，而且完全可以與純文學的優秀作家作品相提並論而不遑多讓，因為他創造了許多難以忘懷的藝術形象。因為他寫活了許多個性鮮明的人物。

如前所述，金庸小說的故事情節是曲折的、精彩的、吸引人的，金庸小說敘事的技巧和方法是獨特的、高超的、靈活多變的，金庸小說的敘事形式與結構是龐大的、完整的、嚴謹而又灑脫的，但這些都還不是最主要的藝術成就。這些東西甚至註定是要被讀者所遺忘的。

讀者會忘記、也可以忘記，甚至應該忘記這些，但卻不會忘記、不能忘記、也不可能忘記小說中的那些人物形象。誰也難以將《天龍八部》的故事複述出來，但提起蕭峰、虛竹、段譽、慕容復、王語嫣、段延慶、葉二娘、玄慈……等這些人物，我們都會很熟悉，彷彿已成了我們生活中的熟人。這正是金庸小說的獨特的藝術魅力及其成就所在。

一、人物形象與人性

金庸是如何創造出如此眾多的鮮明生動的人物形象的？

現在，這一問題成了我們頭號關注的問題。在很多人的心目中，這一問題的核心應該是方法與技巧，然而關鍵性的實質卻不在這裡。

在分析金庸小說的人物形象，進而探討金庸塑造人物形象的方法與技巧之前，我們必須理解「功夫在詩外」這句話所包含的文學創作的根本妙諦。寫詩的功夫在詩外，寫小說的功夫也在小說之外，塑造人物形象的功夫在人物形象之外，在方法與技巧之外、之上。

要想成功地塑造生動鮮明的人物形象，首要的一點，是要對人性有深刻的瞭解，這就是在方法與技巧之外、之上的東西。任何巧妙的方法與技巧都取代不了這個，而且也離不開這個。

我們常常引用大文豪維克多・雨果的這句話：「歷史和傳奇卻有相同的目的，利用暫時的人來描繪永久的人。」（《九三年・序》）其中「暫時的人」是指作品（**包括歷史寫實作品及傳奇文學作品**）中的人物形象，而「永久的人」則是指永恆的人性。

對永恆的人性的理解和揭示，既是文學創作的目的，也是作家進行創作敘事、塑造人物形象的基礎和起點。若非對人性有深刻的洞察及豐富的瞭解，怎麼能塑造出鮮明生動的人物形象呢？

需要說明的是，在我們的觀念和理論中，有一點極容易引起誤會，那就是「典型理論」。我們把文學作品塑造人物形象的最高目標規定為塑造典型形象，進而又將典型形象定義為「典型環境中的典型人物」。這些倒沒什麼，關鍵是我們往往把典型人物簡單地理解成為一種能夠深刻的揭示時代、社會本質的東西，把文學人物當成時代社會的傳聲筒。這樣就從正確滑到了謬誤。

之所以如此，說到底還是對人本身的輕視和忽略，對人性本身的忽略。因為在這一理論思路中，找不到人性的合適位置，僅把人物當做時代與社會關係（**典型環境**）的某種表意符號。從而我們的文學創作難以真正地進入真正的藝術境地，塑造不出能夠揭示「永久的人（**性**）」的生動鮮明的人物形象來。

金庸先生對此有一段很精闢的話：「道德規範、行為準則、風俗習慣等等社會性的行為模式，經常隨著時代而改變，然而人的性格和感情，變動卻十分緩慢。三千年前的《詩經》中的歡悅、哀傷、懷念、悲苦，與今日人們的感情仍是無重大分別。我個人始終覺得，在小說中，人的性格和感情，比社會意義具有更大的重要性。」（**《神鵰俠侶・後記》**）

我們應該理解，金庸先生並不是在反其道而行之，完全忽略和否定時代、社會的意義及其對人的制約和影響，而是主張透過這種時代社會的因素，諸如道德規範、行為準則、風俗習慣等等，更深入地揭示人性的奧秘。金庸先生不是以傳奇來壓寫實，以浪漫主義否定現實主義，以人性揭示的重要性來否定時代、社會的環境描寫的必要性及其意義，而是說不要將這種變幻不定的時代因素及社會因素當成最終的目的。文學的最終目的永遠都應該是表現人性，描寫人物形象，刻畫人物性格。

在《神鵰俠侶》中，作者真實地描繪了主人公所處的時代社會的道德準則和行為規範，從而揭示了人物生存的環境，抒寫了世間禮法習俗對人心靈和行為的拘束，例如師徒不能戀愛結婚，這在當時被看成天經地義的道德準則，因而楊過與小龍女的戀愛與婚姻勢必受到社會環境的巨大壓力，甚至連郭靖也站到了楊過的對立面，致使楊過悲憤欲狂。

但小說並沒有停留在「社會批判」或「歷史文化批判」這一層次——這正是我們文學創作常用的方法——而是更深入地揭示了楊過的心理憂憤和反叛性格。這就使小說作品具有更高的藝術價值。因為它忠實地記錄了楊過在特定的社會環境中的情感受到壓抑的心靈悲苦與激憤，刻畫了他的勇敢反叛者的形象，肯定了他的情感的價值和人格的高貴。

禮法習俗都是暫時性的，時過境遷，許多天經地義的規矩習俗會被後人看作是毫無意義或不可理解。師徒不能結婚的觀念，在現代人心目中根本不存在，倘若作者僅停留在反映那時代、那社會的本質這一層次，那麼這部小說的價值就要小得多了。

小說《書劍恩仇錄》的藝術價值，在於它刻畫了陳家洛、乾隆等人的個性形象，進而在於它通過陳家洛、乾隆等人的形象揭示了人性的某種隱秘。而對人性的深刻理解，又正是小說刻畫乾隆、陳家洛的形象的思想藝術基礎。

小說中的陳家洛是作者虛構的，乾隆與陳家洛的關係也是虛構的，但這兩個人物身上反映出來的人性特徵卻是真實的和深刻的。在這部作品中，乾隆被寫成是漢人陳世倌（**即陳家洛之父**）的兒子，即陳家洛的同胞哥哥，這是作者依據他家鄉的傳說而虛構的。我們知道這不符合歷史真實。歷史上的乾隆是貨真價實的滿族後裔、雍正之子。但這一虛構並不因其與歷史真實不符而失去它的藝術價值。

它的價值在於將乾隆放到一種假定情境中進行人性試驗：當一個滿清皇帝（**可以是乾隆，也可以是其他的皇帝**）忽然有一天發現自己的身世隱密，知道自己是漢人大臣的兒子而不是滿清皇族的後裔，知道自己是由一種機緣而「竊居皇位」，發現他的生身之父曾經每日向自己跪拜……那會是怎樣一種表現呢？

小說中真實地展現了這一人物的複雜的內心世界及其艱難矛盾的自我抉擇。小說中寫出了他的驚，他的怕，他想搞清楚又要殺人滅口，他既想保住秘密從而保住王位，又想對生身之父母表示孝道及內心的歉疚，他的內心受著煎熬而又表面上若無其事……陳家洛的出現，使他更進一步走入進退維谷、矛盾重重之地。

他一見陳家洛就產生一種親近之感，不料陳家洛卻是反清幫會的總舵主；陳家洛是他的親兄弟，卻又是他的對頭；陳家洛軟硬兼施，非但不聽他勸去當清朝的大臣將軍，反而要他改換朝服、反清復明，他不能按陳家洛說的去做，但又不願殺掉自己兄弟；陳家洛將他抓進六和塔使他惱羞成怒，但「反清復明的開國皇帝」的前程又使他心動；他答應了陳家洛固然是因為身為囚犯不得已而為之，同時也有感於兄弟之情更兼好大喜功的虛榮……

最後，他要陳家洛將香香公主喀絲麗貢獻給他，一方面固是風流好色，另一方面也是內心對大事猶豫不決，因而借討價還價來平衡自己的心態。最終，兄弟的親情並沒有戰勝他的穩保王位的個人動機，道義的召喚更沒有使他能夠甘願冒一絲失去王位的風險；失去喀絲麗的羞怒更使他當開國皇帝的虛榮心化為烏有。

在《書劍恩仇錄》中，乾隆的形象是非常生動的，他的心理矛盾和個性特色也在書中得到了合情合理的展示。作者寫這樣一個人物，並不是要對歷史上的乾隆進行論析，而是要借這種虛構的假定情境對人性的特徵進行探索，是要塑造一種獨特的人物（皇帝）的個性，從而表現人性的某個側面。若非作者對人性有自己獨到的理解，是絕難塑造出這樣一種生動的個性形象的。

其他作品中的其他的人物形象的塑造也是一樣，也是對人性的生動的表現，也是作者洞察人性和人類情感的智慧的展示。

在《陳墨人物金庸》一書中，筆者已對金庸的「人學」觀念及其表現人性的成就進行了具體的分析。在這裡就不用再舉例說明了。我們只需記住小說家對人性的瞭解、理解、把握，對於他的創作、敘事及塑造人物形象是至關重要的。若非如此，就不可能是一位好的小說家。

在這一點上，小說家和詩人是不同的。詩人要表達的是自我，而小說家除了要表現自我之外，還需描繪他人的個性形象。詩人需要更多的激情，而小說家則需要更多的智慧，用以瞭解人性和表現人性。詩人感受世界的方式可以是萬物我感，即重在我感，而小說家則是我感萬物，即重在萬物，其中最主要的當然是人了。詩人可以閉目內省自己的心靈深處，而小說家則要努力睜大自己的眼睛發現其他人的靈魂。詩人更接近音樂，而小說家則更接近繪畫。因而小說家必須更加接近、瞭解和把握客觀世界，而不能像詩人那樣可以在純粹的主觀世界中歌吟。

人性是一種什麼樣的東西呢？換句話說，人是一種什麼樣的東西呢？

這個問題自有史以來大概就開始困擾人類，至今仍然是正在進行時。有些人以為已經找到了或發現了最終的答案，其實那只不過是他以為的答案而已，那只是一種自以為是的答案，其中固然可能包含部分的真理，但更可能包含許多謬誤、雜質或廢話。

現代的哲學家已沒有古典哲學家那麼自信了，他們絕不會再說自己發現了世界的終極真理，不會說人性的秘密已經被自己找到，而是認識到了人類的科學和哲學的發展過程，只是無數的猜想和反駁組成的，是由無數的規範——危機——突破

——新規範——新危機……的鏈條環節組成的，每位哲學家所發現的所謂「真理」，其實都只不過是在特定時空、特定環境中的一種特定的「意見」，而真正的真理則是所有的、無數的意見的總和。而這種總和又是什麼呢？只有上帝知道，可是上帝已經死了。絕對精神也已被懷疑，所以人類註定要為「人是什麼」及「人性是什麼」而永遠困擾。

不過，人類的探索並非徒勞，人類在困擾之中不斷地前進，不斷地擺脫舊的困擾，解決舊的問題，形成新的規範，爾後面對新的問題和新的困擾。

人既是天使，又是魔鬼，人類早已發現了自身的二重性：理性與本能、欲望與克制、私心與公德、自我與非我、現實之我與理想之我、意識與潛意識……這樣，幾乎可以無限地排列下去，以至於任何電腦都無法計算出有多少種排列與組合的方式，不同的時代，不同的社會，不同的民族，不同的文化背景，不同的階級，不同的教養乃至不同的境遇、在不同的環境中、不同的對象面前……人就會有不同的排列組合方式，有不同的個性表現。

人性固然是指人類的共性，然而人類的共性則又是人類的每一個人的個性表現的總和。人類共性並不是從抽象的邏輯推斷中可以得到的，也不是從教科書中可以查到——能夠查到的東西都是過去時，且只不過是一種意見。每一位對此有興趣的人都必須在學習、思考之外修習觀察、體驗、反省、感受、覺悟等課目，必須面對活生生的人類世界及這一世界中的具體的個人，才能找到自己的答案。而每一位哲學家、藝術家都把各人自己的答案以自己的形式表現出來，或抽象概括，或形象表現或直截了當，或含蓄、隱喻或象徵……這樣便使今日之人類對「人是什麼」有了新的、進一步的瞭解。

人類既有共性又有個性，共性寓於個性之中，而每一種個性又都只是人類共性的某一層次、某一側面、某一角度的表現。所以認識人性的過程是無窮盡的。對每個人來說，永遠都只能是相對的。正如數之無窮，一是相對的少，一萬也是相對的多或少。數無窮，數的變化更是無窮，人對自己的認識也是這樣的。人類有人類的潛意識，這種潛意識的一部分會在「藝術之夢」中展示出來，優秀的藝術家，正是人類的藝術之夢的製造者。要製造這種表達人類的潛意識的夢境，他必須瞭解人類的特性，必須能夠進入這種人類的潛意識，並且能夠反映或表現這種潛意識。

還是讓我們進入具體的、形象的世界吧。以上所述，是論證人性與人物形象的關係。金庸之所以能夠創造出自己的人物形象的繽紛世界，並不是僅靠方法與技巧就能達到的，儘管方法與技巧也是不可缺少的。在進行方法與技巧的分析之前，我想重申的只有一句話，就是每一個人物形象都是人類共性的表現，而要塑造好個性形象，則必須洞察人性，至少是在自己的角度、自己的層次上這樣做。

關於金庸對人性的洞察，我都寫進了《陳墨人物金庸》（**風雲時代出版**）一書中，有興趣的讀者不妨看一看那本書。沒興趣的讀者就同我們一起進入對其形象世界的考察吧。

二、人物形象的含義與種類

小說中的人物形象，這個片語好像大家都明白，是約定俗成的一種說法，沒什麼不好理解的。實際上，人物形象的含義是相當豐富而又複雜的，人物形象的種類也有很多。這倒不是指不同個性的人物形象的種類很多，而是指人物形象在小說中的表現形式有很多。

我們要討論金庸小說人物形象塑造的方法與技巧，首先必須分清金庸小說中的人物形象的不同的表現形式，因為不同的表現形式就有不同的表現方法和技巧。好比繪畫中的人物形象，其實也有很多的表現形式，有正面的，有側面的：有頭像、胸像、全身像；有盛裝的、便服的，裸體的；有寫實的形式，也有寫意的形式；有個體的，有群體的；有具象的，也有抽象的……若我們不分清形式，僅是去談「人物畫的方法」，那就弄不清了。

小說中的人物形象的形式也是如此，甚至比繪畫還要複雜得多。因為小說中的人物形象主要的並不是一種形象——小說作家花再大的功夫去描繪人物的形和象都是徒勞的。人物長得什麼樣子，總是模糊的，至多只有一種大概的印象，這遠不像是看畫、看照片、看電影或電視。所以說「有一千個讀者，就有一千個林黛玉的形象」。

我們都只知道林黛玉長得很美，略有病態，但怎麼個美法，到底是什麼樣子，這都要讀者去想像。小說中的人物形象，更主要的是一種人物的內在的東西，比如個性、氣質、情態、心理、脾氣……等等，這是小說的拿手好戲，也正是小說優於其他藝術的特長。然而，人物形象到底指的是什麼呢？是長相？是個性？是性格？是情態？是心態？還是這一切的總和？

我們寧願將人物形象看成是這一切的總和，即包括人物的外在的形象，也包括人物的內在的世界。這樣，人物形象的含義就算是弄清楚了，但卻並不能解決問題，因為小說中的人物形象的具體的表現形式又是各不相同的，也就是說，作者對其作品中的人物形象的描繪並不都是完整的既有外在形象又有內在世界，而是隨機應變，花樣翻新的。有些固然是很全面地描繪人物的形象、個性、情態乃至他的夢境與潛意識領域，有些則僅僅三言兩語，只表現人物的一個面。

試就金庸小說中人物形象的各種各樣的具體情況及其具體的表現形式進行探究，可以從以下幾個方面研討。

（一）主要人物、次要人物、配角

一部小說作品中總有很多的人物。其中又勢必要分為主要人物、次要人物、配角及「跑龍套的」等不同級別，實際上還可以分得更細，如拳擊賽、舉重賽那樣按照「公斤級」來分。就算只分為主、次、配、龍套這幾個級別吧，人物形象的表現形式就大不一樣。

這一點是我們很容易忽視的。我們在提及作品的人物形象時，往往百分之八十是指作品的主要人物形象，至多還有百分之二十包括次要人物形象，至於再次要的、配角以及跑龍套的就不去提了。這種做法當然也有一定的道理，因為作者對主要人物及部分次要人物傾注了更多的心血，作者、評論家、讀者都未必要講什麼眾生平等的，在人物形象表現上，主要人物所花的篇幅自然要比其他任何人的篇幅都大得多，因而表現人物性格時就從容得多、精心得多，對人物的內在世界的披露與展示的面或層次要多得多、深得多。比如主要人物可以在小說的情節展開的過程中去同時展開他的性格，金庸的許多小說就正是這麼做的。

而次要人物就沒有那麼幸運了。他們只是偶爾被提到，因而要想描繪他們的形象，就必須另想其他的招術。至於配角及「龍套」，就更是召之即來、來之能戰、戰之即走，這樣，要想將他們的印象留給讀者，當然又要想出更有效的速成方法。

我們之所以這樣講，是因為真正優秀的作家、作品中，儘管有主、次、配之分，但其中的人物形象卻仍是各有特色、層次分明的。也就是說，大家的大作中，由主、次、配、龍套等不同的層次的人物形象，形成了一個完整而有精美的人物形象系列，或人物畫廊。我們沒有理由忽視其中的配角及其配角的配角、乃至於跑龍套的。北京人藝有一句名言：「只有小演員，沒有小角色。」意思是說每一個角色，不論其主次配還是跑龍套的，都可以出戲，都必須出戲。因而我們看北京人藝的戲，每一個角色都不可忽視。每一個人物形象都有他們的特點和意思。在優秀的作家作品中，情形也正是這樣。

金庸的小說就正是這樣。許多很不起眼的小角色都有戲，而且是值得我們玩味的大戲。比如我們在《天龍八部》中，看到少林寺中有一位灰衣和尚，連名號都沒有，少林寺中的大和尚都不認識他，只不過是寺中管管打掃衛生的小角色。不料在慕容氏父子、蕭遠山父子及鳩摩智等人跑進少林寺藏經閣之後，這一人物的形象便大放異彩，相信給每一位讀者都留下了深刻的印象。提起「灰衣和尚」，還有誰不佩服？他的形象甚至超過了少林寺方丈玄慈大師，只是他依然是一個小角色。

再如少林寺中管菜園的一個和尚，叫緣根——這一人物恐怕一般的讀者都不會有印象，他是一個道道地地的跑龍套的——他對虛竹的前倨後恭的表現就十分出戲。對此，我們在《陳墨人物金庸》中專門做了分析，不提。

小說《笑傲江湖》的一開頭，是福威鏢局的少鏢頭林平之帶領幾位鏢頭和趟子手到郊外打獵，獵罷到路邊的一個酒家喝酒，與人發生爭執並打了起來。林平之不小心殺了一個姓余的川西漢子（**他是青城派掌門余滄海的小兒子**），林平之生平第一次殺人，不免心慌，況且這還是城郊路邊上。這時，有一位姓史的鏢頭和一位姓鄭的鏢頭各對酒店的小老闆薩老頭（**實際上是勞德諾假扮的**）說了一段話，很有意思。

小說中的情形是這樣的：

……史鏢頭低聲道：「少鏢頭，身邊有銀子沒有？」林平之忙道：「有，有，有！」將懷中帶著的二十幾兩碎銀子都掏了出來。

史鏢頭伸手接過，走進酒店，放在桌上，向薩老頭道：「薩老頭，這外路人調戲你家姑娘，我家少鏢頭仗義相助，迫於無奈，這才殺了他。大家都是親眼瞧見的。這件事由你身上而起，倘若鬧了出來，誰都脫不了干係。這些銀子你先使著，大夥兒先將屍體埋了，再慢慢兒想法子遮掩。」

薩老頭道：「是！是！是！」

鄭鏢頭道：「咱們福威鏢局在外走鏢，殺幾個綠林盜賊，當真稀鬆平常。這兩隻川耗子，鬼頭鬼腦的，我瞧不是江洋大盜，便是採花大賊，多半是到

> 福州府來做案的。咱們少鏢頭招子明亮，才把這大盜料理了，保得福州府一方平安，本可到官府領賞。只是少鏢頭怕麻煩，不圖這個虛名。老頭兒，你這張嘴可得緊些，漏了口風出來，我們便說這兩個大盜是你勾引來的，你開酒店是假，做眼線是真。聽你口音，半點也不像本地人。否則為什麼這二人遲不來，早不來，你一開酒店便來，天下的事情哪有這門子巧法？」
>
> 薩老頭只道：「不敢說，不敢說！」（第一回）

上述這史、鄭二位鏢頭在小說中就只出場這麼一次，然後就被害死了，連個名字也沒交代，但他倆的這段話卻是把他們的性格形象都透露出來了。

這兩位鏢頭慣走江湖，處變不驚，而且善於仗勢欺人，糊弄百姓。明明是要求酒店老闆不要告密，但兩人的說法卻不是這樣。史鏢頭心細也圓滑，向林平之要了二十幾兩銀子給了薩老頭，利誘之後又稍加威脅，說是林平之殺人是因酒家而起的，告訴人大家都脫不了干係。而那位鄭鏢頭則沒有那麼客氣了，他的手段是嚇先上綱上線，把被殺的人說成是大盜，又聯繫上酒家，說他們是眼線，試想若真是老實的百姓，聽了這兩位鏢頭的話，還敢將殺人的事說出去麼？作者寥寥幾筆，讓人物各說一段話，便把他們的形象畫了出來。

這就是說，在金庸的小說中，主要人物有主要人物的戲，次要人物有次要人物的戲，配角有配角的戲，各自地位不同，受到重視的程度及表現的機會不同，但卻又都有自己鮮明的形象和生動的個性表現，因而我們沒有理由忽視那些小人物。金庸是將大、小、主、次不同的人物組成了一個完整的藝術世界，離開了主要人物，作品固不成立；而離開了次要人物，作品亦將留下一塊漏白。

當然，主要人物、次要人物及配角和其他類型的小人物、小角色在小說中的表現形式是不同的。因而作家描繪他們的形象的方法和技巧也是不同的。

（二）典型、個性、類型

小說作品的人物不僅有地位主次的不同，而且還有形象性質方面的不同，如人物形象有典型形象、類型形象、個性形象之分。

若說小說中的主要人物、次要人物及配角的地位不同是作品的客觀需要，那麼類型人物、典型人物、個性人物的不同，則是作家主觀審美目標的體現，同時也是讀者的期望值的不同的表現。

一般說來，類型人物比較簡單，也比較容易理解和接受。在武俠小說創作中，類型人物是必不可少的。因為武俠小說必須有武又有俠，而有俠就必須有邪、有魔、有壞蛋與之相對。這就產生了武俠小說的人物形象的基本類型；好人與壞人，善與惡、俠與邪魔、英雄與壞蛋等。武俠小說若是沒有這樣兩種類型的人物，反倒變得不可思議，不可理解了。

進而，根據人物武功的高低，又有高手與低手之分。好人中有高手與低手，壞人中當然也有。這一類型在金庸的小說中更受重視。

還有更重要的類型，是人物的性格類型，好人中有各種各樣的性格，壞人中也有各種各樣的性格。有人比較外向，有人比較內向、外向的人喜歡表現自己，喜歡說話，極端的例子如《笑傲江湖》中的「桃谷六仙」，這幾位人物一出現就爭吵不休，各人卻自以為是，以別人為非，搞得人耳朵起繭。

內向的人不大喜歡表現自己，不喜歡說話，極端的例子是《倚天屠龍記》中的「鐵冠道人」冷謙，此人惜言如金，輕易難得開口，開口能少說一個字就決不多一個字，他是周顛的好朋友，周顛要隨新教主張無忌出海去迎接金毛獅王謝遜，臨別之際，各人都有許多話，唯有這位冷謙只對周顛說了六個字「小心，怪魚，吃你！」意思是海中風急浪大，有吃人的鯊魚，你要注意，不要掉下海去，讓鯊魚吃了。

人物的性格類型當然還可以細分為各種各樣的形式，比如活潑的、單純的、急躁的、豪邁的、殘忍的、卑鄙的、溜鬚拍馬的、剛正不阿的、自高自大的……等等。

一般的武俠小說中有的類型形象，在金庸的小說中都有。金庸小說中的人物類型更多、更豐富、更細、更生動。與一般的意見相反，我不認為類型形象都是低級的、不可取的，我認為對武俠小說創作而言，類型形象是不可少的，而且也可以變低級為高級，變不可取為可取。金庸就是這麼做的。

一般的武俠小說中有好人與壞人之分，金庸的小說中也有。所不同的只是其他人的小說中往往寫好人處處是好，好到了極致，好得不可思議，以至於變成了虛幻的理想人格的化身，而且千篇一律，相互雷同。寫壞人則壞得頭頂生瘡、腳底流膿，而又壞得毫無道理，成了萬惡集於一身的敗類，同樣也千篇一律，沒有差異。

金庸小說中就不是這樣，好人不全是好，壞人不全是壞，而且好與壞都有各自的依據和理由。更值得讚賞的是好人與好人之間又不相同，有不同的好法；壞人與壞人之間也不相同，各有各的壞法，如此，讀起來決無雷同重複之感，這就是金庸小說的成就。進而，在對人物的性格類型的描繪中，作者更是花樣百出，千變萬化，使人賞心悅目。

實際上，金庸小說的人物形象，常在人物形象的類型與個性之間大作文章。這恐怕是金庸小說創作的一項絕技。有許多人物。你以為他屬於某一種類型，卻又不能完全以類型模式來概括，即他的個性又很突出：而若說是一種個性形象，卻又分明有一種類型的痕跡。

也許真正的個性形象，其實都是一定的類型與特殊的性格兩相結合的產物。

金庸筆下的絕大部分主要人物形象都屬於這樣一類。進而甚至可以擴人到許多次要人物（**主要人物與次要人物的分界是模糊的**）。例如《書劍恩仇錄》中的香香公主喀絲麗，是一個美麗而又單純的少女，《笑傲江湖》中的儀琳也是一個美麗而單純的少女，她們倆都算不上是小說中的主要人物，她們倆除了身分不同之外，在性格上有許多類似之處，像是同一類型的形象，她們的美麗、清純、質潔、善良、癡情、溫柔……等等都是一樣的。

但她們之間也有明顯的不同。喀絲麗顯得更為主動、執著、決絕，而儀琳則更多的猶豫、被動、具有忍耐精神。這就是她們的個性的不同了。因為喀絲麗是少數民族，又在自由的草原上長大，且受到父兄的寵愛，所以她單純善良美麗溫柔但並不軟弱，而儀琳則出身於尼姑庵，從小念佛受戒，勢必使她受到與眾不同的精神束縛。她們的不同個性是有其環境依據的。因此，這兩位形象類似而又個性不同的少女的悲劇便顯示出了不同的意義，她們都是愛而不得其所愛的悲劇人物。且都富有犧牲精神，但喀絲麗的悲劇使人起敬，而儀琳的悲劇則只能使人愴然泣下。

金庸的與眾不同之處，當然在於他在小說中塑造了許多生動鮮明的個性形象。

至於典型形象，本來與金庸的小說關係不大。因為「典型理論」乃是「革命現實主義」的著名理論，金庸小說顯然不屬於這一流派。所以與此毫無關係。典型理論的藝術是要「塑造典型環境中的典型人物」，而所謂「典型環境」則又是指某種能夠反映時代、社會本質的環境，因此，所謂典型人物也就必須是能夠反映某種時代、社會本質及能概括某一階級的精神實質的人物形象。如果這樣講，當然與金庸扯不上關係。

但我們若把典型理解為具有共名意義的人物形象，即既具有生動的個性而又具有高度的概括性和代表性的人物形象，那麼、金庸的小說中就可以找到這種典型。例如郭靖這樣的俠之大者，蕭峰這樣的英雄豪傑，岳不群這樣的虛偽政客、左冷禪這樣的霸道人物，韋小寶這樣的人精，令狐冲這樣的浪子，當然還有段譽這樣的癡情人、霍青桐這樣的女強人……等等。在金庸的小說中，我們至少可以舉出近百位這樣具有突出的個性而又具有豐富的內涵和深刻的典型意義的人物形象來。

郭靖、蕭峰、令狐冲、韋小寶……這樣的人物可不可以稱為典型人物？這至少可以討論。他們所處的雖然不是現實主義文學理論所要求的真實而又典型的環境，而是處於一種傳奇式的假定情境之中，他們雖然不一定能具體反映某一時代、社會的本質，而是反映了人性的某種理想或本質，但是，依我看來，他們的意義更大、價值更豐富，成就更高。

他們更廣泛地也更深刻地概括了、表現了人類的某種本性，同時，他們也更精練地、更純粹地表現了中國傳統文化及其民族血緣的某種本質。因而，我以為他們是完全可以稱之為典型形象的。這些典型形象的塑造，代表了金庸小說創作的最高藝術成就。

（三）圓型人物、扁平人物、線條人物

有一位西方文學理論家，將文學作品中的人物形象分作兩類，一類是「圓型人物」，意思是性格比較豐滿的人物形象，相當於立體人物，我們可以看到他的各個側面，另一類是「扁平人物」，意思是性格比較單純、單一的人物形象，作者只寫了他的某一特殊的側面，而對其他的面則沒有涉及，相當於平面人物，若寫正面而沒有背面，若寫左側而沒有右側。

在這二者之外，我又加上了一種，叫做線條人物，意思是比扁平人物更加粗略簡單，連一個完整的面都沒有，而只由幾條線或一些點與線勾勒而成。

以上三種人物形象都是可以出性格的。

圓型人物：如陳家洛、胡斐、楊過……等等，金庸小說的主人公差不多都可以列入這一類。

扁平人物：如《書劍恩仇錄》中的無塵道長、趙半山、徐天宏，《碧血劍》中的木桑道長、黃真、穆人清、溫氏五老、梅劍和……等，其他作品不必再舉。

線條人物：那是些更次要的人物，例如前面提到過的《笑傲江湖》中的史鏢頭、鄭鏢頭、桃谷六仙，以及《天龍八部》中的緣根……等等，寥寥幾筆一帶而

過，說簡單它又表現了某種性格，說有個性卻又不完整，好似一張臉只畫了一眉一眼或一隻耳朵什麼的，並沒畫全。

從上面的舉例中可以看出，圓型人物、扁平人物、線條人物基本上可以與小說的主要人物、次要人物及配角、龍套相對應。甚至也可以與上一節的典型人物、個性人物、類型人物大致相對應（**當然不是嚴格的對應**）。那麼，我們提出圓型人物、扁平人物與線條人物的意義是什麼呢？

就在於從此開始進入了方法論的考察。圓型人物、扁平人物、線條人物既是小說中的三種不同的形象類型，同時也是作家描繪人物形象的三種不同的方法。

圓型人物即立體人物、性格豐滿的人物形象，這需要運用類似雕塑的方法，而且要精雕細琢，以便能展現人物形象的各個方面，不僅有正面而且有背面，不僅有這一側面而且有那一側面。當然小說中的雕塑方法更加複雜也更加特殊。真正的圓型人物並不在於作品對他的形和象的準確把握，而在於對他的性格、氣質、情感及心理世界的各方面都有所展示，使人看到一種立體的圓型效果。

小說中常用的表現方法，是通過情節的發展來展開人物的個性及其內心世界。之所以圓型人物往往可以與小說的主要人物對應，那是因為小說的敘述是圍繞主人公的形象展開的，小說的故事情節是為表現主人公服務的，主人公占了小說的主要篇幅，從而可以由情節的發展來自然地展露主人公的性格的不同側面。

主人公面臨不同的環境及不同的事件和人物，有著不同的態度、言語、行為及其心理表現，而這些不同的態度心理及言行舉止就自然地展露了人物性格的不同的側面或不同的層次。例如《書劍恩仇錄》中的陳家洛，面對他師父是那麼恭敬，面對紅花會群雄是那麼謙遜，面對周仲英是那麼細緻，面對霍青桐是那麼情不自禁而又要裝腔做勢，面對喀絲麗更是那麼不由自主而最後又決意割捨，面對乾隆是那麼親近而又不忘大義，這都表現了他的性格。

大致上說，他面對朋友和面對敵人的態度，代表了他的性格的不同側面，而面對事業和面對愛情的矛盾衝突則表現了他的心理的不同層次。如是，這一人物就成了圓型人物，有很多的側面和層次，但又完整統一。他是一位年輕而又忐大，要面子而又內心脆弱，能文能武但又有點心理隱痛和痼疾，瀟灑英俊而又有些矯情做作的英雄人物。

相對而言，小說中的一些相對次要的人物就沒有那麼好的待遇了，他們的故事不可能在小說中展開，他們的性格也就不可能得到立體的塑造，再加上有些人物的個性本身就比較單純質樸一些，所以作者就自然而然地抓住其主要的一面加以渲染和創作，從而形成其扁平的形象。

例如《書劍恩仇錄》中的無塵道長，雖然在紅花會中坐第二把交椅，但在小說敘事中的重要性卻比陳家洛相差太遠，甚至遠不如余魚同等人。所以作者只突出了無塵道長的熱情如火的這一面，此人心直口快劍更快，愛武愛劍愛俠義勝於熱愛自己的生命。最能表現他的這種性格的有兩件事，一是他年輕時因女友的一句話說他不肯為她犧牲，就斬下了自己的一條臂膀給她，若非性烈如火，決計不會上此大當。

再一件事是遇著胡斐（這已在《飛狐外傳》中了）的刀法好，就與他一氣拼鬥了幾百回合並大呼「痛快」……《書劍恩仇錄》中的其他紅花會中的英雄人物也是這樣，如趙半山心慈面軟，得饒人處且饒人；余魚同自視甚高因而想入非非；徐天宏智計豐富；章進十分偏激甚至有些怪僻，他是駝子，有殘疾，因而格外的敏感、自卑而又自尊，所以性格就怪怪的。

紅花還要綠葉扶。紅花會中的群雄不可能都是紅花，真正的紅花只有陳家洛一人，而其他人都只能是他的綠葉。倘若沒有這些綠葉，陳家洛這朵紅花也就無處安身了，且一花獨放，也沒多大的意思。

一般的作家對小說中的跑龍套一類的人物大多不加重視，至多是給他們取一個名字而已，有些甚至連名字也沒有，用到他時就以甲、乙、丙或黑灰、短衫之類呼之，彷彿他們是物。不用他們時自然就更不必提起了。而金庸的小說卻不完全是這樣，許多只出場一次的人物也被作者三筆兩畫地勾勒出一個形象、寫出一點個性，充分表現一位小說藝術大師的細緻、周到和藝術才能。

這樣的人物我們稱之為線條人物。雖然簡單，卻也有人形。前面我們已經舉過這方面的例子，這裡再舉一個。《碧血劍》中的崔希敏生性莽撞，到溫家來討還金條，也不看看堂中的情況，見金條在地上，埋頭就撿，結果被人踢了屁股。與溫南陽打架，勇於進攻，卻疏於防禦，安小慧後來問他為什麼不閃避，他說「躲什麼，一躲就打不中他了！」這一言一行、一舉一動之間，人物的個性形象就被勾勒了出來。當然這只是一個簡單的線條，談不上個性豐滿，甚至也談不上完整的一面。

還有一個人物叫呂七，被龍游幫幫主榮彩請來，也是想奪金條，此人因武功較好，在地方上少逢對手，便老氣橫秋、傲慢無禮，眼睛向天。袁承志問他是否姓呂，只見「呂七先生吐一口煙，筆直向袁承志臉上噴去，又吸了一口，跟著兩條白蛇般的濃煙從鼻孔中射出，凝聚了片刻不散。……只見呂七先生將旱煙袋在磚地上篤篤地敲了一陣，敲去煙灰，又裝上煙絲。」（第六回）

這一細節就足以看出此人的狂妄自大。在金庸的小說中，像這樣的線條人物俯拾即是，在數量上比前二種人物要多得多。只是一般的讀者很少在意，如此簡單的線條人物形象，恰恰是作者的高超的藝術功力的表現。要用幾十萬字的篇幅寫一個人不難，而要用幾百字乃至幾十個字來寫一個人物、寫活一個人物卻不是那麼容易了。更何況別的作家不注意的人物，金庸照樣認真勾勒，如此就更說明金庸小說的藝術成就的非凡。

（四）寫實、寫意、變形

在金庸小說的人物畫廊中，不僅有寫實的人物形象，即一般的符合現實主義文學規範的人物形象，如陳家洛、余魚同、袁承志、夏青青……等等，他們的形象、個性及其心理，都像真實的人一樣，完全可以理解。此外，還有寫意人物形象和變形人物形象。

寫意的人物形象不難理解，因為武俠小說屬於傳奇文學，有強烈的浪漫精神和廣闊的自由創造的藝術空間，其中人物所經歷的情境往往是現實世界中不大可能發生的，因而他們在小說中的許多表現也往往出乎人們的意料之外，看起來是不大可能的。即不大像，或者說是形不似。

這麼說吧，就像繪畫中有寫實，也有寫意，比如漫畫，就將人物的某一特徵誇張突出到比例失調的地步，看起來不像正常的人，然而仔細地看又覺得神似，是另一層次的似。所謂寫意人物，則是指這種以神似為主的人物形象，即經過作者的藝術誇張及自由加工的人物形象。例如《射鵰英雄傳》中的東邪、西毒、南帝、北丐、老頑童等等，多屬於這一類，甚至小說的主人公郭靖之笨、黃蓉之聰明，也都是經過作者的藝術誇張的，取其神似。

不然的話，一般的——習慣於寫實人物形象及其傳統現實主義文學流規範的

——讀者不禁要問：郭靖既然那麼笨，又怎麼可能練成蓋世武功？他甚至不大識字，又怎能搞通《九陰真經》？又問：黃蓉再聰明，也不過是一個十五六歲的少女，怎麼可能連「辛未狀元」朱子柳都不是她的對手？怎麼可能在江湖中流浪而毫無風險……等等。《神鵰俠侶》中的小龍女與楊過的形象就更有疑問，小龍女（**還有李莫愁**）幾乎不像是生活中的人，楊過只剩下一隻獨臂，又怎麼可能練成比身體健全的人更高深的武功？這些人物的個性都只能從寫意角度去理解，因為他們是「傳奇人物」，所以難以在形似上較真。

作者的獨特的藝術功力在於，能將這樣一些經過誇張的奇人的個性——在傳奇的假定情境中——寫得入情入理，使人心服口服。以神似為主，輔之以形似（**至少有部分的形似**），反而比那些純粹的寫實形象有更深刻的意義、更豐富的內涵和更大的藝術魅力。

金庸的小說越寫越奇，人物形象也就越寫越「邪」，不僅從寫實走到了寫意，進而還從寫意走到了變形，出現了越來越多的變形人物形象。

這種變形的人物形象的特點，是使人覺得不可思議，感到荒誕，完全不像正常的人物，像是西方現代派文學流作品中的人物。如表現主義、荒誕派、黑色幽默等等文學流派中的作品的人物。這些人物半瘋半狂，不可以常理度之。離開作品的情境就難以理解。當然在作品的特定情境中卻是可以理解的。

變形形象的特點，就是極度的誇張並抽掉人物的理性自控系統——人類的正常與非正常的區別，就在於其有無理性自控系統——即抽掉人物的意識層次，表現人物的非理性、潛意識中的東西。表現人物的某種心態或情態，並且將此中心態或情態誇張地顯示出來，看起來當然就變了形了。

例如《倚天屠龍記》中的金毛獅王謝遜，出場伊始就是一個變形人物。此人連長相都與常人不同，一頭金髮，面如雄獅，他的一聲大喝居然將人震得神志昏迷。殺人如割草，而且罵天罵地，彷彿人世間的一切都是他的仇敵。他完全失去了理性似的，處於一種瘋狂的仇恨與憤慨狀態之中，使人毛骨悚然。

自此以後，金庸小說中的變形人物越來越多，小說《天龍八部》、《笑傲江湖》中尤其多，如「四大惡人」，灰衣僧人以及東方不敗、平一指、桃谷六仙……等等。

其實，小說《碧血劍》中就第一次出現了變形人物，即五毒教中的何紅藥。她是前教主的妹妹，因為私情而犯了教規，被推下蛇窟，讓蛇咬得一張美臉成了滿面疤痕的麻皮，從此以後，她的性情大變，性格與心理更是大變，不僅有被處罰的痛苦、驚嚇，更有對情郎背叛的憤怒、仇恨、悲傷和無法消除的愛戀，不僅有蛇咬的刺激，更有三十年被迫行乞的苦難的磨礪、侮辱……這一切都使她的心靈和個性嚴重地被扭曲。使她的心理和情感都嚴重地變態了。

一般說來，變形人物在金庸的小說中多半是性格被扭曲，心理變態的人物。這種人物形象的審美意義是不容輕視的。我們可以從何紅藥的形象中，看到女性被侮辱與背叛之後的心靈扭曲的殘酷程度，可以從謝遜的形象中看到被欺騙、被仇恨扭曲的心態與精神是何等的可怖。用常規的表現方式是無法將這種心靈的變態恰如其分地表現出來的。另一方面，我們又從康敏、鳩摩智、慕容博、蕭遠山等人物形象中，看到人類的欲望在失去理性的控制之後，將是怎樣的一種可惡、可怕的巨大力量，將自己及自己的同類推向罪惡與苦難的深淵。從某種意義上講，這種變形，正是真相的最好的顯示方法。

值得注意的是，在金庸的小說中，寫實與寫意、寫意與變形之間的界限並不是那麼分明。也就是說，金庸未必是用一種方法來刻畫一個人物形象，更不是用一種方法來寫一部書中的所有的人物形象。在一部小說中，有寫實，也有寫意，甚至也有變形。進而，在同一人物形象中也可能運用兩種方法來寫，例如岳不群的形象，一開始是寫實的，再後來是寫意，最後（**當他練成了辟邪劍法之後**）又是變形：他變得不可理喻了。而上面提到的謝遜的形象則相反，一開始是變形，後來卻開始寫意，再後來甚至還夾雜一部分寫實的成分，當然是以變形與寫意為主。

究竟使用什麼樣的方法，當然要視情況而定。比如《書劍恩仇錄》中的香香公主喀絲麗很美，美到什麼程度？用寫實的筆法簡直無法形容，於是作者便想出了一招寫意之法。讓喀絲麗和陳家洛走過清兵的陣前，那些清兵見到喀絲麗的美貌和安詳，紛紛抛下刀槍，目瞪口呆，甚至連大將軍也莫名其妙地發出「收兵」的指令……這一場景顯然是誇張了。但不如此又怎麼能突出喀絲麗的美麗非凡呢？反過來，又如《俠客行》中的梅芳姑，也就是主人公的養母，她沒出場時給人的印象——通過主人公的介紹——是不可理喻的瘋女人，因為她把自己的養子稱為「狗雜種」，而且動輒打罵，不許她「有所求」，且夾帶些完全使人莫名其妙的脾氣。直到小說的最後一章，我們才發現，原來這位變形變態的女人，是一位完全可以理解並且值得同情的愛情悲劇的主人公，她的「病」不過是單相思罷了。只不過她病得比一般的人厲害，因而產生了變形。

以上我們對金庸小說中的人物形象的類別及不同的表現形式作了簡要的分析，下面我們所要做的，是分別對金庸塑造人物的方法與技巧進行具體的分析研究。

第二章
類型與形象

說起人物的類型，總會使我們隱隱約約地感到有些不安。因為類型與「類型化」關係似乎很近，而「類型化」在文學評論的語彙中向來是一個帶有明顯貶意的詞語。

另外，武俠小說及一般的通俗文學作品的最要命的毛病，就是人物形象的類型化，往往簡單到只分出好人與壞人兩種類型。例如武俠小說中的俠義人物與魔怪人物就是。

不過，面對金庸的小說，我們似乎大可不必對類型一詞有過多的不必要的敏感和憂慮。

因為，第一，類型本身是一種中性的概念，它是人們認識事物（當然也包括人類的自我認識）的一種區分方法。它可以包含很多的層次，有簡單的類型，粗略的類型及其劃分方法，也有複雜的類型和細緻的類型的劃分方法。

也就是說，人物的類型，並不只是好人一類與壞人一類。還可以劃分得更細，如《三國演義》

一書中的劉備之忠、關羽之義、張飛之莽、諸葛之智、趙雲之勇、曹操之奸……等等，其中劉、關、張、趙、諸葛等都是書中正面人物，即好人，卻可以繼續劃分出他們各自的性格類型。其他的小說作品當然還提供了其他的類型形象及其類型層次的劃分方法。

第二，我們應明確地看到類型與「類型化」的區別，這兩個詞完全不是一回事。後者有一個「化」字，才使得大事不妙，連同「類型」這一詞也跟著遭了唾棄，這是不合理的。實際上，類型並不那麼可怕，可怕的是一個「化」字。什麼東西一旦有了「化」，就會變得機械、固定，變成概念和公式，變成簡單的抽象。比如「典型化」的方法原則，一不小心就變成了「三突出」及「高大全」的原則，因為它要求反映「時代、社會的本質」，本質又只可以有一種：誰代表主流、進步、革命等等，這就非弄成「高大全」不可。典型當然也不同於「典型化」，正如類型不同於類型化一樣。

其三，類型人物往往會被認為是與個性形象相對立的，進而認為類型與個性這兩種東西是天敵。這種看法未必正確。若將它絕對化，那就更是錯誤。正確的表述應該是：類型與個性的關係比較複雜，有時是對立的，有時是統一的；有時衝突，有時又和諧，關鍵在於怎樣處理。類型可能是與個性對立的東西，類型也可能是個性的另一種表達方式（**認識方式**），類型還可能是人物個性的基礎。

前面提到的曹操之奸、劉備之忠、關羽之義、諸葛之智，當然是一種類型形象，以至於諸葛亮成了智慧的代名詞，而曹操變成了壞蛋奸人的共名。那麼這些人物是否有個性呢？其實還是有的。而且他們的個性有兩個層次，一個層次就是他們的智、奸、義、莽等等，這是一種簡單概括的形式，也可以看成是對這些人物的個性的最突出特徵的一種高度概括。

另一個層次則是他們各自在書中所表現出來的複雜的個性狀態，例如張飛雖莽，但也有膽大心細用計謀的一面；諸葛不僅有智慧，更難得的是他鞠躬盡瘁、死而後已的忠誠及其事業心；曹操雖奸，不失其英雄氣概（**當然也有人說是「梟雄」**）；關羽雖義，卻又差一點被曹操收買了，後來又放了曹操（**這對曹操是「義」，對劉備的事業則有些不忠也不義了**）……等等。

《三國演義》中的一些人物形象並沒有魯迅先生所批評的那麼糟糕，如說「劉備之忠近偽」以及「諸葛之智近妖」等等，這乃是魯迅先生的一種「高度的概括」和一種多少有些偏激的評價，而概括與評價總不免有遺漏之處。至於後人來模仿《三國演義》，寫近妖的智者和近鬼的奸臣之類的類型化形式，那是後學者的差勁，怪不到《三國演義》頭上去。當然《三國演義》的人物個性的豐富和飽滿的程度比不上《紅樓夢》，這也是事實。不過這也有它的原因，因為前者的主要目的在於歷史演義，而不在於刻畫人物。

《紅樓夢》就不同了。再說《紅樓夢》中人物又何嘗不可以分出類型，甚至看成是類型人物呢？如林黛玉之重情、敏感、尖酸、薛寶釵之重理、端莊、大度（裝傻）；王熙鳳之潑辣，晴雯之好高命薄……至於賈政之「正經」那就更不必說了。儘管如此，誰也不說這些人物沒有個性，是何緣故呢？好在我們在這裡並不是要討論《三國演義》或《紅樓夢》的人物形象的類型與個性的矛盾和區別、衝突與聯繫，我們只是要舉例說明類型形象與人物的個性並不是我們想像的那樣水火不相容。

最後一點，說類型及其類型形象一般多為「扁平形象」。這倒是比較真切的。因為某種人物形象一旦可以歸劃為某一類型，一般多表現為某種單純的特徵，從而形成某種單一性及片面性，所以一般具有扁平人物的特點。不過，這也是就某一層面的意義而言。而優秀的文學作品中的人物形象往往不止一個層面，如《三國演義》中的張飛，既有魯莽的一面，而又用過智謀取勝，這至少表現出了兩個相矛盾的層面。

諸葛亮的一個突出的層面是智慧過人，第二個層面是鞠躬盡瘁，第三個層面是一生謹慎；若加上負面，那還有詭計多端的一面，同時又有用人失當的時候……這樣一些層面組成一個鮮活而又很複雜的人物形象，那就不是某一類型可以完全概括的。

金庸的小說中，也有不少特殊的「這一個」人物形象。而這些人物形象又是以某些類型作為他們的性格基礎的。他們的性格有不同的層次和不同的側面，這些不同的層次和側面，則又可以歸劃為不同的類型，進而我們就可以依據不同層次的類型特徵，總結出某一人物的複雜的個性。

人物的個性是一個較大的系統，它包括了不同的小系統，即包括了不同的層次、側面及其類型特徵。亦即類型本身可以分為大類型、次大類型、中類型、亞中類型、小類型、微小類型……等不同的層次，從而也形成一個獨特的類型——個性系統。類型是人類的一種認識模式和表現模式。對它們加以系統化的構建，那就是許多優秀作家塑造人物個性形象的一種重要方法。至少金庸的小說的人物形象的塑造就經常採用這種方法。換句話說，我們也可以依據這種方法來分析金庸作品中的人物的類型——個性形象。

我們之所以要在金庸小說的人物形象的個性中，注明類型二字，那是因為金庸小說確實是採用類型系統來構建人物形象的。例如某一人物，我們首先可以將他分成是「好人」還是「壞人」。進而再在「好人」或「壞人」的類型基礎上分出他是哪一種次類型，如是好人，則要看他是儒家之俠或道家之俠或佛家之俠或自由之俠……等，若是壞人，則要看他是貪於功名或是嗔於仇怨或是癡於情欲或是「卑鄙小人」……等等；進而，我們又在他的某一次類型中再分為更小的類型（**層次或側面**），如他是儒家之俠，則再看他是書生、是草莽、是忠良之後還是草莽匹夫？再看他是外向性格，還是內向性格？是胸有城府、還是隨和坦蕩？是熱烈活潑，還是木訥剛毅……等等，一直區分下去，直到不能再分為止。那麼，這一人物的類型特徵及類型層次的系統結構就出來了，而人物的個性系統或曰個性形象也就出來了。因為金庸小說人物的個性形象或個性系統，常常正是由類型層次系統構成的。

金庸小說的人物形象是可以分類的，是具有明顯的類型性的。不過，這種類型性與眾不同，與「類型化」更不可同日而語。

金庸小說人物的類型性有兩大特徵，一是類中有類，層次豐富，形成豐富的類型系統；二是類與類之間的界線有時十分的鮮明，有時卻又很模糊，類型的劃分不是絕對的、不可逾越的。即不僅好人有不同的好法，壞人有不同的壞法，這就不同於一般小說中的好人或壞人只有一種好法或一種壞法。進而，金庸小說中的好人也未必全都是好，壞人也不一定全都是壞，不僅好中有壞，壞中有好，而且好人與壞人的界線還常常被打破，好人與壞人之間也有變化和逆轉的情形發生。

金庸小說中的人物成千上萬，其中個性鮮明的人物也有數百，這些人物形象如何把握？我們可以將他們分類，首先是——像所有的武俠小說一樣——分成俠義類與魔怪類兩大陣營，即正面的人物與反面的人物，好人與壞人、善與惡兩大類型。只不過，金庸小說的人物雖也可以如此劃分，但陣線卻並不那麼簡單和分明，在二者之間，又還有很開闊的「中間地帶」，又可以分為異人、情人等不同的類型。

下面，我們便對金庸小說的俠義人物、魔怪人物、異人、情人等四大類型進行具體的舉例分析，看看這些人物是如何從類型的區劃中獲得豐滿的個性的。

一、俠義類

一般武俠小說都是要有武又有俠的，作品中的主要的正面人物自然是俠義類型的人物。金庸的小說也不例外，除《鹿鼎記》等少數幾部作品外（**這些作品我們在後文中將有專門分析**），大多數作品的正面主人公都屬俠義人物。

不過，金庸寫俠與其他人寫俠大不相同。其他人筆下的俠，無非是憂國憂民、為國為民、仗義江湖；鋤強扶弱的典型、然而不免是過於單純的好人、正面人物及善與義的象徵或集中表現，而金庸筆下的俠義人物則還可以分成不同的類型。

在拙著《陳墨人物金庸》中，我把金庸小說的主人公的人格模式，分為儒家之俠、道家之俠、佛家之俠、自由之俠（**浪子**）及小人（**專指韋小寶**）等五大類。小人韋小寶當然不能劃入俠義類，而金庸小說的主人公中還可以劃出遊俠一類，這就是說，金庸小說人物的俠義類這一大類型的人物，又可以分為儒、道、佛、遊俠、浪子五個次類型。

儒家之俠的最大的特點，是關心國家大事及民族危亡，同時又願意為之犧牲自我、鞠躬盡瘁。《書劍恩仇錄》中的陳家洛、《碧血劍》中的袁承志，《射鵰英雄傳》中的郭靖等幾位主人公，都是這一類的人物。

道家之俠的特點，是至情至性、衝動滅裂，為實現自我（而非犧牲自我）而奮鬥，對國家大事則講究清靜無為。《神鵰俠侶》中的楊過，《倚天屠龍記》中的張無忌等，就屬於這一類。

佛家之俠，一方面講究頓悟與解脫、冤孽與超渡，另一方面（層次較高的）則講究無欲無求，無名無相，無人無我。即不是實現自我，而是忘我無我。《天龍八部》中的蕭峰、虛竹、段譽，以及《俠客行》中的石破天就屬於這一類型的人物。

遊俠，是俠的原生狀態，他們並不一定有什麼歸屬，也不一定有什麼既定的目標，而是仗劍江湖，替天行道，到處打抱不平，做好事行善除惡、鋤強扶弱、濟困扶危等等。《雪山飛狐》、《飛狐外傳》的主人公胡斐就屬於這一類。作者說要塑造一個真正的俠，那就是要寫出這樣一個原生態的遊俠了。

《笑傲江湖》中的主人公令狐冲，介於楊過與胡斐之間，既有至情至性的一面，也有仗劍江湖的行為，只不過他所處的環境以及他本人的氣質又與楊、胡二人不同，有更多的「胡鬧」的放蕩行為以及朦朧的自由意識，周旋於爭權奪利的各派勢力之間卻又超然於外，是一個典型的浪子。有時是無可無不可，有時卻又固執非常，衝動起來，連性命都不要。

在金庸的小說中，當然也還有其他類型的人物，如《連城訣》中的狄雲、《白馬嘯西風》中的李文秀等，因為在俠義方面無甚作為，幾乎處於俠的零度，心腸是不錯的，但卻沒有行俠的意識，也沒有俠義的行為。所以不列入俠義類。

至此，已足可以看到金庸小說的俠義人物的類型之豐富，與一般武俠作品人物的公式化與概念化大不相同。

進而，我們還可以在上述分類的基礎上進行再分類。每一種類型的人物並不相同，而是有著更細緻但更明顯的區別。

儒家之俠類的三位主人公就有不同的身分和地位。陳家洛、袁承志、郭靖三人的不同之處有三。

一是文化程度的不同，陳家洛是舉人，標準的書生俠士；袁承志只念過幾年書，而且是日學武、夜學文，只能算是半個書生甚至是初通文墨者，郭靖則無上學條件、加之生性愚鈍，連初通文墨也算不上，只學得幾個字，是道地的出身草莽之人。

其二，三人的社會地位不同，陳家洛是紅花會的總舵主，而紅花會是反清抗滿的政治組織，所以陳家洛是一位道道地地的政治組織的領袖；而袁承志雖活動於明、清、闖王三大政治軍事勢力之間，且明顯地幫李自成反明又抗清，但他本人卻只不過是一個「統戰人物」，身分是半政治半民間，而且民間的身分大於政治的身分。因為他只不過是要借機報仇，兼而為天下蒼生的希望而奮鬥；郭靖的身分地位則純粹是一民間草莽的江湖英雄，與政治及政治家都搭不上，雖做過成吉思汗的駙馬和將軍，那只不過是適逢其會，並非本人的意願或追求。

其三，陳、袁、郭三人的身分、地位不同，環境、經歷又不同，因而他們的個性氣質也不同。如是，就從同一類型的人物形象模式中，寫出了不同的個性特徵。雖都是為國為民的儒家之俠，卻又是不同個性的人物形象。

道家之俠中的楊過與張無忌也有明顯的不同，楊過是至情至性，把自我的情感置於禮教規範之上的，為了實現自我，敢於同社會勢力進行生死抗爭，此人近乎莊子之道，熱情洋溢，生命光彩四射。而張無忌則完全不同，他在政治上是「無為」的，近乎老子之道，生活上也是隨和任意，順應自然。這兩個人物，可以說是同一類型中的不同的小類型，莊子之道與老子之道又引伸出他們各自不同的個性。

佛家之俠一類，又分為不同的小類。《天龍八部》中的主人公中虛竹自幼出家於少林寺，段譽自幼熟讀佛經，但他們的大哥蕭峰則既不讀佛經，也無向佛之心。之所以稱他們為佛家之俠，是因為他們的人生遭遇及其各自的努力和機緣，合乎佛理，一層是「無人不冤，有情皆孽」，進一層是「心懷慈悲，超度解脫」。而《俠客行》中的石破天則是真正的佛家之俠，亦俠亦佛，佛即是俠，俠即是佛，而又無名無相，無欲無術，所以無俠也無佛，是謂真正的俠，真正的佛。

再說蕭峰、段譽、虛竹三人又不一樣，蕭峰英雄氣概，天生武勇，豪邁超群、虛竹迂腐固執、老實巴拉；段譽天生癡性，雖聰敏而不能自制。狄雲、胡斐、令狐冲等人當然也都各屬其類，也各不相同。

我們在這兒並不是要分析每個主人公的個性特徵，而是要分析他們的個性特徵的來由。一是要看出他們來源於同一大類，卻又有不同的個性這一現象；二是要看到類型性成了他們的個性的基礎，並且成了他們的不同的個性層次的基礎或核心，非但不影響他們的個性的形成，反而有極大的幫助。對於我們認識和評價金庸小說的俠義主人公的個性形象及其塑造方法，當然更有幫助。

下面的各大類型人物，當然也是這樣。

二、魔怪類

魔怪類當然不是指真正的妖魔鬼怪、牛鬼蛇神，而是指與俠義類相對立的一類人物，通常稱為壞人或惡人。對於這類人物，一般的武俠小說更容易簡單化、概念化、把壞人寫得頭頂生瘡、腳底流膿，壞事做盡、惡事幹絕。

在金庸的小說中卻同樣不是那麼簡單。

當然，相對而言，金庸對反面人物形象所花的功夫遠沒有對正面人物所花的功夫那麼大，因而與其作品中的正面人物形象相比，反面人物的形象往往要簡單些，藝術性較差些，個性特徵較少些，甚至在金庸前期的創作中，反面人物的類型化、概念化的痕跡比較明顯，到了《神鵰俠侶》之後，情形才大為改觀。

金庸小說中的魔怪類人物，也可以分為不同的小類型，如有一些是邪惡勢力的代表；也有一些是邪惡勢力的幫凶，有一些是殘忍毒辣，以惡為榮的梟雄惡棍；有一些是自恃權勢武功、橫行霸道的罪惡凶人；也有一些是人格低下、品流卑污的邪惡小丑。當然還有更多的是個人的欲望膨脹而導致破壞規範、蔑視道德或失去理性的各類人物。

例如在《書劍恩仇錄》中，就有不同類型的邪惡人物。乾隆皇帝是一種，他既是作為滿清統治的首腦，即最大的邪惡勢力的代表人物，同時也作為個人欲望壓倒一切的代表，人格上也不見得高明。武當門下的火手判官張召重又是一種，此人的最大特點，是熱衷於功名利祿，利慾薰心之下，民族大義及江湖俠氣便自然被他置於腦後，他不僅是滿清統治的幫凶，而且也是武當派的叛徒，江湖中的敗類。鏢師童兆和則是人品低下，卑污無賴的小丑惡棍。而回疆的迷宮主人（未出現）則是殘暴的統治者的代表。總之，不同的惡人，代表著不同的類型。

《碧血劍》中的玉真道人貪淫好色，而又熱衷功名利祿；溫氏五老則是貪財喪義，橫行鄉里；五毒教的何紅藥是因失戀而成狂，不可理喻；而太監曹化淳則不忠不賢，貪生怕死，裡通外國，大搞陰謀。

《射鵰英雄傳》中的西毒歐陽鋒是一位典型的梟雄，為了達到獨霸武林的目的，公開地以毒為榮，無惡不做。楊康則由於自幼錦衣玉食，缺乏必要的教養，因而養成了貪戀榮華富貴的紈褲習氣，以至於不忠、不孝、不義並最終死於非命；「銅屍、鐵屍」夫婦天性涼薄，而又野心勃勃，為了一己的私情私願，不惜與江湖正道相對抗。相比之下，「千手人屠」彭連虎等人，只不過是些熱衷於功名利祿而又卑污殘忍的跳梁小丑而已。

總之，金庸小說中的壞人，也是各種各樣的，可以分為下列不同的類型。

一、熱衷於功名利祿的，如張召重、彭連虎、梁于翁以及《倚天屠龍記》中的鶴筆翁、鹿杖客等人。

二、熱衷於權力的梟雄一類。在朝廷如乾隆等人，在江湖如歐陽鋒，以及《笑傲江湖》中的岳不群，左冷禪、任我行、東方不敗等；《天龍八部》中的慕容博、慕容復父子等。

三、熱衷於名的，如《天龍八部》中的星宿派掌門人丁春秋，「四大惡人」中的岳老三，以及《笑傲江湖》中的東方不敗、岳不群（**這些人不僅熱衷於名，而且也**

熱衷於位與權等）。

四、貪淫的，如《碧血劍》中的玉真道人，《射鵰英雄傳》中的歐陽克，《笑傲江湖》中的萬里獨行田伯光等人。

五、貪財的，如《碧血劍》中的溫氏五老、游龍幫主，以及《連城訣》中的知府凌退思，以及萬震山、言達平，戚長發等人。

六、貪生怕死的，如《連城訣》中的花鐵幹，《天龍八部》中的星宿派門人等。

上述六類，分屬於政治方面、倫理方面、道德方面，以及心理、行為方面的邪惡，值得注意的是有些人橫跨幾類，身負數惡，而有些人則比較單一。如田伯光除了貪酒好色之外，似乎並沒有什麼大惡，因而做了「不可不戒」的和尚之後，此人就改邪歸正了。而另一些人如岳不群等人則是於權、於名、於位都有熱衷並不擇手段，從而十惡不赦。

進而，我們還必須看到，即便是同一類的惡人，在金庸的筆下，又可以分出不同的小類及不同的表現形式，從而使讀者能見到不同的個性形象。比如乾隆、張召重，歐陽鋒等這些人，都屬大惡之列，而且又都頗自負，因而注重自己的身分。與童兆和這樣的小丑惡棍不可同日而語。

而在這一群自重身分的梟雄大惡之中，乾隆表現出風流瀟灑的高雅，張召重表現出不願與小輩及女流等同樣見識、主張單打獨鬥的英雄氣概；歐陽鋒則是以惡為榮，橫行霸道而又信守諾言，不願被人看做是卑污小人，再如岳不群、左冷禪、余滄海、東方不敗、任我行等人，都是一批野心勃勃、想獨霸江湖的權力狂。然而各人的表現又不相同。如岳不群外號「君子劍」，實則陰險深沉，是一位道貌岸然的偽君子，右冷禪霸道陰險而又殘酷；余滄海卑污外露，不擇手段；東方不敗匿影藏形；任我行狂妄不可一世……

在金庸小說的惡人系列中，還有另一種類型層次的人物，那就是心理變態的瘋狂症患者。這些人在行為上無疑屬於惡人之列，然而在心理上卻往往並非天生的惡人，相反有著各自不同的值得人同情的不幸經歷。這些人屬於另一類型，如魔如怪，而不僅是奸凶邪惡壞可以概括的。這也是我們將金庸小說的壞人或說惡人說成是「魔怪類」而不說成是「邪惡類」的原因。邪惡固屬於魔怪一類，然而有些瘋魔怪物，卻不能簡單地看成邪惡壞蛋。

這一類的邪魔又可以分為下列幾類。

第一類是復仇狂。如《碧血劍》中的「金蛇郎君」夏雪宜，《天龍八部》中的游坦之、蕭遠山、《笑傲江湖》中的林平之等。

另一類是失戀狂。如《碧血劍》中的何紅藥，《神鵰俠侶》中的李莫愁，《俠客行》中的梅芳姑，《天龍八部》中的秦紅棉、王夫人……等等。

再一類是名利狂。如《俠客行》中的白自在，《天龍八部》中的岳老三等等。

這幾類人物的共同特徵，是不可以理喻，因為他們都是瘋狂的變態者，失去了人的理智，因而作惡累累、令人髮指。卻又因精神失常，而不能簡單地列入壞人之列。在他們的人生中，總有某些令人同情的經歷，因而在他們的個性中，也有一些令人憐憫的東西。

上述的這幾類人物的類型特點，當然是不同的。而且同一類人物，如復仇狂一類中的夏雪宜、游坦之、蕭遠山、謝遜、葉二娘、林平之……等，其個性表現又各不相同。

三、異人類

異人類型有不同的含義。最廣義的異人，當可包括武俠小說中的所有人物，因為武俠小說中的人物絕大多數都是傳奇人物，都是異人。當然這一廣義我們不取。

在金庸的小說中，俠義人物與邪惡人物之間，有一大塊中間地帶，在此中間地帶的一部分人物，我們稱之為異人類型。金庸的小說中並非階級鬥爭你死我活，也非不是東風壓倒西風就是西風壓倒東風，而是有第三種人的存在的餘地。實際上金庸小說中不僅有第三種人，還有第四種人和第五種人，這我們下面都要提到。

關於異人，還有不同的解釋。那就是他們異於常人。所謂常人，就是普通的世俗人物，在武俠小說中當然就是指正常的江湖人物，俠士或惡人等等。所謂異人，在這裡就是指諸如和尚、道士、尼姑、以及其他的隱逸人物，按照常規，這些世外之人不應屬於世間江湖，所以稱為異人。只不過，在金庸的小說中，和尚、道士、尼姑等方外之人，也被正式地納入了武林之中，這類人物與其他的職業武士俠客並沒有本質的區別。只不過門派不同而已，並沒有入世與出世的不同。

所以，這一異也就無從「異」起，我們這裡的異人，是指那些在性格上異於常人的人，這些人不論出家與否，多為隱跡山林的人物，行蹤偶露於江湖，卻與正常的江湖人物大不一樣。他們不正不邪，亦正亦邪，性格怪異，介乎正邪之間或超乎正邪之上。他們的經歷極具傳奇色彩，可謂奇中之奇；而他們的性格特徵則又極為鮮明特異，可謂異中之異，他們不以行俠為生，卻也不做壞事，所以不能稱之為俠義人物或邪惡人物。

這類人物在金庸的小說中有很多，而且越到後來越多。例如《書劍恩仇錄》中的袁士霄（號為「天池怪俠」）以及「天山雙鷹」夫婦，阿凡提等。《碧血劍》中的木桑道長，《射鵰英雄傳》中的東邪黃藥師、南帝段智興（即一燈大師）、《神鵰俠侶》中的人廚子、百草仙、聖因師太、無相和尚、西山一窟鬼；《倚天屠龍記》中的明教中人楊逍、范遙、紫衫龍王、白眉鷹王、金毛獅王、青翼蝠王、鐵冠道人、冷謙、周顛……等人；《天龍八部》中的聾啞老人蘇星河、函谷八友、三十六洞洞主、七十二島島主；《笑傲江湖》中的綠竹翁、梅莊四友、劉正風、曲洋、平一指、黃河老祖、計無施……等等。

這一類型的人物極多，而且範圍更廣。他們可以說是一些邊緣人物，一直從正派的俠義道的邊緣到反面邪派人物的邊緣。有些人物近於正，屬正派的隱逸高人，如《笑傲江湖》中的風清揚，以及《天龍八部》中的少林寺中的無名老僧。有些人物則近乎邪，多半因其身分隱秘而且性格怪異而被看成是邪門人物，如《射鵰英雄傳》中的東邪黃藥師，以及《倚天屠龍記》中的「見死不救」胡青牛等。而在這二者之間，更可以按照他們的身分及其性格分成若干不同的類型。

一、**隱逸類**。如風清揚，少林無名老僧等，極少露面，具有世外高人的奇異境界，令人驚歎而景仰。

二、**怪人類**。天地怪俠性格古怪，常人難以接近。而「天山雙鷹」夫婦以及《天龍八部》中的譚公、譚婆、趙錢孫等人則更是為老不尊，全然無視於世俗常情。這一類的人物最多，如《天龍八部》中的包不同、風波惡等等，都應該列入這一類，《笑傲江湖》中的「殺人名醫」平一指等人就更不用說了。

三、**癡人類**。《天龍八部》中的函谷八友及《笑傲江湖》中的梅莊四友、劉正風、曲洋等人，都因癡於一藝而入迷入醉，對世務或是全然不通，或是全然不管。

《碧血劍》中的木桑道長對圍棋的癡迷也是一般。這些人大多是些至情至性、放蕩不羈的藝術家以及其他方面的專家。

四、邪人類。有些人邪而不惡，以東邪黃藥師為首。他只是對傳統的和正派的價值觀念及其行為規範不加重視，反而蔑視嘲弄，我行我素，不管什麼道德價值與行為準則，如楊逍及明教四大護法王等人，及前述的老頭子、祖千秋、計無施等人，都是如此。《俠客行》中的謝煙客也是這樣。丁不三、丁不四兄弟相比之下，品格略低，幾近於邪惡，即跨越了邪與惡的界線，而使人反感。

五、瘋人類；這一類人的特點是心理變態，因而性格變形，行為失範，我們在鬼怪類中已經列舉分析，不提。

四、情人類

武俠小說不僅有武有俠，而且有奇有情。金庸的小說對於一個「情」字，更是描繪得充分透澈，而又多彩多姿。

其主要的藝術成就在於刻畫了許許多多性格鮮明的情人形象。

金庸小說有一類人不俠不惡，或正或邪，形成了金庸人物畫廊的一大景觀，那就是情人類型的人物形象。這一類型的人物，以女性為主。有一句俗話，道是「男人為事業而生，女人為愛情而生」，雖不能說絕對正確，但卻有一定的道理。至少在一定程度上是如此。而在以古代生活為背景的武俠傳奇中，就更是如此了。這些人物在書中得以表現，最重要的原因就是為情之一事。因而我們不妨稱之為「情人類型」的人物。

金庸小說中的女性（除真正的出家人外），大多數都可以列入「情人榜」，即列入情人類型。當然，情人也可以進一步劃分為更小的類型，如依據情感的狀態，分為互愛者與單戀者兩類。前者如郭靖與黃蓉，後者如陸無雙對楊過。依據情感的態度，又可以分為勇敢的追求者和默默的暗戀者，如趙敏對張無忌的追求，以及儀琳對令狐冲的暗戀。依據情感的結局，可以分為獲得愛情與失去愛情。依據愛情的性質，又可以分為喜劇，正劇或悲劇等不同類型。

進而，在失戀的情人類型中，又可以分出常態的失戀者與變態的失戀者（即「情魔」）。在常態的失戀者之中，則又可以進一步分為為愛人犧牲者，黯然神傷者，移情別戀者等等。

情人類型當然不是女性的專利，更不可能是獨立的女兒國。金庸小說中的男性，雖有不少是俠士或邪魔之類的兼職情人，但也不乏專門以情動人或因情而生、為情而傷的男性形象。如《書劍恩仇錄》中的余魚同、袁士霄、陳正德；《神鵰俠侶》中的武三通，《天龍八部》中的段正淳、趙錢孫……等等。

我們在這裡只能大致地劃分一下情人類型，確定金庸小說中有這麼一人類的人物形象。至於情感與人物個性的關係，我們將在後文中列出專章進行分析。這裡就不多說了。

五、類型與個性

以上我們列舉了金庸小說人物的幾大類型，並對各大類型作了更進一步的分類，對於主要的人物類型，還進行了分類的再分類，直至具體的人物個性的顯現。當然，在前面的分析中，我們不可能對這些人物的個性形象的構成都進行具體的分析。只是要看到，金庸小說的人物是可以進行分類的，即可以劃分為不同的類型的。進而，我們還看到，金庸小說的人物的類型與個性之間，並不是截然對立的，而是有著密切的聯繫。

在本章的開頭部分，我們實際上已經涉及了類型與個性的關係並非如想像的那樣對立，在這裡，我們將對此做進一步的分析。

類型與個性的關係，實際上是一種共性與個性的關係。因為類型性正是某種共性的概括。按照哲學的觀念，共性總是寓於個性之中，這就是說，不同的人物個性，不論它是多麼獨特，都必然包含著某種人所共有的共性在內。也就是包含著某種類型性的特徵。

具體到文學形象的創作，視具體的情況不同，至少可以分為簡單的個性與複雜的個性兩種——即我們一般所說的「扁平人物」與「圓型人物」兩種。——而簡單的個性，實際上正是一種單純的人物類型形象，而複雜的個性則相應包含著較為複雜的類型特徵。越是豐富的個性，它所包含的人類共性就越多，即包含的類型層次或側面就越多。個性越是簡單，它所包含的類型性也就越是簡單而明顯。

我們通常所謂的鮮明個性，至少包含了兩層意思，一層意思是指鮮明的類型性；如前文提到的關羽之義、張飛之莽、諸葛之智。在全篇的小說中，如陳正德之妒，關明梅之嬌縱任性，周綺的嬌憨純樸乃至東邪之邪、西毒之毒、歐陽克之輕狂……等等，都是類型明顯的扁平人物。他們的特徵是個性單一，沒有多少複雜性的層面，特點突出而性格欠豐滿充實。這一類人物的個性都是可以一言概括的。

個性鮮明的另一層意思則是指性格豐滿，個性複雜而又豐富的人物形象，是非常獨特的「這一個」。不似陳正德之妒與譚公之妒，乃至與夏青青之妒那麼近似，以至於難以區別。「這一個」的鮮明個性，包含了豐富的層次。在某種意義上，可以說是包含了不同的類型特點。當然這種豐富的類型特點既不是一種機械的組合，也不是一種平面的拼接，而是一種立體的，多層面的有機組成形式。

在前面幾節之中，我們對同一類型的人物進行了層層剖析，看到了金庸小說中同一類型人物的不同特性，及這種不同特性的來源與構成。實際上，我們不僅可以從同類的分層次剖析中看出金庸小說的複雜個性的人物的創作構成方法，還可以從異類的相互衝突與聯繫中，看出這種複雜個性形成的另一些特色。

我們將金庸的小說人物分成俠義、魔怪（邪惡）、異人及情人這四大類型，目的當然是要區分他們。但我們又要看到，這種區別只是相對的。金庸創作人物時，固然大致上遵守這種類型的基本區別，但又不斷地在區劃中走向綜合，在衝突中走向聯繫，在明確類型區分的基礎上又不斷製造模糊性。一句話，上述的區別不是絕對的，非但不是不可調和的，而且作者還有意地進行這種對立性之間的調和，有意製造不同類型人物之間的溝通。

在前幾部小說中，金庸筆下的俠義人物與邪惡人物這兩大類型、兩大陣營基本上還是壁壘分明的，好人之好，壞人之壞，一目了然。只不過，即便是一開始，金庸就注意到了盡可能地不將好人與壞人各自推向極端。即寫出壞人的某些不壞之處，同時也寫出好人的某些性格的弱點與缺陷。這就與其他的作家作品，有很大的不同。

進而，寫到《神鵰俠侶》之後，作者便有意地將這種人為的劃分逐漸淡化，有意地創造出包含類型衝突與和解的模糊性人物形象。例如《神鵰俠侶》的主人公楊過的個性中，就包含了俠義與邪性這兩種不同的素質，作者正是在這兩種不同素質的衝突與和解的發展變化過程中來展示人物的複雜個性。這一人物的個性與前此創作出的郭靖、袁承志、陳家洛等小說主人公的個性相比，顯然更加豐滿，也更加複雜。這標誌著金庸小說的人物形象的塑造，進入了一個新的階段和新的層次。

我們當然不可能一一分析金庸小說人物的個性構成。不過，除了上面各節中分析的相同中的不同（**即大類型中分出小類型，小類型中又分出更小的類型……**）之外，這裡我們還可以換一個角度，看看這些人物形象的構成中的不同中的相通。

在理論上，所有的人物都應有人類的共同性，即他們都應是正與邪、善與惡、平凡與奇異、情感與理智……等對立因素的統一體。之所以出現俠義與邪惡，以及常人與異人之類的劃分，那是因為每個人物個性中的這些衝突的因素比重不同，而且排列組合的方式也不同。

當他的邪惡的個人欲望突破善的道德自律的界限，他就變成了一個惡人，當他克制住了自己的欲望，並將這種欲望限制在合情合理的限度之內，他就不是一種惡人；而當他為了某種人類共同的利益或他人的利益而克制或犧牲自己的欲望要求時，他就是成了一個俠士英雄。所謂的人物個性（**複雜而又豐富的人物個性**）正是這些人類共同性的類型因素的不同的排列組合形式的表現。

按照我們的分類，即俠、惡、異、情，這四者之間應有相互溝通與聯繫，從而形成一種豐富的個性系統。如俠與異的溝通；惡與異的溝通；俠與情的溝通；惡與情的溝通，異與情的溝通，就會顯出一種較為複雜的個性狀態。進而，俠與異與情的溝通；惡與異與情的溝通：甚至惡與俠與異的溝通；或俠與惡與情的溝通，乃至俠、惡、異、情的溝通，無疑會呈現出更為複雜的個性狀態。

需要說明的是，俠與惡並不是水火不相容的，在同一人物身上，這二者可以並存，只不過顯隱不同，比重各異罷了。例如余魚同身為紅花會中的義士，卻對有夫之婦駱冰進行非禮，在那一剎那，他身上的邪惡力量突破了他的善心與正義的堤防，從而顯示出他個性的複雜性的一面。

蕭峰這位不折不扣的英雄俠士，為報父仇，於憤慨之中也枉殺了不少無辜，單憑這一行為而論，無疑是邪惡的。如果我們不能全面地去看一個人，那就不能真正地瞭解他的個性的複雜性因素。

謝遜的出場是一個十足的凶徒惡客，而最後居然能放下屠刀，恢復理智，懺悔罪孽而皈依佛門，這誰能想到呢？《連城訣》中的花鐵幹，若非遇到雪谷中的生死關頭的特殊情境，又怎麼會讓內心深處的長期被壓抑的卑怯與邪惡衝破理智的限制而暴露出來呢？從一位俠士變成一位卑鄙惡人並不是天方夜譚。既然俠義與邪惡之間的界線都不是絕對的，那麼俠義、邪惡與異人、情人之間的溝通則更是自然的。

因為每個人都有可能面對情感的糾葛，而且每個人都有可能具備某種特殊的（異人的）脾性或氣質。

綜合上述，我們可以找到不同的人物個性的構成方法與形式：

人物個性約等於不同類型的俠（或惡）＋不同類型的異人品質＋不同類型的情感經歷和不同類型的情感態度。

這一等式，揭示了類型與個性之間的複雜關係，也揭示了人物的個性之謎。無論何種人物個性，不論它是多麼獨特，都是由一些人類共同擁有的品質（類型）組合而成的。人物個性的獨特，並不是個性因素的獨特，而是多種因素的組合方式的獨特。

另一方面，因為類型的層次不同，而多種類型的組合方式的不同，我們又必須看到相同的或相似的類型人物之間的個性的差異。而且這種差異是絕對的，相同與相似都只是相對的。因為類型本身就是相對的，而且類型本身還具有——理論上的——無限可分性。再則任何共性都必須寓於個性之中。只有在個性之中才能找到類型的意義，而不是相反。

類型及類型性是讀者和評論者把握人物的方式，而個性及獨特性則是作家把握和表現人物形象的方式。認識到這一點，對我們是十分必要的。因為我們在這裡分析金庸小說的人物形象，所使用的方法只是、也只能是與作者的創作方法相反的。

在看到這種方法的必要性的同時，我們也必須看到它的根本局限。

分析類型與個性的關係，只是我們的一種總體上的認識方式，倘要對金庸小說的人物形象及其個性特徵的創作方法與成就進行更深入細緻和更具體的分析研究，我們還必須找到其他的途徑與方法，尋找其他的角度去進行把握和分析。那樣才能真正地洞悉金庸小說的人物形象塑造的真正的成就與奧妙。

第三章
抽象與形象

在金庸小說的人物畫廊中，不僅有各式各樣的個性鮮明的人物，而且還有用各式各樣的畫法繪製而成的不同形態人物。正如我們在一個大型人物畫展上，不僅能看到寫實的人物，還能看到漫畫的人物、寫意的人物，變形的人物乃至完全抽象的人物。

金庸的武俠小說越寫越「邪門」，這是人所共知的，正、邪之間的分別越來越複雜，越來越模糊，使之大大的不同於常規的武俠小說模式，也與一般讀者的接受心理有很大的差異。為此金庸的小說遭到一些傳統的正派人士的非議，認為他在搞「階級調和」乃至有些「善惡不分」。其實當然不是這樣的。

這樣的寫法正是金庸小說的個性特色及其思想藝術成就之所在，因為它超越了簡單的道德判斷，而揭示了更為深廣豐厚的人性內容，同時它打破了武俠小說及通俗文學的傳統模式，創造出了自己的獨特藝術世界。看起來金庸的小說「俠氣漸消，邪氣見漲」，實際上是人性的內容越來越豐富，而理想人格模式及其簡單化的道德判斷越來越少。另一方面，理想夢幻的傳奇中，越來越多地摻入了人性的寫意和人生、人世的寓言成分，而且寫法也越來越多，又越來越靈活自如了。

確實有一些人物形象乍看起來令人難以索解，也難以接受，使廣大的讀者耳目一新之餘，不禁有人要問：「這真實嗎？」

「這真實嗎？」是我們過去常常聽見的一種熟悉的問話。長期以來在現實主義文學模式的一統天下，自視為唯一正統的我們，不免有些「不知秦漢、無論魏晉」，不知現實主義文學之外尚有廣闊無邊的多姿多彩的藝術世界。正如我們看慣了寫實的人物肖像畫，便以為這是唯一的形象模式與繪畫方法，而對漫畫、變形、寫意及抽象等其他的畫法與特殊的形態感到難以接受。看到畢卡索等人的人物畫，更會感到匪夷所思。這便有「這真實嗎」的疑問。

對此疑問的回答，當然只能是：這是真實的，只不過是另一種層次、另一種形式的真實。也許它還是更本質的真實。

不少的讀者對《書劍恩仇錄》及《碧血劍》、《射鵰英雄傳》等小說的人物感到很熟悉、也很親切，因而能夠理解和接受，而對《俠客行》、《天龍八部》等金庸後期作品中的人物形象則感到陌生、驚異，因而不大能夠欣賞或理解。進而，在同一部書中，如《射鵰英雄傳》中的人物，郭靖、黃蓉、楊康等人的形象比較容易接受，而對其中的老頑童、瑛姑乃至東邪黃藥師等人的形象，則感到多少有些彆扭，幾乎又要質疑發問「這真實嗎」。

這些人物確實不是常規的凡俗世界的真實人物，因為他們本就是傳奇人物，是異人，乃至是異人中的異人。更主要的則是，這些人物的形象，也不是常規的形象，而是多少帶有抽象性質的人物形象。所以就寫實形象而言，他們是「不真實的」（**實際上應該說是「非寫實的」**）。然而對於人性而言，這類形象卻又反映了一定的本質和真相，並非一味的荒誕無稽。只不過它屬於不同於常規的另一種藝術形態，即抽象的形態。

這種抽象的藝術形態又分為不同的類型，亦即分為不同的抽象層次。且不論怎樣抽象，卻又還是一種人物形態，還是寫人的。只不過是作者對人性的某一方面的本質進行抽象的表現的一種特殊的寫人方式。在大多數情況下，這種人性的抽象又都還原成一種人物的個體形象，從而造成了人物形象的抽象化，或抽象人性的形象（**個體**）化。熟悉現代派文學與藝術的讀者，對此應當不會感到陌生，更不會感到不可理解。

金庸的武俠小說的創作，雖是對一種古老的文學模式的繼承，同時又借鑒了大量的現代派文學的技法，從而創造出獨特的文學模式或藝術規範，創造出獨特的人物形象的表現形式，如此而已。

一、傳奇與表意

對人物及其人性的某些特點或其本質的某些方面進行抽象的表現，也分為不同層次和不同形式，首先是抽象的程度不同。

金庸的武俠小說中，有一類人物形象是採用漫畫方式表現出來的。這是一種輕度的抽象表現形式。即為了突出地表現人物的某一特徵，像漫畫那樣或將人物的嘴畫得占了半個臉，或將眼睛畫得看不見，或將鼻子畫得很突出……總之是不按常規比例，而故意誇張，若按寫實的要求，這當然是不合規範的。但誰都不會覺得這種漫畫形象有什麼真正的不妥之處。

武俠小說本來就靠傳奇、述異見長，所以對其中的人物性格加以必要的誇張或漫畫化，使之變成傳奇人物或異人形象，這沒有什麼不能理解的。

最突出的例子，是金庸小說中的一系列渾人形象。例如老頑童、裘千丈、桃谷六仙、不戒夫婦、黃河老祖、平一指、函谷八友、太岳四俠……等等。這些都是書中的喜劇人物，性格都非常的怪異，然而卻又非常的單純，使人感到可笑而又不無可愛之處。這些喜劇小丑式的渾人形象當然都是漫畫式的人物，不能按常規去要求他們，對他們也不能以常理度之。

比如著名的老頑童周伯通（**其實應該叫周不通更合適、因為他除了武功之外，對人世人生的百樣都不通**），號為「老頑童」擺明了是年紀很「老」而脾氣性子卻像是「頑童」。比如他與年紀比他小一大截、只能做他徒孫的郭靖結拜為兄弟、郭靖不願結拜，他居然大哭大鬧；又比如他拉屎撒尿陷害黃藥師、歐陽鋒，又比如《神鵰俠侶》中人家要去害他的同門徒子徒孫，他非但不阻止，還要人家通知他，以便他在一旁觀看……

所有的這些，都不是他這樣的年紀、這樣的身分和武功的人能做得出來的。但周伯通卻能做得出來，因為他是老頑童啊！至於他為了好玩，創出自己與自己打架的「雙手互博之術」，這一類的事情對他來說更是層出不窮，舉不勝舉。老頑童出現在哪裡，哪裡就有好玩的事發生，哪裡就有笑聲傳出。偏偏南帝段智興的貴妃劉瑛姑因與他有幾度肌膚之親，對他一往情深，一直對他窮追不捨，搞得老頑童望風而逃，再不然就說「我要拉屎」或「我要脫褲子了」，以避佳人。

這位老頑童當真是為老不尊、老不正經，而且頑皮如童。老並不好笑，兒童也不好笑，只有周伯通這樣的年紀老而性格如兒童的人才好笑，而何況老頑童之玩還不像一般的正常兒童，而是像頑童乃至劣童那樣。這當然是一個漫畫式的人物。他的性格單純而又突出，可是他的涵蓋面卻又很大，正因為他的單純簡要，所以抽象性很明顯，自然而然地就成了這一類人的共名。

不過，仔細看去，老頑童這一形象，並非只是為了單純地寫出來博讀者一樂。這一喜劇人物的形象背後，甚至包含了很大程度上的悲劇性，那就是他的心智不全，在某種意義上，他是一個性格上或精神上的殘疾人。因為他癡於武功，對此之外的一切都不瞭解，也不熱愛，所以他的人生也是不完整、不正常的。加之他的心智不全，這才使得他與劉瑛姑通姦成孕，而後又棄責而去，並且從此逃避，這不僅是對一樁醜事的逃避，同時也是對一種人生責任的逃避。對此，筆者在《金庸小說的情愛世界》一書中作過詳細的分析。

《笑傲江湖》中的桃谷六仙更加頑劣，可稱為六位老頑童，且比老頑童更多一樣互相辯論的怪癖，且對人世之名頗為熱衷，且又有六兄弟同進同退，使小說更加熱鬧非凡。寫到桃谷六仙，作者算是將老頑童的漫畫誇張到了極致。不過在這一部書中，卻又出現了其他許多渾人形象。不戒和尚就是其中之一。

不戒和尚之名，大約是由古典文學中的花和尚魯智深和豬八戒這兩個名人中化出來的，卻又比這兩人相加還要有趣得多。他的性格和故事，同樣是不能以常理度之的。當了和尚卻名不戒，就可見此一斑。而他往日是由屠戶轉而當和尚的，非但不是「放下屠刀，立地成佛」，而是放下屠刀、換上袈裟，以便娶一位美貌尼姑為妻。人家是當了和尚還了俗才娶妻，而他卻是為了娶妻而去當和尚，只因相中的女子是一個現任的尼姑，世間哪有此事？

但在不戒和尚身上，卻並沒有什麼不妥，反倒覺得「理當如此」。至於他覺得世上只有尼姑美貌，又覺得令狐冲當了恆山派掌門乃是像他一樣便於娶小尼姑儀琳為妻，又因田伯光對他女兒儀琳的「非禮」才覺得田伯光「頗有眼光」進而饒了他的性命……這些事便也「理所當然」了。

不過，大和尚雖號不戒，收田伯光作徒孫，卻又要他「不可不戒」，這又表明了他的特殊的邏輯因果有時又與常理相通。這一人物在小說中並非一味的扮演小丑角色，他對女兒儀琳的慈父之愛，讀起來令人熱淚盈眶，而他對妻子的一往情深則更覺得此人至情至性，大非凡人可以相比。與老頑童對瑛姑的望風而逃相比，不戒和尚的形象有另一種可愛與可敬。

在金庸的小說中，傳奇與表意的抽象漫畫方法，不僅適合於老頑童、不戒和尚這一類渾人喜劇形象，對於其他類型的人物如俠義、邪惡或怪異的人物也都能夠適用。只不過這種抽象的表意，並不只是幽默滑稽而已。

正面人物的例子，如郭靖的愚鈍笨拙與黃蓉的聰明伶俐，其實都已經過於誇張與抽象，只不過因為較為適度，因而使人沒有漫畫的感覺。

到了《神鵰俠侶》中，作者對楊過與小龍女的形象就誇張得厲害了。看上去楊過的熱情衝動與小龍女的貞靜沖虛都非凡俗人物，楊過是半神半魔，而小龍女則是半鬼半仙。小說中敘述古墓派玉女功養生修煉，有「十二少、十二多」之說，這「十二少」的功法，哪裡是凡人能夠修煉的？只有生長在古墓之中的人才能夠做到，而古墓派中的人也只有小龍女做到了。李莫愁不能做到，所以跑了出來；楊過也不能做到，所以不想久居於古墓之中（**楊過恰恰是「十二多」之人，與小龍女截然對立**）。小龍女修成此功，且超過了她的師祖林朝英，這使她更近仙女境界了。只有楊過這樣的「神魔」才能將這位龍女仙姑拉到凡俗世界中來。

書中如此描寫，並非裝神弄鬼，而恰恰是要借傳奇表意，在誇張之中揭示出人性的極度真純虛靜與極度的熱烈衝動的對比。楊過與小龍女不僅是兩種個性，而且代表了人性的相互矛盾又相互聯繫的兩個面。代表了、象徵了世間的男人與女人的相反相存、衝突和統一。

再說善與惡的衝突，及惡人的表現。

《射鵰英雄傳》中的西毒歐陽鋒之逆練《九陰真經》故然有「形而下」的原因，即因為郭靖的故意寫錯加上黃蓉的故意曲解，但這一情節安在這一人物身上，又顯然有其「形而上」的象徵意義，即這是一位倒行逆施的大梟雄。因為他是武學宗師，所以居然錯有錯著，逆煉真經，非但不死，反而讓他練成了另一路逆反的高深武功。只不過他到最後為之發瘋了。這些同樣都具有表意性，即象徵性，不可只按照寫實的形而下的層次去讀解。

這樣的惡人，可不是瘋狂之徒麼？這樣的惡人生於世上，可不都是倒行逆施麼？書中借他練武方式的錯誤及最終的走火入魔來象徵他的性格的變態及人性的病變。寫到《神鵰俠侶》中，作者讓歐陽鋒與洪七公一笑泯恩仇，則同樣是具有深刻的象徵性的。對此想來不必多做解釋。這一善一惡、一俠一魔二位老人的武功與個性都被楊過繼承過來，從而變成了半神半魔、半俠半邪的特殊人物，而這一特殊，卻又是人性的真義，因為人本來就「一半是天使，一半是魔鬼」。

《倚天屠龍記》，我們都知道張無忌為人慈善厚道，誠實忠義，與邪惡奸詐半點也沾不上邊。但小說中卻寫他的武功小半入了魔道，說他的哈哈哈仰天三笑中充滿了邪惡奸詐之意，這也是一種表意的象徵性寫法。因為他學習魔教武功，又與明教中的各類邪門人物長期相處，自不免近朱者赤，近墨者黑，內心深處自必沾染上了不少邪門外道的習性，逐漸改變著他的本性。只不過平時受到理智的控制，不會表現出來而已，而在生死攸關的比武搏擊中，卻不能自禁地表現出來了。

幸而謝遜聽到了張無忌的大笑，急忙大念佛門經典《金剛經》，為之解邪惡戾氣（**這當然又是象徵性的寫法**），這才使張無忌的理性恢復，重新將心靈深處潛藏的魔性克制住。但書中如此一笑，便已讓我們在張無忌的三聲大笑之中，看到了人心的隱秘與人性的複雜。這對張無忌的性格並無多大的影響和改變，但卻使我們對他的認識深了一層，從而也使我們對人的認識隨之而深了一層。張無忌會如此，我們人人都會如此。甚至會走得更遠，表現得更突出，因為我們既沒有張無忌那樣的深厚的正宗內力和定性，更無謝遜這樣一位悟道的義父在一旁提示。

傳奇的表意與漫畫式的抽象，只是一種介乎寫實與非寫實之間的寫法。我們尚能夠理解和接受，因為這類人物形象不論有多大的傳奇誇張或漫畫抽象，都還不脫人形。對人物的性格的表現上，基本是以寫實形象為主。至少能看出他的形象的輪廓。

二、變態與變形

上述的傳奇與表意的人物形象，雖對人物性格進行誇張與漫畫，以便突出他們的某一方面的特徵並揭示更深刻的象徵意義，但畢竟還是按照常規的人物形象的規範去作必要的藝術處理的。這些人物基本上屬於常態，理性層次的特徵比較明顯。正就是正，邪就是邪，癡就是癡，頑就是頑，都是可以憑我們的理智可以理解和把握的。

而金庸小說中的另一類型的人物，卻離我們常規理智較遠，這些人物幾乎完全是不可理喻的，他們的所作所為，簡直匪夷所思。不少的讀者對這一類人物頗不習慣。

最典型的是金庸小說中的一系列的情魔形象：《碧血劍》中的何紅藥，《神鵰俠侶》中的李莫愁，《倚天屠龍記》中的殷離，《俠客行》中的梅芳姑，《天龍八部》中的葉二娘、康敏……等等。

若說這些人物是誇張的傳奇，那也誇張失度；若說她們是漫畫人物，那畫也變了形。她們其實又還並不是徹頭徹尾的壞人，更不是非人的神道精怪女魔頭，可是她們的行為卻又往往比壞人更壞，比魔頭更具魔性。例如李莫愁，對陸展元一往情深，但陸展元最終愛上了何沅君並與之結成夫婦，謝絕了李莫愁的愛意。

這本是世間常有之事。李莫愁的一腔熱戀，變成了無望的單相思，其痛苦可以想像，其遭遇也頗令人同情。只是，這位李莫愁將何沅君當成了不共戴天的仇人。這已很不妥當，繼而因陸展元謝絕了她，就決意要殺陸展元全家，這更是莫名其妙；進而碰到姓何的或與「沅君」二字相關的，不論他們與何沅君相識或相關與否一律殺戮，一氣殺了一位姓何的武師一家二十幾口，又殺了沅水之上的幾十家貨棧商行中人，只因他們與何沅君共了一個「何」字或是「沅」字，這就更令人匪夷所思、使人髮指了；她還發誓，凡是有人在她面前提到「何沅君」三個字的，都要將他們殺了……如此邪惡凶殘，簡直毫無人性可言，完全是魔鬼之行為。

再如葉二娘，只因人家偷去了她的兒子，便每天要偷一個嬰兒來玩弄並弄死，天天如是，日積月累，也不知殘害了多少無辜的嬰兒。[1]康敏則是既殺了丈夫，又要殺情人，還要殺對她視而不見的人。相比之下，梅芳姑要算是好的了，她只不過是將情人與情敵生的兒子偷來養大，叫他做「狗雜種」，並以之為洩憤發怨的對象……

這些人簡直是非人類，但書中卻又偏偏是將她們當成人類來寫；另一個解釋，是這些人全都瘋了，只有瘋子才能做出她們所做的那些事，但小說中卻又不是將她們當做瘋子來寫，而是當成了「正常人」來寫。如此畸形怪類，一時實在難以索解。

若我們把這樣的人當成正常的人物，要去解釋她們的性格或心理及其理性依據，那當然是行不通的。

能夠解釋得通的，只有將她們看成是變形的人物。

她們變形的依據或原因，則是她們的心理和情感的變態。

她們心理變態的原因或依據，卻又是源於一種正常的人類情感或欲望。

這種情感欲望如此強烈，衝破了人類慣常的理性與道德價值的控制，變得毫無

1.值得注意的是，金庸先生在《天龍八部》的最新修訂版中，讓葉二娘改變了自己的習慣，即並不弄死嬰兒，而是將嬰兒玩厭了之後送給別人，讓嬰兒的父母飽嘗子女失竊的痛苦。這一改動，使得葉二娘這一人物的「魔」性明顯降低，誇張的程度也隨之降低。

理性，不受控制，從而處於一種非理性狀態。

書中所寫，正是這些人物的這種非理性狀態。這些人物在小說中的存在或表現形式，不是什麼個性形象，而是一種非理性的心態與情緒：即不是形象，而是心態（**抽象**）；不是性格，而是變態心理與情緒；不是什麼個性形式，而是一種抽象的人性病變。在這些人身上，情緒取代了理智，變態取代了常態，非理性取代了理性，病菌侵蝕了人性與人格。這些人若在正常的世界中，不是要被送進精神病院，就是要送上法庭。然而她們卻又恰恰生活在「無法無天」的世界中，同時又生活在一個瘋狂的傳奇環境中，這才使我們有機會看到如此驚人的變態與變形人物。

我們說過，對於這些人而言，個性、性格等詞都是不適用的。甚至形象二字對他們都不完全適合，因為他們是一種病態情緒及心理變態的抽象表現形式。是抽象變形之後的形象，與正常的（**寫實的**）人物形象不可同日而語。

在金庸的小說中，遠不止是李莫愁、梅芳姑這一類的「情魔」可以歸入變態與變形這一類。除情魔之外，還有復仇之魔、爭權之魔、追名之魔、逐利之魔……等等。

顯然，作者是將人類的不同的欲望，抽象地、又是極度誇張地變成一種表意符號，附著在某一具體的人物身上，加以凸出，與其說是突出人物的形象，不如說是突出人類欲望的（**抽象的**）可怕與可惡。

這一類型的人物有以下三重性。

一、人類某種欲望的抽象。

二、個人的心理失常變態。

三、藝術形態的誇張變形。

比如前面提及的李莫愁，就是人類情感欲望的一種集中的、典型的表現形式。一方面，此人除情之外，對世間的一切以及人生的一切都漠不關心，她的所有的表現也都是圍繞一個情字展開，其他方面的品性便被省略了，所以只能看成是一種抽象的演繹。

另一方面，她的表現，又正是人類的情感欲望的壓抑與變態的普遍的象徵，只要我們的情感與欲望不能得到滿足，在潛意識中就會產生反抗與怨毒需要發洩。在某種意義上，我們每一個人都有可能這樣，人類的每一分子都可能是一個潛在的李莫愁。因而這一形象具有廣泛的象徵意義。進而，我們大部分正常的人雖會碰到失戀或單相思這類的事，至多不過痛苦不堪、黯然神傷或哭鬧一場，而沒有、也多半不會像李莫愁這樣胡作非為、殘酷狠毒地向無辜者發洩，那是因為我們的理智的力量嚴密地控制著我們情緒的衝動，從而使我們的欲望與情緒處於壓抑與克制之中。

我們把這種狀態稱為「常態」。而李莫愁則失去了，或原本就沒有理性的控制，因而有怨毒就發洩，有恨怨就報復，不僅朝固定的對象，而且殃及池魚、濫殺無辜，我們對此稱為「變態」。其實在她而言倒是一種自然狀態。至少在表面上我們完全看不到她有任何發瘋或發狂的痕跡，覺得她就是這麼個人。凡俗的世界中不也有因失戀而殺人、甚至濫殺無辜的人存在嗎？只不過俗世中人即便如此，也會有前因後果，而且瘋狂殺人之人勢必也還有其性格的其他的面。不似李莫愁這樣的單一為情而苦、為情而傷又因情生怨，這就是作者的有意而為了。作者是只寫這一點而不及其餘，而且對這一點也只作為一種狀態來寫，並不去描畫她的性格。這種變態的心理和行為就代替了她的性格，彷彿李莫愁就是這個樣子。

正因為這類的人物同時具有上述三重性，使得她們與一般的概念化的人物有很大的差異。作者並沒有將他們寫成是單一的壞人，而是懷著深深的同情，深刻揭示一種人性的病態，使我們從中可以得到許多寶貴的啟示。無論是情魔也好、復仇之魔也好、或是其他的什麼魔也罷，作者刻畫他們的目的，主要不在於道德善惡的審判，而在於揭示人性的病變從而引起療救的注意。所以書中的這些人物雖多半有可惡可恨可怕的一面，同時又有可同情可憐憫的一面。這就遠比單純的善惡要深刻得多，也要真實得多。

說到變形，李莫愁還不是最典型的，最典型的是《倚天屠龍記》中的金毛獅王謝遜，他是真的連形象也變成了大異於常人的瘋狂雄獅大魔頭的樣子：「那人身材魁偉異常，滿頭黃髮，散披肩頭，眼睛碧油油的發光，手中拿著一根一丈六七尺長的兩頭狼牙棒，在筵前這麼一站，威風凜凜，真如天神天將一般。」

他的武功也非同一般。且聽他的「獅吼」：「突見謝遜張開大口，似乎縱聲長嘯，兩人雖然聽不見聲音，但不約而同的身子一震，只見天鷹教、巨鯨幫、海沙派、神拳門各人一個個張口結舌，臉現錯愕之色，跟著臉色變成痛苦難當，宛似全身在遭受苦刑；又過片刻，一個個的先後倒地，不住扭曲滾動。」（**這些人後來全都變成了癡呆**）

他說：「今年我四十一歲，十三年來，我只和禽獸為伍，我相信禽獸，不相信人。十三年來我少殺禽獸多殺人。」……無論是形象、武功、行為、言語，都不似正常的人類，似乎真的是吃人的獅子。實際上當然不是這樣，這只不過是一種抽象的變形而已。謝遜並非生來如此，只因十三年前他生平最崇仰、最敬愛的師父成昆欺侮了他，害得他家破人亡，父母妻兒一夕之間盡數死去，這才使他一夕之間悲憤怒怨而成復仇狂人。

三、寓言與象徵

前面我們談到了金庸小說中的漫畫式人物及變形式人物，這些人物大都有程度不同的抽象性質，不過這些人物的抽象（**誇張與變形**）大多還是從個體人物自身的性格與心態特徵出發的。下面我們要談的人物，則是作為小說整體的一種特殊的表意符號（**也是象徵符號**）而出現的。

我們都知道金庸的小說越寫越奇，人物也越寫越邪。其人物之邪，不僅是指人物的道德品質上的邪，也是指作者表現人物的方式的邪門（**不依常規不見常態**）。之所以如此，是因為金庸後期的小說不僅在敘述傳奇故事，而且還在營造一種寓言體系，即小說的整體有一種象徵體系和寓言性。而且這種寓言性大大地超過了傳奇故事的層面，它變成了小說的主體，成了傳奇故事的發展依據和結構依據。這使金庸後期的一些作品，如《連城訣》、《天龍八部》、《俠客行》、《笑傲江湖》都具有明顯的象徵意義和表現主義的特性。這些小說與其說是一些傳奇故事，不如說是些充滿象徵性的深刻的寓言。

在這樣的象徵主義或表現主義的寓言或作品之中，人物的形象自然要受到小說整體性質的影響。從而變成一定的象徵或表現符號。因為小說的環境與氛圍，與寫實方法營造出的現實人生世界的差異極為明顯，因而這種環境與氛圍自然也要制約生活在其中的人物。簡單地說，這些小說是些純粹的「成人的童話」和深刻的寓言，那麼，這些小說中的人物也就只能是童話人物或寓言人物。我們不能按照現實主義文學的人物形象的要求和標準去理解他們、衡量他們，因為他們最主要的特色，是已成為小說整體中的特定的抽象表意符號，即人性的各式各樣的象徵符號。

在這樣的作品中，充滿了漫畫人物與變形人物，因為只有這樣的人物形態才適於作品的氛圍和整體要求。在這樣一些作品中，人類的某些欲望被赤裸裸地表現了出來。如對權力的欲望，對金錢的欲望，對名譽的欲望，對地位的欲望，對異性的欲望，以及復仇的欲望……等等，都由一系列的人物來充當象徵性的表意符號。

如《天龍八部》中的「四大惡人」，就代表了人類的四大欲望：權力的欲望（**段延慶**）、情愛的欲望（**葉二娘**）、名的欲望（**南海鱷神岳老三**）、色、性的欲望（**雲中鶴**）。其中段延慶和葉二娘還兼任復仇者的身分。

進而，《天龍八部》一書中幾乎所有的重要人物，都可以按人類欲望的不同來進行分類。

一、情愛欲望一類：有段正淳、段譽、刀白鳳、秦紅棉、王夫人、甘寶寶、康敏、木婉清、鍾靈、王語嫣、阿朱、阿碧、阿紫、游坦之、天山童姥、李秋水、玄茲、趙錢孫……

二、權力的欲望一類：有慕容博、慕容復、段延慶、丁春秋、全冠清、摘星子、阿紫、宋哲宗、遼前南院大王……

三、復仇的欲望一類，有蕭遠山、蕭峰、游坦之、段延慶、葉二娘……

四、名位的欲望一類：有丁春秋、岳老三、鳩魔智……

以上我們只是對《天龍八部》中的一些重要人物進行簡要的排列分類，我們看到這些人物的類型化的傾向相當明顯。另外，其中有一些人橫跨幾類，比如游坦之既為復仇者，又為愛之癡人；丁春秋既為爭權者又為愛好虛名之人；葉二娘既為情中苦生又為復仇狂人……等等。

書中的另一些人物，雖不能明確地排列入哪一行列類型之中，但他們的一生之中，總也擺不脫上述四大類欲望的糾纏。如丐幫的執法掌老白世鏡，本是一個正直無私的人物，暗地裡卻陷入了情欲的深淵，變成了康敏的裙下之臣，且終於做了殺害馬大元的凶手。

又比如玄慈方丈，本是德高望重的武林領袖，卻居然是葉二娘的情人、虛竹的父親。而虛竹這位小和尚什麼考驗都能經受，卻沒經受住「人生第一大誘惑」，終於在黑暗的冰窖之中，主動將西夏國銀川公主摟入懷中，並從此破戒。再如中原群雄對遼國契丹人的仇恨，幾乎每一個正派人都成了血海深恨的代表。另外，還有一些人則是上述各主要人物的幫凶或手下，自然也是物以類聚，人以群分。

《連城訣》中寫了人的貪婪及一系列的貪婪者的形象：《笑傲江湖》則重點寫一些權力狂的表演；《俠客行》寫了人性的蒙昧、人的恐懼及欺詐、殘忍。我們當然還可以進一步詳細地分類，列出分類表，比如《俠客行》中的白自在與《天龍八部》中的丁春秋及《笑傲江湖》中的東方不敗、任我行等人在自高自大熱衷虛名、人與慕容復、慕容博等人則同樣具有王霸雄圖的強烈欲望。喜歡阿諛奉承這一點上大有異曲同工之妙，而岳不群、左冷禪、余滄海、封不平等

這些人物的最大的特徵，是他們首先是作為一種人性（人欲）的代表和象徵存在於作品的寓言世界之中。因而，他們的形象都具有抽象的象徵性。感性生命實體（個體生命特性）對於他們而言是不重要的，他們相當於象棋中的棋子，將、帥、車、馬、炮都是固定好的，要由棋手（作者）來調遣和安排。

又像是京劇中的人物臉譜，每一類都有既定的模式。總之，抽象性、象徵性或符號性，是這些人物的共同特性。我們不能，也沒必要去追問「這真實嗎」。作為一個生命個體，他們也許是不真實的，因為他們並非感性生命而只是一些表意符號。然而對於人性而言，對於作品的整體的寓言性而言，他們又是極真實的，甚至是一種本質的真實。他們的真實性不在於個體的形象，而在於人類群體共性的真相。

但是，問題並沒有到此為止。對於人物形象的塑造而官，更重要的問題還在後面。即，這些抽象的象徵符號性的人物是否具有形象性？而這些表意性的類型形象是否具有個性？

答案是：是的。

這才是我們所要探討的問題的核心。即金庸在小說創作中，把人物的個體形象

性與人性的共性抽象表意性結合在一起，才取得了真正輝煌的藝術成就。而這一點，又正是金庸塑造人物形象的一大絕招。

在上面的分類列舉中，我們不難看到，同一類的人物其實還具有不同的個性特點。至少，我們還可以按照其他的分類方法，對他們進行再分類。

段氏父子都是「癡情人」，但父親是見一個愛一個，而且還都是女性圍著他轉；兒子卻只癡愛一個，並且是死纏窮追才得到情侶的心。

蕭氏父子都是「復仇者」，但父親復仇成狂，到最後才放下屠刀皈依佛門，兒子雖嗔怒一時，卻仁慈寬厚，終於為化解民族的仇怨爭端而犧牲。

慕容氏父子都是「權力狂」，父親老謀深算，不惜詐死埋名，兒子卻營營苟苟，甚至一無所成，父親歸了佛門，徹悟人生，兒子卻執迷不悟，終至瘋癲。

玄慈父子都是少林寺的和尚，又都破了色戒，玄慈雖領袖群雄，卻邁不出最關鍵的一步，以至於內心的隱痛不死不休；虛竹雖迂腐愚鈍，卻終於能直面人生，按照自己的心願去找到了夢姑。

這些都是同中之異。小說中的其他人物，尤其是小說中的重要人物，也都可以作進一步的、另一種形式的分類。比如這些人的善惡不同，正邪不同，進而在善與惡之中，又有為善或為惡的程度不同，形式不同，原因不同，結果不同；再接下來，就有接觸人物的性格、氣質、脾氣的不同了。

也就是說，這些人物對於小說整體——寓言層面——而言，固然只不過是一種抽象的符號，但在小說之中，在小說的形而下的世界裡，在小說的故事情節中，卻又是具體的、單個的有其不同性格特點的人物形象。

金庸在這些小說中，建築的是一種具有形而上的寓言性而又同時具有形而下的傳奇性的雙層藝術世界，因而其中的人物就同樣具有抽象與形象二重性。進而，在寫作方法上，也具有寫實與象徵（寫意）二重性。

這種二重性，又有不同的表現形式。

一種形式，是在金庸的作品中，既有寫實形式的人物形象，也有寫意性的人物形象。只不過，在金庸前期的非寓言性的歷史傳奇小說中，寫實形象遠多於寫意、象徵形象；而在後期的作品中，情況恰好相反。

另一種形式，是金庸作品中的若干人物形象，既具有鮮明的個體形象，同時又具有普遍的象徵寫意性質。其中根據抽象的程度不同，分為傳奇表意人物、心態變形人物及寓言象徵人物。進而，依據作品的整體的不同性質，這些抽象的象徵符號式的人物形象，又分為以個體性為主與以抽象性（類型性）為主兩類。

其實，抽象與形象的結合形式，還有許許多多的變形，有一些我們在其他的章節中已經涉及到，在這裡就不多說了。在這裡，我們主要的只是要認識到抽象與形象的結合，是金庸塑造人物形象的一個重要方法。而這一方法，又恰好發揮了小說敘事藝術、尤其是傳奇小說敘事藝術的特長。因為小說中的人物形象本身就具有一定的模糊性與抽象性，因為它是靠文字語言作為傳播媒介的，訴諸讀者的想像、理解，而不是像繪畫、攝影、電影、電視那樣真正的有形有象，直接訴諸讀者的視覺。

這一點最大的不同，往往被許多作家與讀者所忽視。進而，傳奇小說的特長，更在於它在傳奇述異之中誇張寫意、象徵表現，結合著寫實與形象化，大大拓展了藝術表現的空間，豐富了表現人物及揭示人性的可能性，只不過許多作家實者過實，虛者過虛，單一的演繹概念或單一地裝神弄鬼、故弄玄虛，不能真正進入人物形象塑造的藝術殿堂。金庸的成就，正在於化雅入俗，借現代化藝術入傳統模式，靈活多變，不僅豐富了文學作品人物形象畫廊，而且也豐富了塑造人物的方法技巧本身。

第四章
區別與對比

金庸的每一部小說中都有為數眾多的人物，而全部作品中的人物更是數以千計，如何使這些人物形象鮮明獨特，給人留下深刻的印象，這是每一位小說作家都會感到頭疼的問題。

這就是小說創作的人物形象的整體設計問題。如若設計得不好，眾多的人物形象就會成為模糊不清的一片，難以給人留下鮮明而獨特的印象，

金庸對此有獨到的處理方法，那就是以區別為原則，以對比為方法。

要使小說中的眾多的人物都能給人留下印象，就必須對他們加以明確的區別，比如姓名的區別，形象的區別，個性的區別等等。當然還有其他的區別。比如性別，民族的區別，身分的區別，地位的區別，年齡的區別，武功的區別……等等。其中最重要的區別，當然是形象與個性的區別。

小說創作的根本任務就是要創作出形象不同、個性各異的人物形象來。所以區別的原則適合於所

有的小說家及其創作。

對人物形象進行區別設計和創造的最有效的方法之一，就是對比的方法。諸如善惡的對比、美醜對比、真假的對比以及各式各樣的形象與個性的對比等等。對比是一種簡單而有效的方法。黑白對比，黑者愈顯其黑，白者愈顯其白，黑與白更加分明，區別就更加明顯。這不用多說。

下面我們就來看一看金庸小說是如何對其人物形象進行對比設計的。

一、同一作品的對比設計

自創作武俠小說之始，金庸就運用了人物形象的對比設計和對比創造的方法。這在他的小說處女作《書劍恩仇錄》中就可以看到。

在進行舉例分析之前，我們必須說明兩點，一是人物的對比必須有某種能夠對比的基礎，即使他們的可比性。例如大碗與小碗、老碗與新碗可以對比，因為它們都是碗；老虎和狗也可以進行某種對比，因為牠們都是動物；而老虎和碗之間就無法進行對比了，因為它們之間沒有進行對比的必要基礎，沒有可比性。當然也沒有對比的必要。

二是人物的對比因其對比的基礎不同、範圍不同，因而有不同的對比層次，不同的對比角度和不同的對比方法。例如老虎和狗是一種範圍的對比（**動物**），而猛虎和病虎則又是一種範圍的對比（**虎**）；大碗與小碗的對比是一種（**比其大小**），新碗與舊碗的對比又是一種（**比其新舊**）……等等。

《書劍恩仇錄》中的人物形象的對比，也有不同的層次。

第一個層次，是男主人公陳家洛與乾隆的形象對比，這是正、反兩個陣營的主要人物的對比，是善於惡的對比。另外，這二人又是一母所生的同胞兄弟，外形相似，性格卻不同，這又是一層對比。關於這兩個人物的個性，我們在其他的章節中已作過分析，這裡就不再多說了。只要明白這二人之間存在著一種明顯的對比關係就成。

最有說服力的人物對比設計，是小說中「紅花會」的若干英雄人物之間的對比關係，我們可以詳加考察。

總舵主陳家洛與二把手無塵道長之間的形象對比：前者年少，後者年老；前者溫文爾雅、後者性急如火。

無塵道長與三把手趙半山的對比：前者性急如追風快劍，嫉惡如仇，喜好打鬥；後者則號為「千臂如來」，心慈面軟，能忍能讓。

趙半山與文泰來的對比：前者使用暗器，形如富商或鄉紳，後者使用奔雷掌，偉岸英姿，雄糾糾一見便知是江湖英豪。

文泰來與黑無常、白無常：文泰來雄姿正氣，黑白無常則面相陰沉；文泰來坦蕩豪邁，黑白無常則性格怪僻。

黑、白無常之間：黑無常名常赫志，皮黑；白無常名常伯志，皮白。

黑白無常與徐天宏：前者兄弟面目陰沉性格偏激，手段狠辣；徐天宏面善多智，號為「武諸葛」，並不狠辣。

徐天宏與楊成協：徐天宏個頭矮小，楊成協號稱「鐵塔」。前者精細，後者粗豪。

衛春華與章進：衛春華英俊，章進駝背醜陋……

上面我們對「紅花會」中排行一至十的十名英雄人物的形象和性格進行了簡單的比較，不難發現其中確實存在著一種對比關係。他們都是英雄人物，同一戰壕的戰友，但畢竟各人的性格不盡相同。所以作者利用他們的「座次」設計了一種鮮明的對比關係。

當然，我們也看到，有些對比僅僅是相貌上的對比，如黑、白無常兩兄弟，焦不離孟，性格近似，所以只在皮膚上加以區別。其餘人物，則依據上述的對比關係，在小說的情節中各自展露自己的個性風采。

《書劍恩仇錄》中還有其他層次或角度的對比，如武當名宿陸菲青與火手判官張召重之間的對比，他們同出武當門下，不僅性格不同而且所走的人生道路及人生志向也不同，從而形成了十分鮮明的對比。再如霍青桐與喀絲麗姐妹的對比，前者足智多謀，後者天真爛漫，差異極大，對比的效果也就更加明顯。再如文泰來與駱冰夫婦，丈夫英雄豪邁，妻子嬌俏溫柔；徐天宏與周綺這一對則相反；男的足智多謀，心細如髮，女的莽撞天真，大大咧咧。他們之間顯然存在性格的對比，差異明顯，互補性格。而文泰來一對與徐天宏一對則又可以形成一種對比，對比之下，無疑會使人物的形象更加鮮明而獨特。

《碧血劍》中，同樣也有種種對比關係。最明顯的，莫過於袁承志的兩位師兄，即大師兄「銅筆鐵算盤」黃真與二師兄「神拳無敵」歸辛樹之間的個性對比。大師兄出身商賈，性格幽默滑稽，喜歡插科打諢而又心細多謀，智計超人，二師兄性格內向，沉默寡言，心無旁騖，專心練武，耿介孤僻，處處都與大師兄不同。

《射鵰英雄傳》中，這種人物的對比關係就更加明確而完備。

華山論劍的五位絕頂高手，分為東邪、西毒、南帝、北丐、中神通；其中東、西為邪、南、北為正；進而東邪邪中有正，西毒則毒中有邪；南為帝北為丐，地位懸殊，亦形成對比。

郭靖與楊康：郭靖純樸厚道，終為俠之大者，為國為民盡心盡力；楊康輕薄佻達，貪戀榮華富貴，終於忘父忘國，賣身求榮，成為不恥於江湖人世的卑污小人，不得善終。

郭靖與黃蓉：郭靖木訥、愚鈍、純樸、粗拙，黃蓉外向、聰明、靈巧、精細，相反相存，終成良配。

郭靖與歐陽克：都對黃蓉有情，一為北丐之徒，一為西毒之侄，但郭靖本分守拙，重道重義，歐陽克風流好色，自命瀟灑、浮躁淺薄。在黃蓉眼中，判若雲泥。

華箏與黃蓉，一為北國胭脂，一為南方佳麗，華箏健壯、爽朗、直率、粗放，黃蓉秀麗、狡黠、靈動、精明。黃蓉見到華箏，說她是北方蒙古草原上的大鵰，而自己則只不過是江南屋簷的小雀。雖含自貶之意，卻也不失為一種對比。

穆念慈與黃蓉，穆念慈幼遭家門慘禍，早熟懂事，端莊守禮，癡情卻缺乏慧眼；黃蓉錦衣玉食，一派天真，性情偏邪，既不端莊也不守禮，與穆念慈顯然又形成了另一種形式的對比。

再如小說《神鵰俠侶》中，幾位主要人物的形象也都具有鮮明的反差，形成了有趣的對比。男主人公楊過與女主人公小龍女的形象就是一種對比，楊過性格外露，熱情如火，好動而厭靜，小龍女則性格貞靜，無喜無悲，喜靜而厭動。楊過自幼在江湖市井間長大，極愛人間煙火氣息，而小龍女則生長於古墓之中，不知人間之事，一個易感衝動，輕佻偏激；而另一個寧靜陰虛，清純冷漠。這兩個人一陽一陰，恰成兩極，相互吸引又相互矛盾。

小說中的李莫愁與小龍女雖出身於同一師門之中，但兩人的性格卻是大不相同。一個爭強好勝卻又偏偏苦命，以至於失戀之後成了江湖上人見人怕又人見人恨的女魔頭，而另一個則謹守師訓，不爭不怒，長年在古墓之中生活，一旦出現在人間便被驚為仙人。她倆的區別，不僅是一魔女、一仙女，而且在於一外向、內向。

小說中的程英與陸無雙的性格對比，我們在其他的章節中已涉及，這裡就不必多加分析了。另外，武三通與李莫愁雖然同為情魔，但卻又有正、邪之分，不可同日而語。

小說中的其他人物，如武氏兄弟的性格也大不一樣，哥哥武敦儒厚道持重，弟弟武修文活潑機靈。再如金輪法王的兩個弟子，達爾巴直率忠誠，魯莽卻又正直；霍都機靈巧詐，聰明卻又涼薄。再如生性純樸而又喜歡胡鬧的老頑童周伯通，在這部書中忽然收了一位徒弟，而這位徒弟卻又偏偏老成持重，與師父的個性截然相反。

《倚天屠龍記》中的趙敏與周芷若，殷離與小昭的性格對比、那也不用多說了。

《笑傲江湖》中的人物，也可以找到許多可以對比的例子。如日月神教中的東方不敗與任我行這兩位教主，雖都是邪教的首領，都不是什麼好人，但畢竟還是有明顯的區別。東方不敗的匿影藏形，內心陰險與任我行的橫行霸道、我行我素之間大不相同。正如嵩山掌門人左冷禪的陰鷙殘暴，與華山掌門人岳不群的虛偽狡詐，也形成了對比。

少林寺方丈方證大師之仁慈與武當派掌門人沖虛道長之智計也是一種對比。泰山派掌門人天門道長的剛烈粗魯與衡山派掌門人莫大先生的陰柔多智、含而不露又是一種對比。莫大先生及其「瀟湘夜雨」之曲的猥瑣世俗，與劉正風的「笑傲江湖之曲」的高雅脫俗之間又是一種對比。

岳靈珊清純可愛，卻多少有些自以為是，而實則腹內草莽，這與任盈盈表面上羞怯溫雅而實際上聰明多慧、善解人意自然大不一樣。而岳靈珊與儀琳相比，則又有不同。

主人公令狐冲與他的師父岳不群完全是兩種人，岳不群表面溫文爾雅，實則笑裡藏刀，而且貪婪邪惡；令狐冲表面上無行無德，實則內心善良，至性至情。令狐冲與勞德諾之間也有同樣的差異。

以上我們信手拈來，列舉了一些作品人物形象的對比的例子。這作為一種方法，在金庸的每一部書中都可以找到例證。只不過有些是精心策劃的，而有些則是信手拈來的；有些是「圓型」人物的對比，而有些是「扁型」人物的對比而已。其他作品中的例子我們也就不必一一搜求舉證了。

二、不同作品的人物對比

所謂不同作品的人物對比，當然是指作品中的主要人物之間的對比，這是金庸小說創作的又一重要方法，也是金庸小說取得重大藝術成就的一種基本保證。

我們都知道金庸構思一部作品，多半是按照人物的命運和性格去展開的。因而每一部作品的主要人物的性格和命運，可以說是整部作品的核心和靈魂。要使作品出新，那就勢必首先要讓人物形象及其命運出新不可。所以，金庸在其小說的構思和創作中，總是要力圖使其主人公的形象與眾不同，而且還與自己其他的作品主人公不同，而使主人公形象互不相同的最重要的方法之一，則正是努力讓他們的性格形成對比，以便顯示鮮明的區別。

最突出的例子，當然還是「射鵰三部曲」的三位主人公之間的形象對比。

《射鵰英雄傳》成功地塑造了郭靖這麼一位特殊的主人公形象，他的特殊性在於其自幼便十分的愚鈍，連說話也比一般的正常孩子晚上幾年，凡人一歲多便開口說話了。而他則到三、四歲才開始說話。其笨拙與遲鈍的例子，在書中俯拾皆是，總之他的智力水準遠低於正常的水平線。只是他性格堅韌、勇毅，重要關節異常堅定。這才終於練成武功，成為一代大俠。郭靖練武之難，可想而知。這人成為大俠卻是誰也不會有疑問的。

寫到《神鵰俠侶》，作者筆鋒一轉，刻畫了一個與郭靖截然相反的人物形象。郭靖愚鈍，楊過則非常的聰明；郭靖隨和，楊過則非常的敏感；郭靖堅定固執，楊過則佻達輕薄；郭靖守正不阿，楊過則偏執激烈……如果說郭靖是正，則楊過無疑更近於邪。總之是南轅北轍，各走極端。說楊過是郭靖的反向延伸、對比而成，一點都不為過。

這是作者故意這麼幹的。

寫罷《神鵰俠侶》中的楊過，再寫《倚天屠龍記》就要另闢蹊徑了，作者果真是這樣，從楊過的形象中，再一次使用相反相存的對比策略。楊過不是剛烈偏激嗎，那麼張無忌就來隨和平易，甚至拖泥帶水；楊過不是輕薄風流嗎，張無忌就來一個見到姑娘打不定主意；楊過不是狡黠聰慧嗎，張無忌就來一個誠樸老實，總是上了人家的臭當……如是，又一種對比形成了。小說《倚天屠龍記》自然就別開生面，與《神鵰俠侶》大不相同。

這三部小說不僅男主人公的形象形成對比，而且女主人公的形象也形成對比。《射鵰英雄傳》中的黃蓉聰明過人，自小無拘無束，性格活潑任性；而《神鵰俠侶》中的小龍女則一一與之相反，純樸無計，師門規矩嚴格，性格沖虛隨意，無主見。進而，《倚天屠龍記》中的趙敏（**這部小說中有四位女主人公，相比之下，**

趙、周與其他二位要重要些，而趙又比周略重要些，故選趙為第一女主人公）又與小龍女的性格完全相反。小龍女性格內向，禁情滅欲，趙敏性格外向，熱情開朗；小龍女純樸無計，趙敏則詭計多端；小龍女保守恬退，而趙敏卻勇於進取，並且不獲全勝絕不收兵，為了情郎能做出任何事來。

「射鵰三部曲」因為是互有聯繫的三部書，因而作者就格外注重其主人公的性格對比。在金庸其他的小說中，主人公的性格差異是明顯的，不過對比度不似這三部書那麼鮮明。

例如在《倚天屠龍記》之後寫的《天龍八部》就有反其道而行之的傾向。張無忌與蕭峰的形象也是一種對比，張無忌萬事隨和而蕭峰意志堅定，張無忌拖泥帶水，總是聽天由命而蕭峰則勇往直前，敢於與命運抗爭；張無忌不願當明教教主卻又當了，蕭峰卻又被丐幫革去幫主之位甚至開除出幫；張無忌對四位姑娘舉棋不定，蕭峰則只對阿朱一人情有獨鍾，雖死不改；張無忌毫無領袖氣質，甚至沒多少英雄氣概，而蕭峰則豪邁英明，天生是領袖群雄的料子，他的英雄氣概無人能與之相比。

《天龍八部》中的另一主人公段譽則與蕭峰不同，可以說是鮮明的對比。而《俠客行》的主人公石破天，則既不同於蕭峰的英雄氣概，又不同於段譽的溫文爾雅，而是與他倆都相反的人物，此人聰慧異常卻又不識字，生具慈懷而又不求人，歷盡艱險卻並不執著於俠與非俠、義與非義。如果說蕭峰、段譽都是歷經苦海這才終於得到最後的超度與解脫，而石破天卻是天生的赤子衷腸。

《俠客行》的主人公是一個老好人，一個純樸至極的人物，則小說《笑傲江湖》的主人公令狐冲又與他相反。令狐冲聰明、機靈、狡黠，喜歡喝酒、喜歡熱鬧，甚至喜歡胡鬧，這些都是石破天不具備的，也是不可想像的。

寫到《鹿鼎記》，則主人公韋小寶不僅與令狐冲的形象形成對比，而且與金庸前此創作的所有的正面主人公的形象形成了強烈對比。我們知道韋小寶這一人物是一個「反武俠人物」，即他不學無術，既無武功，又沒多少俠義情懷，而是把自己的生存置於一切價值之上的人物。

說穿了，他不是什麼俠，而是一位不折不扣的小流氓。這一人物形象的審美價值卻又不可忽視。他與令狐冲以前的俠義人物的「反向對比」，主要體現在：令狐冲以前的俠義人物不論其個性如何，都是作者創造的一種理想的人格，而韋小寶的形象則是中國文化背景下的現實人格的深刻寫照。

前此人物形象，不論是儒家之俠（如陳家洛、郭靖等），還是道家之俠（如楊過），不論是佛家之俠（如石破天），還是俗世的英雄浪子（如令狐冲），他們或多或少都帶有某種理想價值的痕跡，甚至帶有某種理念性。而韋小寶這一人物雖似奇幻，卻是真真切切的中國文化的現實產兒。他的「生存第一」的本能原則，正是中國文化的精髓。

三、對比與區別

對比是一種方法，區別才是它的目的。因而，對比是相對的，區別則是絕對的。

在金庸的小說中，不論是同一部書中的同一陣營的人物或是不同陣營的人物，還是不同作品中的同一類型的人物或不同類型的人物，都是要想方設法地對他們的個性形象加以區別，從而創造出個性鮮明的人物形象系列。而強烈的對比，則又是區別人物個性的最有效的方法之一，所以金庸才經常地在小說的人物形象塑造中運用這一方法。

如前所述，金庸小說的人物形象的對比，有些是刻意為之的，有些則是任意為之、信手拈來的。刻意為之的對比，如郭靖與楊康，郭靖與黃蓉、郭靖與楊過，以及楊過與小龍女、小龍女與黃蓉、楊過與楊康……等等，作者正是要從這樣一種精心設計的人物形象的對比中，區別人物性格並對人物的命運、情感等各方面加以比較，從而不僅使人物形象在比較中突出各自的個性特徵及其審美價值，而且在比較中突出了他們的價值本質和思想意義。

而任意為之的對比，則多半是對那些相對不太重要的人物而施行的。要區別他們，最直接有效的方法，便是讓他們處於黑白分明的兩級對比狀態，從而給人留下深刻的印象。例如小說《天龍八部》中的蕭遠山、慕容博這兩個人物，在書中算不上是主要人物，但卻又牽連甚廣，因為他倆恰恰分別是「北喬峰，南慕容」兩位絕世高手（**也是書中的主要人物**）的父親，而且又是一對仇人，卻又不約而同地在少林寺埋伏隱居了幾十年之久，都扮做老和尚。

小說中很少正面寫到他們，因為他們都是「死」過一次的人，只在傳說中出現。直到小說的第五卷，才讓他們死而復生，揭開了他們的蒙面紗。對這樣兩個人物，本不必花大力氣去進行塑造，而又不能太草率地交代了，於是作者便用上了很乾脆直接的「對比法」——由少林寺的無名老僧將他倆分別打「死」（**再一次「死」，是為了真正的精神上的死而復生，因為他們上一次的「死」後復生，只是肉體方面的死而復生，在精神上恰恰陷入了魔障**）再救「活」——

……漸漸聽得蕭遠山和慕容博二人呼吸由低而響，愈來愈是粗重，跟著蕭遠山臉色漸紅，到後來便如要滴出血來，慕容博的臉色卻越來越青，碧油油的甚是怕人。旁觀眾人均知，一個是陽氣過旺，虛火上沖，另一個是陰氣大盛，風寒內塞。……（**第四十三回**）

這裡不是直接地刻畫人物性格，不是直接地將兩人形象進行對比，而是通過傳奇的形式使兩人的性格對比，得到象徵性的表現。這一方法雖不直接，卻比直接地進行性格對比要深刻得多，也有效得多，我們看到，一張紅臉和一張青臉的鮮明比較（這使我們想起中國京劇中的人物臉譜，紅臉為莽者，青臉為奸者），進而又知道紅臉的蕭遠山是陽氣過旺虛火上升，而慕容博的青臉則是陰氣太盛風寒內塞。這兩個人都是有病之人。他們的病，一在血海深恨，嗔怒過火，一在王霸雄圖，心機過甚。

同時，在這一對比中，我們還能看出，蕭遠山性格的外向與慕容博性格的內向的對比；以及蕭遠山作為一個北方人的豪邁粗莽以及慕容博作為一個南方人（姑蘇慕容）的機巧奸詐，進而還可以看出一位復仇者與一位復國者之間的明顯的差異。

像這樣的對比方法，是作者任意所之，信手而為的。這種任意所之，當然也是作者的才華和功力的突出表現。不是什麼人都能如此「任意」得出來的。

然而，對比方法的運用畢竟是有限度的。不可能所有的人物都能找到自己的比較對象，更不是所有的人都是相對而成的。倘若金庸小說中的人物都是對比而成，倘若金庸將他的對比方法無節制地加以濫用，以至於處處是對比，那就不但著相，露出匠氣，而且還會適得其反，使小說的人物陷入機械與片面之中。因為任何對比都是有其簡單的一面、機械的一面，任何對比都具有一定的片面性。而小說創作的最大的技法原則，就是要匠心獨運而又不露匠氣。

運用對比之法以顯示人物個性形象的鮮明，這是一種匠心。而若將對比之法無條件地加以濫用，並得處處是對比，人人可對比，那便是匠氣了。效果上適得其反。正如任何補藥雖都對人有益，卻又不能亂吃、更不能濫吃一樣。

我們說過，金庸人物塑造的絕對性原則，是注重人物的區別。對比只不過是簡單的區別形式之一。除此之外，還有許多其他的方法可以運用。大致上，可以分為外部比較（**不一定是對比**）與內部顯示兩大類。

對比之法容易將人物推向兩極，而一般的區別性的比較則要平實得多，雖效果未必有黑白分明的對比那麼強烈，但區別性的比較則更加靈活、更加多種多樣又更加平實真切。例如《天龍八部》中的「四大惡人」，分別由「惡」字排列的位置順序定出大小尊卑，如「惡貫滿盈」段延慶的「惡」排在第一，他就是「四大惡人」之首；葉二娘是「無惡不作」，排在第二；南海鱷神是「凶神惡煞」排在第三；雲中鶴是「窮凶極惡」排在第四。這是一種比較方法，當然只是表面的一種方法。另一層次的比較方法是，段延慶之惡，源於要復仇兼復位，為此他成為天下第一大惡；葉二娘之惡源於失戀又失子因而要復仇兼洩憤，為此他成為天下第二大惡；岳老三一生所求在於名分、地位；雲中鶴之惡則在於貪淫好色……如是，他們的惡便從其性格心理上顯示出來了。

有明顯的區別，但不一定就是對比。再如慕容府的四大家將鄧百川、公冶乾、包不同、風波惡，四人之間沒有機械的對比，卻又有細微而明顯的區別，鄧百川穩重扎實，公冶乾廣聞博識，包不同喜歡「非也非也」與人爭辯，風波惡則是哪裡有架打便出現在哪裡。

金庸小說中的主要人物形象，也不全是由對比而產生的，準確的說法，是作者注重他們之間的細微而深刻的區別。其中有對比，但那是有限度的，在一定的範圍和層次以內，而非所有的區別都由對比顯示出來。例如《連城訣》中的狄雲，《俠客行》中的石破天、《倚天屠龍記》中的張無忌，這三個人物有一個共同的特點，是都容易上當受騙，而又總不能接受教訓。他們的故事，可以說都是上當受騙的故事，然而三人上當受騙的原因又各不相同。狄雲是因為出生於鄉下，見識得少，更是由於他老實而愚鈍，不夠聰明，石破天上當受騙，一方面是因為他自幼在深山僻居，對人世間、江湖上的一切都一無所知，連「狗雜種」是罵人話都不懂得，另一方面則又因為他生具赤子衷腸，甘願為人下地獄。

此人與狄雲的最大的不同點是極具靈性，好比未琢之玉，而不像狄雲那樣是真的有些愚蠢笨拙。張無忌的上當受騙，固然因為他自幼生活在父母、義父身邊，在無人的冰火島上，所得到的都是誠摯的愛護和關懷，而毫無被欺騙的經歷，所以一到中原便屢屢被騙；另一方面則又由於他性格上拖泥帶水，當斷不斷，且誠實地對待一切，一廂情願地希望「大家都做好朋友」……這三個人的性格以及他們的命運，是有很明顯的區別的。其區別在於，狄雲的一切都出於無奈；張無忌的一切則出自於「無為」，石破天的一切則出自於他的「無求」（因而逢凶化吉）和無相（因而遇難呈祥、不求自得、無往不利）。

即便是相互間有對比的人物形象，他們之間的區別，也不全是絕對的黑白分明的對比，其間還會有「間色」以及「襯底」等等，才能塑造出性格飽滿、形象鮮明的人物。例如郭靖與楊過雖似處處不同，但對鍾情之人的忠貞不二，以及對俠義的殊途同歸，卻又是相似的和相通的。楊過與小龍女雖一為陽剛之極、一為陰柔之極，但二人都是生具至性，心無俗念，這才會在不知不覺之中相愛至深。

另一方面，人物之間既無明顯的反差，也同樣可能有明顯的區別。例如陳家洛與袁承志，這兩個人物都是名人之後，且卻是心憂天下的儒家之俠，在大類型上屬於一種，而其性格上又不是相互對立的，但他們的形象差異卻還是很大的，差異之一，是陳家洛出身於書香門第，自己又考中過舉人，是先學文後學武，算得上是文武全才，因而多少有些風流自賞，書生氣較濃。而袁承志雖也念過幾年書，但那只是日學武、夜學文，粗通文字而已，他的性格更接近純粹的江湖英雄，所以更加直率、豪邁和誠樸。比之陳家洛，少了一點書生的儒雅，卻也少了一份讀書人的虛偽和內心的脆弱。

再寫到《雪山飛狐》以及後來的《飛狐外傳》中的胡斐，那就更加江湖氣十足、草莽氣十足，因而與陳家洛、袁承志又不相同了。算起來，袁承志可以說是陳家洛與胡斐形象的一種仲介或間色，前者為書生儒士，後者為草莽英豪，袁承志則算得上半書生半草莽、半儒生半英豪。文化程度上的不同，決定了這三個人的性格的差異，這倒不是由對比而來，而是一種逐漸變化和發展中的區別。作者寫作從書生到草莽的人物形象的變化，當然另有其深刻的思想原因。在這裡，我們只是談人物形象的區別與比較。

總而言之，對比與區別是金庸小說用以塑造人物形象的一種重要的和基本的手段、方法。但這種手段和方法的運用之妙，需存乎一心，不能理解為一種機械的和普遍適用的原則。對比是為了區別，然而區別人物形象又不止對比方法一種，從而對比的限度、層次及其對比方法本身的表現形式都是要視情況而定的，有表面層次的對比（如人物的名號、穿著、長相、身分、地位等等），也有深層次的對比（如人物的心理、情感、個性、命運等等），更有人物形象的不同側面的對比（如品質、智慧、武藝、意志、脾性……等等），從而，對比的方法就有全面的對比與單層面的對比之分，又有刻意的對比與任意的對比之分；有精心設計的對比與隨機應變的對比之分，又有區別中的對比與對比中的區別之分。

人物的形象是千差萬別的，因而塑造人物形象的方法就應該是千變萬化的。金庸小說正是這樣，將對比、比較、區別運用得異常的神妙，從而使小說中的人物形象異常的鮮明、突出。

寫到這裡，我們必須強調一點，即在前文中提及的塑造人物的方法，有外部區別與內部顯示兩類，我們在這一章中只是談人物的外部區別，而沒有涉及到人物形象的內部顯示，即按照人物的自身本質去塑造。實際上，人物形象的內部顯示即自我表現，比之人物形象的外部區別的方法更為重要。這種分別，有如氣宗與劍宗的分別。本章所談，都只是劍宗的外在招式而已，真正的人物形象的成功塑造還需貫注氣宗的內力，即對人物的個性本身加以深刻的把握和生動的表現。

關於人物的個性本身的把握和表現，那是另一章的內容了。

在此不必多言。

第五章 情節與個性

脫離具體的作品及其環境與情節來談論人物形象，是一件很尷尬的事情。無論是談論類型還是個性，都必須、也只能概括地去談，而要概括就免不了要抽象，也免不了要突出重點而不及其餘，這樣做，無論如何都會與作品中的人物形象有一定的差距。因為任何概括都是機械的，而作品中的人物則是活的，用某些框框條條去概括活的人物，總不免要尷尬。

文學作品中的人物不是談論出來的，而是在作品的具體情境中表現出來的。在《敘事藝術論》一卷中我們已經談及金庸設計和敘述小說的故事情節，與其主要人物的性格表現及其個性展開有著密切的關係。這裡我們將就這一問題進行較為深入的分析。

金庸塑造人物形象的最基本的、也是最重要的方法之一，就是利用小說的故事情節來展開人物性格及其發展軌跡，這是一般的武俠小說所不能企及的，因為一般的武俠小說作家寫作的不二法門，就是編一個好看的故事。他們把編出好故事當成小說創作的最高目標，從而總是要發揮想像，傳奇述異，被故事牽著鼻子走，書中人物只不過是一種表意符號，同樣要跟著傳奇走。至於人物性格什麼的，自然就無暇顧及了，甚至想都想不到這一點。只有金庸是這方面的有心人。所以金庸小說的藝術成就與境界就大不相同。小說中出現了許多性格鮮明而又飽滿的人物形象。

一、在情節發展中展示人物性格

金庸小說的故事情節有著雙重功能，一是敘述故事、傳奇述異：二是描繪人物，刻畫人物的個性，後一種功能又逐漸起著決定性的作用，制約著前一種功能。即不論小說的故事情節如何發展，也不論它是多麼的奇異，它都是人的故事而不是神怪仙鬼的故事，進而它都要為表現人物性格服務。這樣，作者的構思雖然有了某些限制，卻又找到了依據和發展的根本動力，同時也找準了情節發展的目標和方向。因而寫起來得心應手，看起來就合情合理。

具體的表現人物性格的方法及其功能，有下列幾個方面。

（一）突出和充實人物性格的主體輪廓

小說中的人物形象，總是有其性格的主要特徵的，這一性格的主要特徵需要在小說的情節發展中得到突出的展示，其方法之一，就是在情節發展中不斷地加以強調、充實，使之鮮明而突出。

例如《書劍恩仇錄》的主人公陳家洛是一個出身於書香世家的貴族子弟，本人又是先學文後學武，而且考中過舉人（在作者修訂該書之前，他是考中解元）。這一身分與經歷，自然是他的與眾不同之處，也是他的性格形成的基礎。這使他文武雙全、能說會道、儒雅瀟脫而肚子裡曲裡拐彎，總之是與紅花會中的其他草莽英豪大不相同。

對此人物的性格主體，小說中不時加以渲染和充實。在小說的第二回中，陳家洛第一次露面，那是陸菲青到紅花會總舵報訊，要他們設法營救文泰來。陸菲青第一次見到陳家洛，只見「持白子的是個青年公子，身穿白色長衫，臉如冠玉，似是個貴介公子」。原來陳家洛正在與他的師父下棋，而且棋藝比他師父還高。這裡不僅介紹了他的長相及其氣質，而且還寫他下棋，輕輕一笑，便將他的書生氣質寫了出來。

至第七回，寫到陳家洛等人赴杭州搭救文泰來，這一日帶著書僮心硯到西湖遊玩，領略這裡的山容水意，花態柳情，聽到有人彈琴，又見那人形相清癯，氣度高華，似曾相識，不禁上前搭話：「適聆仁兄雅奏，詞曲皆屬初聞，可是兄台所譜的新聲嗎？」然後他也應邀彈奏一曲《平沙落雁》，東方耳（即乾隆）聽出了琴音中「琴韻平野壯闊，大漠風光，盡入弦中」，而且還「隱隱有金戈之聲，似胸中藏有十萬甲兵」。前面寫他下棋，這裡又寫他彈琴，不僅情景皆合，而且進一步展現了他的才藝及胸懷。

陳家洛剛當上紅花會的總舵主，就率領群雄前往鐵膽莊搭救文泰來，不料文泰來在鐵膽莊被清兵抓去，群雄怒不可遏，要與鐵膽莊主人拼命。陳家洛卻不這樣魯莽，而是對周仲英禮數周全：「敝會四當家奔雷手文泰來遇到鷹爪子圍攻，身受重傷，避難寶莊，承周老前輩念在武林一脈，仗義援手，敝會眾兄弟全部感激不盡，兄弟這裡當面謝過。」說罷站起身來深深一揖。

周仲英心下萬分尷尬，暗道：「瞧不出他公子哥兒般似的，居然有一手，竟用場面話來擠兌我。」陳家洛這番話一說，無塵、徐天宏、衛春華、余魚同等都暗暗佩服。因為這一段話不僅表現了紅花會總舵主的應有的氣度，而且也展示了他的獨特的風采和個性氣質。

其後，陳家洛使出一套精妙紛呈的「百花錯拳」，以及小說的最後，他從迷宮竹簡之中學到了《莊子》一書中的「庖丁解牛功」……這些情節，無不扣準了他的特殊的身分，表現出他的特殊的個性風采。正是由於小說的情節中不斷地展示陳家洛的這種個性風采，才使這位文武雙全的青年領袖的英雄形象活在我們的面前，並且不斷地加深對他的印象。

再如小說《倚天屠龍記》中，不斷寫張無忌上當受騙的情節，其作用也在於突出這一人物的特殊個性。因為他從小與幾位親人一起生活在一個遠離大陸的北極冰島上，對世間的陰險狡詐完全一竅不通，來到大陸之後，當然就要不斷地上當受騙。

小說中寫到他聽到母親說「無惡不作的謝遜已經死了」，不明其意，堅持說「義父沒有死」，弄得父母最終為此送了命。他不會騙人，而只有受騙，如一開始被叫花子嚴三星騙去看花子袋而被捉；又寫到他被朱長齡所騙而透露了謝遜的下落，又寫到他被陳友涼的裝模作樣所騙，險些把他當成好人；又寫到他被周芷若所騙，不僅不懷疑她盜了屠龍刀，而且還與她訂婚，幫她療毒，並把一切罪過都錯怪到趙敏的頭上……一部《倚天屠龍記》，在某種程度上也可以說是張無忌的上當受騙記。小說中不斷地寫到主人公的上當受騙，目的當然是要突出人物的這一方面的個性特徵，以便加深讀者的印象，從而突出人物的純樸形象。

《俠客行》的主人公石破天有一個特點，那就是總把別人往好處想，而且非常熱情地願為別人幫忙，自己卻一無所求。例如他把殺人不眨眼的謝煙客當成「大好人」，當謝煙客想要他「有所求」而又無零錢付飯帳時，他主動地幫他付帳，接著又幫他打棗，又幫他摘荷葉當帽子以減輕病痛，又幫他燒火做飯、打獵洗衣，碰到大悲老人遭難，他為之求情，最後又埋葬了對方遺體；明明是長樂幫將他當成替罪羊，而石中玉又被俠客島賞善、罰惡二使抓獲，但他還是願替長樂幫接過請柬，代赴俠客島的臘八之宴，接著又替石中玉赴雪山派請罪。

一開始，讀者以為他僅僅是不通世務，才上當受騙，後來才逐漸明白此人不傻不笨，而是天生的赤子衷腸。這麼多事情聯繫在一起，這一人物的為人處事的一貫作風和品格自然而然就得到了突出和強化。

（二）在情節中展開人物的性格的方方面面

上面我們列舉的都是小說情節對人物的性格的某一方面的特徵不斷渲染和表現。這只是作者借小說情節來展示人物性格的一種方法。而且這種方法的局限是明顯的，那就是容易使人物性格單一而機械。金庸當然不只是用這一種方法來描繪人物，上述方法只是我們從一個角度去表述而已。

金庸小說的情節發展過程，更多的是人物性格的各個側面得到全面展現的過程。這不難理解，因為人物性格不是單一的，更不會是僵化的，而是鮮活的、靈動的、豐富的，有著不同的層次和不同的側面。

前文中我們曾列舉過人物的俠義的一面，這相當於一種公眾形象或公眾印象，是某些人物的主導層次與側面，除此之外，還有人物的私情與私心，以及人物的內心的隱密，這是人物的個人形象或曰一種隱秘的自我。這與他的俠義的公眾形象不免有些矛盾之處，然而正是在這樣的矛盾衝突中，我們才能看到人物的不同的性格層次與側面。比如他的獨異的脾性與凡俗的生活習慣之間的矛盾。他的個人情感與理智之間的矛盾，以及情感的態度和特徵等等，都代表著人物的某些層面。

陳家洛英俊瀟灑，這是他的基本層面，可是，在小說中，我們也看到，當他看到女扮男裝的李沅芷摟著他心愛之人霍青桐親熱地敘話時，陳家洛的神情便有了呆滯，而內心世界更不是滋味，表現出了他的凡俗的男性之妒的一面來。原本熱烈歡迎霍青桐一同進京搭救文泰來，為的是可以與她有更長時間的相處，看到她和李沅芷如此親密，便立即改變了態度，用一套客氣話將霍青桐打發走。這也表現了陳家洛這一年輕的總舵主的不那麼大度的一面。

陳家洛的俠義胸懷是無可懷疑的，但面對著兒女私情，卻不免露出他的個人的心胸狹窄的特點。他在不由自主地愛著霍青桐，卻又在不自覺地逃避著她，因為他發現她幾乎樣樣都比他強，而女強人則是他容納不了的。還有，陳家洛聰明敏捷，足智多謀，這在他一出場就表現出來了。以後在對紅花會群雄的指揮中，也有充分的表現。

然而小說中也還表現了他另一面，那就是他畢竟對江湖之外的政治及政治人物缺乏真正的瞭解，他與乾隆的相認及相約，其實只是他的一廂情願而已。「天山雙鷹」從一開始就明確表示不相信乾隆，紅花會中的英雄後來也逐漸產生了某些懷疑，連單純得像透明的紙一樣的喀絲麗也對乾隆保持了應有的警惕……可是陳家洛這位足智多謀的總舵主卻是死心塌地地相信著他的同胞哥哥乾隆。

這表明，一來他對兄弟親情過於重視；二來他對乾隆缺乏真正的瞭解，三來他缺乏真正的政治鬥爭的經驗。小說中寫到這些，非但沒有給陳家洛的臉上抹黑，而且恰恰是塑造了一個性格複雜的年輕英雄的鮮明的形象。倘若他一味的老辣，從不吃虧上當，那就不是陳家洛了。

《飛狐外傳》中的胡斐，本是作者要搞概念演繹的人物。作者要把他寫成一位「真正的俠」，而且還要讓他在「威武不能屈，富貴不能淫，貧賤不能移」這三條大丈夫的標準之外，再添三條標準，即「不為美色所動，不為哀懇所動，不為面子所動」。若常人按這種搞法，非砸了不可，幸虧金庸內力深厚，同一招式具有常人難以企及的威力，這才使胡斐這一人物形象沒有變成乾巴僵化的概念。

作者的三個不為所動，是要求胡斐替廣東佛山鎮的平民鍾阿四一家報仇，要捉拿並處死南天一霸鳳天南及其部屬、既不為袁紫衣的美色所改變，也不為鳳天南的哀懇所改變，還不為眾位好朋友的求情（**面子**）所改變。這是胡斐的一個側面，作者為了豐滿這一人物形象，還增加了另外三個側面，即對馬春花的一言之恩予以湧泉相報的一面；對殺父之仇苗人鳳，也是從矢志報復，到以德報怨，再到痛苦逃避；以及對程靈素、袁紫衣這兩位姑娘的複雜的情感糾葛的一面。胡斐的主體是行俠，加上報恩、報仇、私情這三個側面，其形象自然就豐富了。避免了概念化和公式化的僵局。

進而，作者在小說的情節敘述中，還進一步地豐富了胡斐的個性層次，從而進一步避免了概念演繹的單一符號形象，終於形象大於思想。作者在小說情節中所展開的人物形象比他原先的設計和思想概念遠為豐富而複雜，因而就使人物得以鮮明生動。

小說中的胡斐，有著機敏、狡黠、幽默甚至頑皮、胡鬧等種種個性特徵，這與他的俠義、正直、誠實、豪邁等主體性格並沒有本質的衝突，而是豐富了人物的個性體系，使人物形象變得更加鮮明而且獨特。比如他在商家堡中的種種表現，以撒尿阻住陳禹，以假話套住趙半山，以胡混的方式與王氏兄弟比武……這些都不是一般的俠義之士的作為，但胡斐那時還是個孩子，人小力弱，武功不熟，要保命救人，自然只有靠武功之外的智計來補充。不然他也就對不住「飛天狐狸」這樣一個外號了。

要說他的俠義，在商家堡中也表現得十分的突出，一是他當面指責南蘭的無情無義，二是他當面承認將胡一刀的名字改為商劍鳴的名字，讓商寶震練飛鏢。這兩個當面，都有生命之危，但義之所在，這位小小的孩童居然挺身而出，叫人敬佩不已。難怪趙半山這位武林前輩最後要不惜屈尊錯輩，與他結為兄弟。

在小說的情節中，胡斐的行俠、報恩、報仇的過程中，都表現出了他的大節正直義氣，而小節機靈多變、狡猾頑皮的性格特徵，這使人物活了起來。唯有面對私情，胡斐這一豪邁又機靈的青年，顯出了前所未有的笨拙、緊張、無計與無奈。這又從另一個方面豐富了他的性格形象。倘胡斐不是這樣，那便不是胡斐而是田歸農或別的什麼人了。

如前所述，金庸小說情節所展示出的人物性格的多面性，不僅是對正面主人公而言，反面人物也是這樣。例如《射鵰英雄傳》中的歐陽鋒雖無惡不做，但對自己的兒子（**私生子**）的父愛卻與常人無異。進而，還與郭靖有過三次賭約，對此他也遵守不誤，這表明他很注重自己的大宗師的身分。而到《神鵰俠侶》中，作者更安排了他與宿敵洪七公比武數日，恢復理智，相擁而逝，一笑泯恩仇這樣的情節結局，這當然使人物形象不僅多了一個面，而且也深化了一個層次。

（三）在情節中展示人物性格的矛盾、衝突發展和變化

小說中的人物性格既然有不同的層次和不同的側面。勢必會有矛盾和衝突，發

展和變化，而小說的情節發展，恰恰能夠適當地層現這樣的特徵。

與陳家洛、袁承志、郭靖、胡斐等人都不一樣，《神鵰俠侶》的主人公楊過，幼時因父母早逝，流落於江南市井之間，染上了一身流氓無賴的習氣，全然沒有半點英雄氣概，更看不到一絲俠義心腸。說話與行為都顯得流裡流氣，極不正經，對英雄也好，梟雄也罷，全無分別，自稱為「倪牢子」（你老子），進而不問三七二十一，拜惡人歐陽鋒為義父，進而又打傷武氏兄弟，大鬧全真派師門，拜師門之敵小龍女為師……這些惡行，每一件都足以讓人為他擔心。

若在平庸作家的筆下，此人當屬惡棍邪徒無疑。然而在金庸的小說中，卻全然不是這樣，楊過的所作所為，無非是缺乏教養所致。而他自己有一個價值觀念，是「誰真心地對我好，我就對他更好，誰對我不是真心的好，或者不好，我就對他更不好」。這一價值標準，是非原則，在大人看來，不免有些青紅不分，皂白不辨，全憑一己的情感態度取捨，當然是不可取的，但對於楊過這樣一個幼小遭難的市井兒童來說，有什麼不可以理解的呢？正是因為這樣，他才會為了小龍女而不惜與群雄正統挑戰，若是換了別人，便萬萬做不出來。

《神鵰俠侶》一書，描寫了這麼一位充滿邪氣與流氣的少年，最終走上俠義之途的苦難歷程，其間自然充滿了艱辛曲折。但縱觀小說，卻並無難以令人信服之處。比如他天生有三分輕薄風流，以至於到處招惹少女情債，但真正嘗到刻骨銘心的愛情痛苦之後，在小龍女離別十六年的漫長歲月中，他居然變得一反常態，比道學還要道學，連郭襄這位他抱過的小女孩的手都不願多牽。

又比如他向來以為自己的父親是英雄好漢，因而要報殺父之仇，以至於全然不顧民族大義，差一點成了千古罪人，但當他從耿介火爆的柯鎮惡那兒聽到父親楊康的種種劣跡及死亡真相之後，便也無可奈何。因為他終於長大成人，明白事理，懂得了人間的真情真愛，同時也懂得了世界上的大是大非。……若無這樣一些矛盾衝突以及曲折的發展與變化，我們就不能真正全面把握楊過這一人物。

《書劍恩仇錄》中的余魚同這一人物形象，也是在矛盾衝突的大起大落的發展變化中得到充分展示的，若是抓其一點而不計其餘，勢必會陷入偏頗之中。小說中余魚同一出場，就給人留下了極深刻的印象。此人英俊瀟灑，而且聰明伶俐，一支兵器又是一支樂器，大大的與眾不同，說起話來詼諧幽默，更使人好感倍增。他是紅花會中的十四當家，讓人自然地產生敬意。在對幾位清廷鷹爪的戲弄中，不僅顯示了他的英雄氣概，而且顯示了他的風流灑脫，難怪他的同門師妹李沅芷對他一見鍾情。

只有十分細心的讀者，才能注意到這一人物出場之後的表現，多少有些輕浮外露。倘若只這一場戲，我們對余魚同這一人物的認識永遠只能停留在表面。接著，小說情節發生突然逆轉，寫起了余魚同對義嫂駱冰的不軌行為，姦淫猥褻婦女本是幫規及道理所不容的大罪，乘人之危則又罪加一等，而駱冰又是他的義嫂，更是再加一等罪過。

這一情節，使人對余魚同的印象一落千丈，不免以為這傢伙人面獸心，風流好色。進而，小說中又寫他對駱冰的表白，又使人產生一絲同情，身不由己地愛上一個不該愛、不能愛的人，這叫做沒有辦法。然而他作為紅花會中的英雄，如此乘人之危行卑鄙之事，總難以使人原諒。接著就寫他在杭州李可秀府中救文泰來時，奮不顧身地投入火海，以至於將俊俏的面孔燒得疤痕滿面，如此，人們對他的印象再一次改觀，覺得他如此義氣的行為大致能將功贖罪的。

在他自己，也正是要以此來補救自己的過失。以前他相貌俊俏時，行為卻很醜，現在他臉被燒傷變醜，行為很美。這一矛盾形象的對應，使此人的性格向前推進了一步。

可事情到此並未結束。書中又寫他出家做和尚一場戲，這又深化了他的個性。因為他臉被燒傷，從此心灰意冷，性格大變，此其一；其二，他對駱冰的不軌之罪在他看來並未消除掉，尤其是他再無面目見到文、駱夫婦；其三，更重要的是，他對駱冰的愛並未從心中消逝，相反更加刻骨銘心了。如此等等，他只有借出家來逃避。如此，人們對這一人物已經全然沒有了鄙視和怪罪，而只有同情和憐憫了。

可是，這位至情至性的秀才哥哥，又怎能在空門之中了此餘生？所以書中又合情合理地寫了他重返戰場，重返紅花會群雄的隊伍中，並且在生死關頭對文泰來表示了懺悔，而且也得到了文泰來的原諒。進而又寫到李沅芷對他的摯愛，而他對李沅芷卻不能生出那份情，直至李沅芷得到阿凡提的指點，抓住了張召重，余魚同為報師仇，不得不向李沅芷懇求，並願意與她結為夫婦……他的內心，對駱冰的愛從未消逝，這就不只不使人鄙視，也不只使人同情，而且還使人敬佩了，他再也沒有不軌的行為，再也沒有輕浮的表現，成熟的他已經學會了將這種痛苦深深地隱藏在內心的最深處，他的愛並沒有變，但他的性格卻大大的改變了。

《倚天屠龍記》中的「金毛獅王」謝遜的形象，也是在衝突和發展中逐漸顯現和完成的。他一出場完全像是一個標準的魔頭。繼而抓了張翠山、殷素素上船，又遇大風浪，則又看到了這一魔頭的瘋狂失常和咒天罵地的奇異的憤慨。再到冰火島上，張無忌出世的一聲啼哭，居然使他恢復了理智和靈性，從此走向正常。

這一情節看似難以理解，但若瞭解他是因夫人被強姦，老父與幼子被成昆所殺而發狂（**復仇成狂**），就能理解為什麼一聲嬰兒啼哭會使他理智恢復。當然除此而外，這一聲嬰兒啼哭也有象徵性的作用，使這位魔頭恢復人性。

繼而他對張無忌所表現出來的是慈祥愛護和嚴格要求。繼而他被紫衫龍王接到中土島上，面對紫衫龍王以及丐幫陳友諒、波斯明教等人的進攻，又表現了他的智慧與義氣（**他不殺紫衫龍王**），也表現了他對明教事業的忠誠，繼而他同張無忌回歸中土，一下船就將蒙古將士殺個乾淨、則又表現了他的邪氣和殘忍的一面，在少林寺中被關押，聽得暮鼓晨鐘以及三位高僧的誦經之聲，又使他進一步幡然悔悟，懺悔罪孽，一心皈依佛門……

這一連串的情節，將謝遜其人的魔、瘋、憤、常、慈、嚴、智、義、邪、殘、悔、悟的發展過程寫得曲折多變，然而又合情合理，因為這些表現都是人物性格的不同的發展階段的符合邏輯的展開。是這一人物的不同的層次與側面，在不同的環境中，這些不同的層面得到相應的展示，從而使這一人物的整體形象變得豐滿而又真實，既複雜多變，而又是獨一無二的「這一個」。

（四）次要人物的「小傳」及其性格勾勒

並不是所有的人物都能得到上述作品主人公及若干主要人物那麼多篇幅來細緻地展現他們的個性及其充實性、多面性、發展性。小說中有不少的人物——當然是比較次要的人物——往往只是寥寥幾筆、幾個段落，甚而只有匆匆一筆帶過。

像這樣一些次要的人物，作者往往採取不同的方法來處理。其中經常採用的方法之一，是用「小傳」的形式來勾勒人物的個性形象，讓讀者在這一人物的過去經歷中瞭解他的個性，在往事中讀解他的形象。

《書劍恩仇錄》中不但寫到了乾隆的身世之謎，也寫到了陳家洛的身世之謎，為什麼他的母親要叫他拜于萬亭為義父，進而還讓他放棄仕途而投身江湖？其中牽涉到陳母徐潮生與紅花會已故總舵主于萬亭之間的一段戀情。直到陳家洛在福建蒲田南少林寺中查到于萬亭被該派開除的檔案，才瞭解到這一樁往事的秘密，不僅瞭解了他自己的身世之謎，同時也使于萬亭，徐潮生的悲劇愛情故事得以展現，從而使徐、于這兩位悲情人的形象得到簡單的勾勒。

他倆青梅竹馬，兩心相悅，但徐家將女兒許配給豪族陳門，致使兩情人咫尺天涯。這本是一個極尋常的悲劇故事。不尋常的只有兩點，一是徐潮生嫁於陳門，克盡婦道，卻從未忘情於少女初戀，對于哥始終真心相愛；二是于萬亭為了心目中的神聖之愛，居然曾投身於陳家，以奴僕的身分過了五六年。這一不尋常的行為表現了人物的不尋常的情感及其不尋常的個性。

《飛狐外傳》中，藥王門掌門人的名號，由大嗔到一嗔，又由一嗔到微嗔，最終從微嗔到無嗔。這也表明了該人對「嗔」的克服過程並表現了人物個性的變化、人生境界的昇華。另外，該小說中還寫到了南蘭出身於仕宦之家，隨父進京候缺，因帶著寶刀而遭強人覬覦，逢苗人鳳搭救，不得已嫁給了苗人鳳。但苗人鳳是武林豪士，南蘭是官家小姐，這兩人身分的差異，個性的懸殊，終於導致了情感的裂痕。加之苗人鳳對胡一刀夫婦的懷念，專心練武而沒多少時間陪伴新婚夫人，苗人鳳性格內向、寡言少語而不能滿足南蘭的調情逗趣的精神需求，終於使兩人的情感距離越來越大，到田歸農的出現，便更加激化了。

田歸農出身豪富，本人不但英俊瀟灑，而且機敏伶俐，能說會道，善於調情逗趣，終於打動了南蘭寂寞芳心，決意隨之而去，不惜拋棄幼女、丈夫，違背婦人名節。這一行為一方面出自於官家小姐的任性和自私，另一方面則出自於一個庸常婦人的浪漫夢想。她寧願與田歸農過上一天有情有趣的日子，也不願與苗人鳳這位木頭人過上一生。南蘭這一人物的形象，便在這一小小的傳略中得到了勾勒，雖然簡明扼要，卻很生動豐富。

金庸小說中，這類的「人物小傳」很多，而小傳中既包含了人物的人生故事情節，自然就包括了人物的形象的勾勒。

例如《雪山飛狐》中，胡斐對苗若蘭講述了他的父母相識和相愛的往事，算是半個人物小傳：

「我媽的本事比杜莊主高得多。我爹連日在左近出沒，她早已看出了端倪。她跟進寶洞，和我爹動起手來。兩人不打不相識，互相傾慕，我爹就提出求親之議。我媽說道：她自幼受表哥杜希孟撫養，若是讓我爹取去藏寶，那是對表哥不起，問我爹要她還是要寶藏，兩者只能得一。

「我爹哈哈大笑，說道就是十萬個寶藏，也及不上我媽。他提筆寫了一篇文字，記述此事，封在洞內，好令後人發現寶藏之時，知道世上最寶貴之物，乃是兩心相悅的真正情愛，決非價值連城的寶藏。」

這一段話雖然簡單，但不僅交代了胡一刀夫婦的相識與相愛的傳奇經歷，更主要的是表現了這兩人的豪邁多情的鮮明個性。女的居然會愛上盜寶賊，而男的說有十萬個寶藏也及不上兩情相悅，僅此一事，就足以讓人景仰和敬佩。他們非凡的形象就突出地呈現在讀者的眼前。

《天龍八部》中的康敏（丐幫副幫主馬大元的夫人、段正淳的情人之一）這一人物，出奇的歹毒，所作所為，簡直令人匪夷所思，她殺死了丈夫馬大元，又要殺死情人段正淳，還要陷害與她無情也無怨的蕭峰。如此性格，幾乎接近瘋魔。在小說之中，她給段正淳說了自己的兩段往事及生平大概，其中就透視了這一人物的心理病態的本質及其因由，因生於貧寒之家，所以格外的貪婪；又因為貪而難以得到，養成了她的破壞他人所得的病態嗜好；又因為她生而美貌，心智早熟，才終於變成了後來的康敏。

二、性格與情節的相互作用

在前一節中，我們列舉分析了金庸小說借情節來表現人物性格的種種方式方法和功能，看到了金庸的小說情節不僅是講故事，而且是為展現人物形象服務的。

這只是問題的一面。問題的另一面，則是金庸小說的故事情節的發展，由人物的性格決定著和推動著。對此，我們在《敘事藝術論》中已經有過分析。不過，在上卷書中，我們研究的重點，是情節的敘述及作品的結構方法，而在這裡，我們則要著重於人物形象的塑造。

既然小說的情節發展決定了人物性格的展示，進而，金庸小說的主要情節都是為表現人物形象服務的，那麼，再進一步，我們說金庸小說的人物性格決定了小說情節的發展方向及發展方式，那也就順理成章了。這叫做作用力與反作用力的矛盾統一。

金庸的小說的敘事結構，確實是與人物性格及其矛盾發展有緊密關聯的。他的中、後期創作的小說尤其是這樣。

我們不妨來看一看《天龍八部》這部巨著，其情節離奇而又結構龐大，一般的讀者若只初讀一遍，恐怕還摸不著頭緒。但只要我們耐心仔細地一讀、再讀，就不難明白這部書的奧妙。它的離奇的情節和龐大的結構全由人物的性格決定著。小說情節的發展的關鍵，正是人物性格在其中起著支配性的作用，甚至每一次情節的推進和變化，都有人物性格作為依據的。

下面我們來具體地看一看。

小說的一開頭，是段譽到無量山觀看無量派東宗與西宗的比武而引起事端。段譽乃大理王子，之所以到此，原因之一是他不願意學武殺人，受逼不過，從家裡逃出來；原因之二，是這位王子性情風雅，寄情於山水之中，知無量山風景秀美，自然想來看一看。因此，他與其他前來觀禮的武士群豪都不相同。不然他也不會因一聲嗤笑而得罪無量派東宗，而那一聲嗤笑，則是他一來不懂武功，二來看不慣武功。

好不容易在鍾靈的幫助下從無量派中逃脫，這位段公子卻又看不慣神農幫「目無王法」。他雖不通武功，卻要大打抱不平，前往勸諭神農幫主。鍾靈勸之不聽，這才使鍾靈被捉，而他則被迫服了斷腸散，並往鍾靈家去討取解藥換人。

他之所以會落入深淵，歪打正著地找著了神仙姊姊所居住的無量宮神仙府，那是因為聽到了無量派中一對偷情男女的情話，忍不住一笑而被發現、被追趕。這表明他一來全無江湖經驗，二來性子癡直，聽到好笑的話不免總是要笑的。

他之所以結識木婉清，那是他借了她的馬，而又發現有仇人要找她的麻煩，於是走了半路又回頭去給她報訊。在他而言，正是仗義行俠的舉動，只可惜他不懂武功，不免落得反要她相救脫險的尷尬局面。卻沒想到他這古怪的性子倒贏得了木婉清的芳心，而後來又發現他倆是同父異母的兄妹，於是情形更加尷尬。

他之所以學了北冥神功，又學了凌波微步，那是因為「神仙姊姊」之命，如此美貌的仙女別說叫他練武，就算叫他學狗爬，他也照爬不誤。進而，在北冥神功與凌波微步這兩種武功中，他對前者學得馬馬虎虎，而對後者則學得橡模像樣。那是因為前者是用以殺人害人的，而後者是用以逃跑自救的，再則前者的圖譜中繪的是美女的裸身，他不敢多看，而後者則注明的是他所喜愛的《易經》的方位，所以不但學得興趣盎然，而且進展神速。

其後的故事就逐漸由主動轉為被動——被別人所逼、所捉、所囚。然而在被動的情節發展中，不僅段譽的個性越來越鮮明，而且這些被動，正是轉而由其他人物性格所決定。他之被逼上懸崖，是由王夫人的手下所追，王夫人之所以要追殺木婉清，那是要報情敵之仇（**木婉清的母親是王夫人的情敵**）。繼而是岳老三要收他為徒，那是岳老三看中了他的聰明伶俐，岳老三為人憨直，似不通世故，但看人的眼光卻並不差。

他之所以與木婉清一同被囚於鍾萬仇家的石窟之中，一是因為鍾萬仇要向段家報復奪妻之仇；二來更是因為段延慶要向段譽父子報復奪位之恨。他之所以被鳩摩智所擄，並一直將他帶到蘇州，那是因為他在無意中學到了六脈神劍，而又在無意中使了出來。他能學會六脈神劍，一是因為他內力深厚（**前面已有鋪墊**）；二是因為他聰明過人；三是因為他心無旁鶩。

他之所以要使出來，是為了要救伯父段正明，並斥責鳩摩智的無理與無道。他之所以被鳩摩智所擄，一是因為鳩摩智此人想得到六脈神劍的劍譜；二是因為段譽雖會六脈神劍，卻不會尋常的武功，所以會被抓住，三是鳩摩智以進為退，抓住一個人質，使天龍寺眾僧有所顧忌，便能安然脫險。

他被鳩摩智抓住而能活命，那是因為他雖癡迂，而且全無江湖經驗，但卻半點也不愚笨，知道六脈神劍一日不說出來，自己的性命就有保障。他之所以會從鳩摩智這樣的高手中逃脫出來，那是因為他得到了阿朱、阿碧的幫助。而阿朱、阿碧之所以要幫他脫險，則因為他獲得了這兩位少女的極大的好感。他溫文爾雅，並由於與木婉清有肌膚之親，對少女的體香有一種敏感，從而識破了阿朱的偽裝，但由於對美麗少女的一種天生的癡情愛意，使他不僅不揭穿偽裝，相反還心甘情願地向美女阿朱磕頭。並對阿朱、阿碧的相貌、手藝大加讚賞，這種由衷的讚賞，當然使二女芳心大悅，非救他不可。

因為要撒尿，阿朱、阿碧、段譽才會將船划上王夫人所居的小島，進而使段譽見到了似曾相識的絕色美女王語嫣（**與無量山中的雕像十分相似**）。他由「向來癡」，轉為「從此醉」，以後是王語嫣到哪裡，他便身不由己地跟到哪裡，演出了一幕又一幕深情、尷尬、滑稽、無奈、可笑、可敬、可悲……的故事，全都由段譽的癡情及癡性子所決定。以後的故事，那就不必說了。

《天龍八部》在段譽的故事告一段落之後，又寫起了蕭峰的故事。段譽與蕭峰的相識，是在無錫的一家酒樓上，其時段譽被包不同趕走，眼見王語嫣等人心目中只有慕容公子而全然沒有段譽其人，不免長吁短嘆，大感傷懷，因而不會喝酒的他也來到酒樓之上，要借酒澆愁。看到蕭峰英雄氣概，自然地心生敬慕，便陪他一起飲酒，而蕭峰先是以為段譽是慕容復或慕容家的人，所以有意要將他灌醉，出他的洋相。不料段譽的六脈神劍幹別的不行，卻能作弊將酒逼出體外。蕭峰見到如此能喝之人，自然就有好感。再加上段譽誠實不俗，兩人惺惺相惜，結為金蘭兄弟，這才一同走到杏子林中，面對蕭峰的一場人生的危機和突變。

蕭峰的命運逆轉，看似全然摸不著頭腦，實則能找到幕後的操縱者及其個性依據，最根本的一點是契丹人與大宋的民族仇恨；其次，是慕容博要挑起兩國武林大亂以便從中漁利，這才假傳資訊，讓漢人群雄齊赴雁門關伏擊蕭遠山夫婦；再次，少林玄慈及丐幫汪幫主慈悲為懷，將小蕭峰寄養在少林寺旁的農家，才讓他有了各種機緣，以喬峰為名，當上了丐幫的幫主。

其四，則是由於馬大元的夫人康敏因為蕭峰在洛陽的百花會中對她的美貌視而不見，懷恨在心，施以殘酷的報復，這才利用白世鏡殺死馬大元，又利用有個人野心的全冠清發動叛亂，再利用少林方丈寫給汪幫主的信以及馬大元的遺書，而讓丐幫前代長老出面將蕭峰的身世公之於眾，並將他逐出丐幫……如此等等，雖千頭萬緒，卻都能找出暗中的「人」的支配。既能看出各種人的性格，更能看出人性的豐富內容。

蕭峰以後的故事，無不是他的性格決定的，小說的這一段情節的發展，也正是他的性格和行為推動的。我們不必一一細舉。

再說虛竹，他的身世及經歷更為奇妙。但不論如何奇妙，也都離不開人物的個性表現及人性的欲望推動。虛竹的全部的奇遇，是由他於無意中解開了逍遙子借蘇星河擺出的一個圍棋珍瓏而發生的。其中牽涉到逍遙派上下幾代人的情感及欲望的複雜的矛盾衝突和糾葛，那也不必去說它。

虛竹解開圍棋珍瓏，說出來一點也不奇怪，他是道道地地的閉著眼睛「瞎走」一著，不料真是瞎子貓碰到了死耗子，無意之中走出了解開珍瓏的最關鍵的一步。他之所以要瞎走一步，原不過是要挽救段延慶的性命，緊急關頭，佛家慈悲之心大動，於是毫不猶豫地下了一著棋。若非為了救人性命，這位少林寺中的老實本分的小和尚說什麼也不敢在眾人面前「班門弄棋」的。這一著棋一下，他的一生從此改變，因為他變成了逍遙派的掌門人。

虛竹人生的另一個關鍵，是因他於無意之中救了天山童姥，使他不僅學到了天山童姥的武功，並且成為靈鷲宮的新主人。這一關鍵性的轉折，起因還是小和尚的慈悲之心，他不忍見烏老大等人殺害一個小姑娘（童姥年紀極大卻身如女童），如此而已，全沒想到這一小小的女童居然正是令群豪聞之喪膽的天山童姥。

虛竹後來的故事我們也不必說了，總之全是他的性格的必然表現。如同前述的段譽、蕭峰的故事由他們（或他人）的性格所決定一樣。

我們在《天龍八部》中能看到的，在其他的小說如《笑傲江湖》、《俠客行》、《鹿鼎記》等等中當然也能看得到。只是限於篇幅，我們無法一一列舉。即使是對小說《天龍八部》我們也不可能也不必夠作出更具體，更細緻的分析。只需扼要提示，讀者自會去看原著領會。

需要指出的是，在我們說金庸的小說的情節的發展方向和方式是由其中的人物（包括主要人物以及其他一些重要人物）的性格所決定和推動之時，我們不應當對此進行過於機械的理解，更不應該將它推向極端。

金庸小說的情節與人物性格之間的關係，比我們所想的更要複雜。這種關係至少有下列四種形式。其一，是情節的發展有時有自己的邏輯進程，或出於作者的想像和其他方面的安排，不一定與人物性格有直接的關係。有時只是對人物命運的敘述，而有時則只是一段奇聞之類。即情節具有某種意義上的獨立性。

其二，與之相應，人物性格也不一定完全依賴情節，而是有其獨立的發展和表現方式。有多種多樣的表現方法（這我們在下文中會具體分析）。

其三，人物的性格決定著情節的發展，如我們在前文中所說的那樣，以表現人物性格作為情節發展的依據及主要功能。其四，在情節發展的自身邏輯演示的基礎之上，時時表現人物性格的有關方方面面。

這也就是說，金庸在敘述故事情節及刻畫人物性格時有多種選擇，因而比我們想像的更為靈活自如，也更加複雜多變。

當然，更多的情況下，金庸是將情節與人物性格結合起來考慮的。首先是注重人物性格的刻畫和表現，同時又注意由情節的發展本身來豐富人物性格、深化人物性格。一般的方法途徑是，先有了一個主要人物的性格與命運的基本輪廓，成竹在胸，這才去構思和設計小說的情節結構。

進而，當小說結構形成之後，又因它有自身的發展需要，使得人物不斷地面臨新的、往往是充滿危機和曲折的處境，從而需要人物在克服危機、適應新處境的時候，展露出他的性格的新的內容或新的形象特徵。這樣就起到了豐富人物形象的作用。使作品的情節、人物及整體變得更加圓熟，而且更加豐厚。

比如《鹿鼎記》這部小說，在寫作之前，作者肯定已經有了一種打算，即要在這部書中寫出一個前所未有的主人公形象，即「無武又無俠」而又「飛黃又騰達」的人物形象，同時，作者又考慮要將這一人物安排在清朝鼎盛時代的開始，即康熙年間，這就是說要讓人物——當然是虛構的傳奇人物——去參與康熙時代的許多真實的歷史事件，諸如擒、殺鰲拜、天地會活動、平吳三桂三藩之亂、與俄羅斯簽訂邊境條約、收復臺灣……等等。

同時，作者還有意地利用了民間傳說，虛構出順治出家，李自成死裡逃生，陳圓圓生女，崇禎的女兒變成了獨臂神尼……等等人物與情節，作為韋小寶這一人物的具體的生活背景。一方面，作者需要將這些情節向韋小寶這一主人公靠攏，用以表現主人公的獨特的個性形象。若是不能豐富人物的個性的情節，便予以取消或虛化，如小說中的收復臺灣、平吳三桂之亂這樣的真實的歷史大事件就採取了虛寫的手法，讓韋小寶在通吃島上不斷地聽到傳聞，然後等事件結束之後再回到故事情節中來。

這是因為韋小寶這一人物不可能在收復臺灣及平吳三桂之亂中有什麼作為，所以對此兩件事就只有虛寫。相反，能夠表現韋小寶的急智及個性特徵的情節，如神龍教的情節、與西藏的桑結喇嘛、蒙古的葛爾丹王子的「訂交」，以及遠赴俄羅斯莫斯科，與蘇菲亞公主的曖昧關係及幫助她當上俄羅斯的女攝政王……等等，都大寫特寫。這是看人物的性格發展的需要來安排情節。

另一面，作者有時也會有意地與韋小寶為難，製造出緊張氣氛，同時也給自己出難題，那就是讓韋小寶不斷地經歷緊張的奇遇和驚險的處境，讓他自己想辦法解脫自己。而每一次出乎意料的解脫，都會使我們對韋小寶這一人物的性格增加一分認識，使韋小寶這一形象增添了新的內容。

如此，這部書的結構方式，可以說是人物性格和故事情節之間的雙向互動。在這一交互作用的結構圖式中，人物的性格當然起著特別重要的作用，處於關鍵性的支配地位。既是情節發展的動因，也是情節發展的目標所在。

三、傳奇情節與人物性格

武俠小說的情節，不免有很多的離奇與巧合。金庸的小說自然也不例外。不同的是，金庸小說的傳奇情節非但沒有發展成荒誕無稽、無邊無際的神話或鬼語，而且對小說中的人物性格的表現有著極大的幫助。

這一問題要分成兩方面來看。一方面是傳奇要有分寸、要有依據；另一方面是人物性格的某些方面需要在傳奇情節中才能凸顯出來。

關於第一點，我們要說，金庸的小說的傳奇情節比之梁羽生等人的小說有過之而無不及，喜歡傳奇的朋友，可以在金庸的小說中獲得極大的滿足。金庸可以將《天龍八部》中的大理國、大遼國、西夏國的皇帝及許多大官都寫成身負武功的人物，與江湖豪傑沒什麼兩樣，如大理段氏皇族為救王子段譽的困厄，完全可以派大兵圍困處於大理境內的鍾萬仇所居住的萬劫谷，但他們並沒有這樣做，而是依照武林的規矩，與對頭及一般武士見面。

至於《鹿鼎記》中韋小寶赴臺灣、赴莫斯科、赴雲南平西王府、赴遼東與俄羅斯簽訂《中俄尼布楚條約》等等情節，簡直是奇得沒有邊了。但這些在金庸小說中並未使人感到有什麼不妥之處，更不會使人感到荒誕不經、胡說八道。其原因，就在於這些傳奇情節都是有分寸、有依據的。其依據就是：表現人物性格以及普遍的人性。

金庸在《天龍八部》中寫了「四大惡人」，以及丁春秋，天山童姥、李秋水、無崖子、游坦之……等一系列奇異的人物形象，這些人物形象乍看上去根本就沒有正常的人味，而是像神鬼妖孽一類，然而深入細究下去，卻又沒有一位是真正的妖魔鬼怪，而是一些有著奇異的人生經歷、奇異的個性特徵或奇異的內心隱痛的人物。這一點作者在該書的「楔子」中就已明確指出了：「這部小說裡沒有神道精怪，只是借用這個佛經名詞，以象徵一些現世人物。」這就是金庸小說的傳奇情節和傳奇人物的根本依據。

有了「象徵現世人物」這一依據，使金庸小說的傳奇與還珠樓主的傳奇大不一樣，也與秋夢痕、曹若冰、柳殘陽等當代武俠小說家的傳奇有本質的不同，而與那些荒誕不經的傳奇故事更有天壤之別。在其他作家的作品中，再好的傳奇都只不過是些傳奇而已。而金庸小說的傳奇，卻往往是現實人性與人物的深刻的揭示和象徵性的表現。

實際上，金庸小說中的傳奇情節與傳奇人物，固然不乏誇張與變形之筆，但卻都有其象徵與表現的功能，並非一味的胡亂誇張和獵奇，這就顯出了恰到好處的分寸。《天龍八部》中的靈鷲宮、星宿海等情節與人物，看來甚奇，往往令人瞠目結舌，但我們一旦深入地瞭解了天山童姥其人的人生遭遇和愛情故事，就不難明白她的變態和瘋狂的仇恨和其他種種所作所為。同樣，星宿派掌門人丁春秋一心爭名奪位，為之欺師滅祖，作惡多端，又迫使門下阿諛奉承、溜鬚拍馬，說穿了，都是人性病態的一種特殊表現形態，並非一種荒誕無稽的胡編。

陳世驤先生在談到《天龍八部》時說：「至其終屬離奇而不失本真之感，則可與現代詩甚至造形美術之佳者互證，真贗之別甚大，識者宜可辨之。」[2]離奇而不失本真，有如印象派等現代派繪畫，看起來不似自然，卻能揭示自然的另一種更深刻的真實狀態，與劣童們的糊塗亂抹，完全不可同日而語。其間差別，就在於一無稽而一有據。

另一方面，我們還看到，傳統的寫實文學的方法，固使我們很容易接受，但卻

2.陳世驤：《致金庸函》（一九七〇年十一月二十日），見《天龍八部》附錄。

有其自身的局限。往往不若傳奇的情節、傳奇的情境及傳奇的人物那樣既可以給人留下更強烈、更深刻的印象，可以更吸引人、更震撼人，同時還可以更深刻地揭示世界的某種本質以及更深刻地刻畫人物的某種本性。

比如有一首古代的愛情詩寫道：「冬雷震震夏雨雪，海枯石爛，乃敢與君絕。」其中表現出的愛情堅貞和誓言，就比「我永遠愛你」之類的話更深刻、也更新奇，更能給人留下深刻的印象，令人終身難忘。因為冬天不會打雷，夏天不會下雪，海不會枯，石不會爛。這我們都知道，而詩中偏要說海枯石爛乃敢與君絕，這是採用了誇張之法，一如小說中的傳奇。

有些特殊的人物個性，用正常的寫實手法難以描寫，而只有採用傳奇的情節來表現，這才十分的精妙而深刻。例如《俠客行》的主人公石破天的赤子衷腸與天生佛性，用常規的寫實，絕難以寫出。而小說中採用傳奇之法，便十分自然地將此人物的經歷與個性刻畫了出來。

小說的開頭，就寫他流落江湖，尋找媽媽，說他的名字叫「狗雜種」，因為他媽媽這樣叫他。原來他的養母梅芳姑是小主人公的親生父母的仇人，其實是他母親的情敵，因遭到他父親石清的拒絕而懷恨在心，變態成狂，將石清的二兒子擄去（**即小主人公**），名之曰「狗雜種」。兩人一起在河南熊耳山中生活。空山寂寂，小主人公從未與養母之外的人類見過面，所以才對世故、世事一竅不通，甚至不知道「狗雜種」是一句很厲害的罵人話。

梅芳姑對石破天的惡劣態度不難理解，因為她將他擄來並養活，本身就是對石清愛恨交織的變態心理和行為的產物。她不許石破天有所求，因為「有求」觸發她內心的隱痛和憤恨。從石破天的「有求」自然聯想到自己的「求而不得，不如不求」的羞辱和感傷，又幻想著情郎石清忽有一天上門來「求」（**這當然只是她的癡心夢想**），這一念頭使她憤恨又使她嚮往，從而她格外地敏感乃至為之發狂。

梅芳姑失戀後的變態行為及其心理，使石破天生活在一種令人匪夷所思的傳奇環境中，使他無知無識而又無欲無求，甚至無名無姓、無父無母，這才有了一個傳奇的人物，以及此後的傳奇的經歷。若非如此，石破天自稱「狗雜種」，且對謝煙客「無所求」，以及凡此種種，都難以得到表現。

而說到底，給他造就這種奇異的人生經歷的梅芳姑、謝煙客、貝海石、石中玉、丁璫等人一個也沒安著好心。但這些人的出發點以及這樣做的原因卻都是十分真實的，也是十分深刻的。我們在前文中說過，石破天的無知，正是他沒受到塵世凡俗的污染，赤子衷腸由此產生；而他的無求，則自然而然地暗合了佛家無欲無求的根本理想，他的無名字，則又是佛家的「無人相，無我相」的深刻的象徵。所以，要寫這樣一個人物的形象，自然非傳奇不可。

前文中列舉的謝遜的形象，也正是這樣。這位至情至性、熱烈如火的人物，在遭受到師父成昆奸他妻、殺他父、殺他子、殺他一家人……這樣的人間慘劇之後，心中的仇怨憤恨，不用傳奇的筆法難以寫出。不將他寫成小說開頭那樣不可理喻的大魔頭形象，便難以對此人的心理變態和滿腔憤恨充分表現出來。

他的師父之所以如此，卻又恰恰看中了他的性格單純質樸、心理脆弱以及至情至性，要利用他來達到攪亂明教的目的，以報明教教主陽頂天的奪情之恨。這又是一樁凡俗的人間情愛悲劇導致的傳奇故事。謝遜若是頭腦冷靜或性格堅毅，反倒不會變成這樣的大魔頭。而又正因為謝遜內心的脆弱和本質的善良，才會在聽到張無忌出生的啼哭而頓時恢復理智，從此有了新的情感寄託，進而完全恢復了正常的心態和人性。

《連城訣》中若無那個傳奇式的大寶藏，也就沒有戚長發等人殺師、殺同門、害女、害徒之類的人間慘劇發生。反過來說，這些人物的貪婪和殘酷，若不借這一傳奇的故事，又怎能如此令人髮指地暴露於讀者的眼前？

小說的結局，寫到狄雲之外的所有人，包括知府、官兵、群豪、惡棍，都在發瘋地搶奪珍寶，紅了眼亂打、亂咬、亂撕，他們都像變成了野獸，將珍寶塞到嘴裡，如同發瘋，這當然是傳奇的筆法。

《連城訣》一書中，若非狄雲受冤屈這一傳奇般的經歷，他也就永遠不能發現師妹戚芳對他的愛和理解的基礎是多麼的脆弱。同樣，出成雙、入成對的「鈴劍雙俠」汪嘯風、水笙，若非經歷半年之久的奇異的生生離別，又怎能讓我們看到汪嘯風這種男人的心胸是多麼的狹窄，他對水笙的愛是多麼的淺薄，他的愛與意志又是多麼的脆弱。還有，若非經歷雪谷中那種生死攸關的考驗，江南四俠中的花鐵幹的內心的卑怯又怎麼會暴露出來……

這一部書的傳奇故事，幾乎是對人性的煎熬和考驗，是對其中的主要頭面人物的「異質」的一種深刻的揭露。當然也標誌著作者的「俠之疑」的開始，以及對人性的認識的進一步深化。

所以，金庸小說的傳奇情節，不僅是恰如其分的人物性格的重要表現手段，而且也是一種表現和揭示人物性格的深層本性或特異性質的一種必須的方法形式。

寫實的情節與傳奇的情節，對於人物性格的表現，各有各的用處，各有各的妙處。因而同樣是小說的人物形象塑造所不可缺少的。

至於傳奇人物及其人物性格的某種奇異特徵與形式，我們在後文中將進行專門的分析。

第六章
個性與細節

金庸小說的細節描寫的藝術，我們在上卷書的《整體與細節》一章中已經作了一些概括和分析。提到人物形象的塑造，我們不能不再一次談論細節描寫。一是因為金庸小說的細節描寫，有多一半與人物的生活習慣及個性形象有關，二是，另一方面，人物形象的塑造離不開細節描寫。

我們說過，金庸小說之妙，不僅在其大處，而且在其細處。往大處說，金庸小說情節複雜，結構龐大，大氣磅礴，往細處說，則一時一地的準確，生活環境及自然景觀的細緻，以及人物的一言一行，一舉一動的生動，都是使讀者產生審美愉悅的觀照對象。

金庸小說非常注意細節的豐富、真實和生動，在其人物形象的塑造中，尤其注意其人物的語言、行為、心理及其他方面的細節描寫。通過這些細節來豐富人物形象、表現人物性格。遺憾的是，很多的武俠小說作家並不注意細節的描寫；而很多的讀者也不去注意小說中的細節。這也難怪，武俠小說的重點是武打與俠義的傳奇情節，作者是這麼編，讀者也是這麼看，雖廢寢忘食，卻依然是走馬觀花，跟著情節走，只想瞭解「後事如何」。

可是，金庸的小說卻不能如此輕易看過。若對金庸小說的細節不加注意，則不能真正地領略金庸小說之微妙之處。

談到武俠小說的人物形象，我們往往只注意他們的整體，他們的經歷及他們的道德形象。卻很少意識到，人物形象的整體乃是由一系列的細節組成。而在人物的人生經歷之中，也少不了有許許多多的生活細節。誇張一點說，除了人生經歷（情節）的輪廓線之外，人物形象正是由他們的語言、行為、心理、相貌等具體的細節彙集而成。或者說，真正鮮明而又生動、獨特而又真實的人物形象及其性格特徵，正是在他們的語言、行為、心理等具體細節中得到充分的展示。倘無這樣的一些精彩微妙的細節，我們很難看到真正具有很高的藝術品位和藝術成就的人物形象。

在其他的武俠作家的作品中，我們很少或根本看不見富有個性特徵的細節描寫，那是因為那些作家很少想到要用活生生、真切切的生活細節來表現人物性格、描繪人物形象。他們也沒有能力、沒有水準這樣做。但金庸的小說就大大的不同了。

一句話、一個動作、一個眼神或是一段心理活動，當然不能夠表現出一個人物的形象的整體，正如一塊磚、一片瓦不能搭起一座房子。不過，小說中的人物語言、行為、心理等細節卻又不同於磚和瓦，因為磚和瓦都是一模一樣的，蓋這座房子也是它，蓋那座房子還是它。而人物的言、行、心的細節卻往往只屬於某一個特定的人，正如一個細胞能表現出一種生命的奧妙，一片綠葉能展現出一種風景，而細胞與細胞，綠葉與綠葉是不盡相同的。不是說世界上沒有兩片完全相同的綠葉嗎？那麼，不同的人物的語言、行為、心理諸方面的細節的特點也是不同的。正是在這一意義上，我們才要注意細節的描寫，對於人物形象的塑造的重要意義。

一、人物的語言

金庸很注意人物的語言。在金庸的小說中，我們常常能通過人物的不同的語言習慣、語言特點、語言的內容及說話的方式等等不同的細節，發現人物的個性特徵。

在語言論章中，我們已提及金庸小說人物的方言特點，如四川人愛說「龜兒子」「格老子」；湖南衡山人的「哈，你家」；廣東人說「班契弟」；北京人的「您哪，準行」；蘇州人的「阿是」及「啥事體」……波斯人學中國話，說起來盡是書面語，對一些俚語卻不了然，以至於鬧出「胡說九道」及「半斤七兩」之類的笑話。

這些當然還不能說表現了人物的性格，而且金庸的小說中人物也不可能全都帶著方言土語來與人交流，但這些例子至少表明金庸非常注意語言的細節。

我們要說的當然還不止是這個。

讓我們看一看《鹿鼎記》，就能瞭解金庸小說的人物形象是如何通過語言來表現的。

且說韋小寶，他出生於揚州，自然少不了「乖乖龍的冬，豬油炒大蔥」和「辣塊媽媽不開花」；他出身於妓院且在市井中廝混，所以罵起人來的那種無賴勁與惡毒勁自然無與倫比，「賊王八、臭烏龜、路倒屍、挨千刀……」南腔北調，薈萃一口，應有盡有。韋小寶不學無術，所以「堯舜禹湯」變成了「鳥生魚湯」；而「駟馬難追」則變成了「死馬難追」。韋小寶不學而有術，所以看書法不但能看出「敗筆」，而且能看出「勝筆」；見老和尚自稱「老衲」，就自稱是「小衲」……這些都是他的專利，註冊商標，其他人想假冒也假冒不來的。

以上這些細節，還只是一些死的細節。下面我們再看一看一些活的細節。

……韋小寶道：「是。弟子亂七八糟，什麼也不懂的。得到這些碎片，也不過碰上運氣罷了。每一次都好比我做莊，吃了閒家的夾棍，天槓吃天槓，別十吃別十，吃得舒舒服服。」

陳近南微微一笑，道：「……小寶，一個人運氣有好有壞，不能老是一帆風順。如此大事，咱們不能專靠好運道。」

韋小寶道：「師父說得不錯。好比我賭牌九做莊，現今已贏了八鋪，如果一記通賠，這兩包碎皮片給人搶去了豈不是全軍覆沒，鏟了我的莊？因此連贏八鋪之後，就要下莊。」（第三十四回）

這是韋小寶在同他師父陳近南說話，而且說的又是嚴肅的大事，韋小寶居然也以賭作喻，可見他的賭性之大，賭術之精。也只有韋小寶才這樣說話。

例二：

……韋小寶道：「你這話大大錯了。我們投在教主和夫人屬下，這條性命，早就不是自己的了。教主和夫人差我們去辦什麼事，人人應該忠字當頭，萬死不辭。教主和夫人要我們死，大家就死；要我們活，大家就活。你想自己作主，那就是對教主和夫人不夠死心塌地，不夠盡忠報國。」（第三十五回）

這是在神龍教主洪安通和他的夫人蘇荃面前說的話，韋小寶的諛詞自然不止這些，也不只是對這兩個人說，對康熙、對獨臂神尼、對蘇菲亞公主、對陳近南……都有諛詞，這是韋小寶的一大特長，也是他性格的特點。

例三：

……琵琶聲一歇，眾官齊聲喝采。慕天顏道：「詩好，曲子好，琵琶也好。當真是荊釵布裙，不掩天香國色。不論做詩唱曲，從淡雅中見天然，那是第一等的功夫了。」

韋小寶哼了一聲，問那歌妓；「你會唱『十八摸』罷？唱一曲來聽聽。」眾官一聽，盡皆失色。那歌妓更是臉色大變，突然間淚水涔涔而下，轉聲奔出，拍的一聲，琵琶掉在地下，那歌妓也不拾起，徑直奔出。（第三十九回）

那「十八摸」是極淫穢的小調。韋小寶此時的身分是欽差大臣，到揚州公幹，揚州的官吏專門請來能詩能唱、名動公卿的著名藝妓來唱詩曲，揚州的富商巨賈等閒想見她一面也不可得。而韋小寶聽過她唱後，卻問她會不會唱「十八摸」，此人的人品、趣味以及不學無術、低級下流，在此一句話中表露無遺。也只有韋小寶在這樣的場合敢說這樣的話。

上面的幾個例子中，韋小寶的說話方式、說話內容以及說話與場合的錯位，都能表現出韋小寶的人品性格，只有韋小寶才能說這樣的話以及這麼說話。

韋小寶的「妙語」幾乎可以結集成一本專書。真正是舉不勝舉。他稱皇太后是「老婊子」，而稱別人是「媽媽」時，其實是在罵人是妓女；他給他的兒子取名為韋銅鎚和韋虎頭，女兒居然叫韋板凳（都是牌九名），後經幾位夫人加工，才改為韋雙雙……這些語言方面的細節，無一不是韋小寶的性格顯現。

當然，我們也應該看到，韋小寶太特別了，是獨一無二的人物，所以他的語言特點也格外的有性格。其他的人物當然不大可能有他這樣特別的語言，而且其他人的語言特點也不可能都像他這麼鮮明。

儘管如此，金庸筆下的其他人物的語言細節，也得到了作者的充分的關照。《鹿鼎記》中，其他人物的語言，也大多能夠表現他們的性格。例如康熙只要與韋小寶單獨相處，總是要說上幾句「他媽的」，這一細節，便能表現出康熙這位英明君主的「另一面」，即少年人的活潑、一種特殊的宣洩方式，一種對韋小寶表示親近的方式等等。

作者甚至匪夷所思地創作出康熙寫給韋小寶的一封「密詔」，上面寫道：「小桂子，他媽的，你到那裡去了？我想念你得緊，你這臭傢伙無情無義，可忘了老子嗎……」（第四十五回）這不僅反映了康熙與韋小寶的關係非常的親密；也反映了康熙的「英明」，因為他知道只有這樣說話，韋小寶才聽得懂，並且透著親密；同時，還反映了康熙這位少年皇帝的頑皮活潑的性格特徵。如此大膽的虛構，真可謂空前絕後，這也表現了作者的創造勇氣和才能。

有一些細節雖看上去不那麼奇特，而是平平常常的話，卻也一樣能夠反映人的性格。例如下面這一段：

……當晚府中家宴，七位夫人見他笑瞇瞇的興致極高，談笑風生，一反近日來愁眉不展的情狀，都問；「什麼事這樣開心？」

韋小寶微笑道：「天機不可洩漏。」

公主問：「皇帝哥哥升了你的官嗎？」

曾柔問：「賭錢大贏了？」

雙兒問：「天地會的事沒麻煩了嗎？」

阿珂道：「呸，這傢伙定是又看中了誰家姑娘，想娶來做第八房夫人。」

韋小寶只是搖頭。（**第五十回**）

這一段是關於韋小寶的日常生活的一種描述，幾位夫人的話也都很平常，至少看上去沒什麼特別的。但幾位夫人問話的內容不同、方式也不同，卻表明了她們對韋小寶的理解不同，並間接地表現出她們各自的興趣及性格的不同。在公主心中，自然是升官最為重要；而曾柔卻知道韋小寶對賭錢比對升官更有興趣，且她與韋小寶的結識，也是因一場涉及生死的豪賭而來，所以脫口而出的便是問韋小寶是不是賭錢大贏了。

雙兒與韋小寶最為貼近，韋小寶不僅是她的丈夫，而且是她的主子相公，她自然能猜到韋小寶的喜與憂不是關乎朝廷便是關乎天地會，只有「天地會沒事了」，韋小寶才會如此高興，所以有此一問；阿珂呢，在她的印象中，韋小寶是一個貪花好色之徒，因為韋小寶對她就是這麼幹的，如今見他這麼高興，那自然想必是與「第八房夫人」有關了。阿珂的問話中，既有對「第八房」問題的關切與微微的醋意，同時對韋小寶的為人又不大看得起，所以未曾開言，「呸」字先出。由此可見，這幾個夫人的問話雖都看上去平平常常，但卻表現出了她們的不同價值觀念，以及不同的志趣和個性。

上面的例子都來自《鹿鼎記》，這並不是說只有這一部小說作品中才有這樣精彩的語言細節。我們說過，金庸非常注意通過語言細節來刻畫人物，在金庸的小說中，甚至是憑他們的語言特點來設計和創造出人物形象的。比如最喜辯論、聲言人之長嘴第一是為了說話，第二才是為了吃飯的桃谷六仙。這幾位仁兄到了哪兒，哪兒的人耳朵就不可能清靜。又如與之相反，惜言如金的冷謙（《倚天屠龍記》），能少說一個字的絕不會多說一個，用三個字說完的話絕不會加至四個。這與桃谷六仙截然相反。

又如《天龍八部》中的慕容氏家將包不同，名叫不同，說話也就「非也非也」，總要找機會與人「非也」一番；而《鴛鴦刀》中的「太岳四俠」中的蓋一鳴說話總是「我大哥料事如神，言之有理」，與包不同又是兩個極端。

《天龍八部》、《笑傲江湖》、《鹿鼎記》三部書中都分別有喜歡阿諛奉承、吹牛拍馬的人物丁春秋、東方不敗與任我行、洪安通等，他們的門下或教眾的「諛詞」的內容不同，形式不同，其實也最能表現人的性格和品質，阿紫口齒伶俐，韋小寶不顧羞恥，童百熊卻生性憨直，而向問天老謀深算，陸高軒口是心非、令狐冲則哈哈嘲笑……具體的例子，就不必舉了。

《笑傲江湖》中寫到日月神教中的鵰俠上官雲，原本是豪氣干雲、耿介忠直的人物，為了在東方不敗手下活命，卻也不知不覺地學會了滿口的諛詞，滾滾而出，已然不覺羞恥肉麻。這正是通過語言習慣的變化，來反映人物性格的變化。

關於語言細節與人物性格的關係，有多種多樣的形式，一類是性格語言，為某人專有，如包不同的「非也非也」；一種是語言性格或習慣，多話與少話、質樸與華麗等一聽便知，如桃谷六仙。

還有一類是平常的語言，在不同的場合中說出，照樣能夠表現人的的性格，如上述的韋小寶的幾位夫人的問話。還有其他的表現形式。下面我們再舉一例，是《射鵰英雄傳》中的一段，說郭靖與黃蓉在臨安牛家村的密室中療傷七日七夜期滿，適逢郭靖的師父江南六怪及黃蓉的父親黃藥師先後到來，二人與之相見的情形：

這邊郭靖向師父敘說別來情形。那邊黃藥師牽著愛女黃蓉之手，聽她嘰嘰咯咯，又說又笑的講述，六怪初時聽郭靖說話，但郭靖說話遲鈍，詞不達意，黃蓉不唯語言清脆，言詞華瞻，而描繪到驚險之處，更是有聲有色，精彩百出，六怪情不自禁一個個都過去傾聽。郭靖也就住口，從說話人變成聽話人。這一席話黃蓉足足說了大半個時辰，她神采飛揚，妙語連珠，人人聽得悠然神往，如飲醇醪。（第廿六回）

這一段作者根本就沒寫出人物說什麼，而只寫他們「怎麼說」，就將郭、黃二人的形象映襯了出來，郭靖「從說話人變成聽話人」，其言辭之拙與黃蓉的口齒伶俐，在這裡形成了鮮明的對比。這也是他們性格的對比。

二、行為細節與人物性格

通過行為細節來表現人物性格的例子，在金庸小說中也有很多。也可以分為兩大類，一類是通過一些比較獨特的、突出的或顯眼的行為來表現人物的鮮明的性格特徵；另一類是通過一些平常的行為細節來含蓄地表現人物性格的準確特徵。

先說第一類，即獨特的行為與獨特的性格。例如《連城訣》中的主人公狄雲隨師父戚長發到荊州府城中的大師伯萬震山家做客，適逢太行山盜首呂通前來找萬震山尋仇，將一桶大糞澆向萬震山，戚長發急將外衣扯下兜住了糞水。

這件事本與狄雲無關，但他眼見師父的一件剛穿上身的新衣服被糞水弄髒，立即上前去找呂通拼命，要他賠上一件新衣，以至於萬震山叫他退下也不退。這一細節，充分地表明了狄雲的性格，一來他是鄉下少年，向來愛惜衣物，一件新衣服更是大事；二來他年輕憨直，不懂人情世故，不知人家尋仇自然比一件衣服的事要大得多；三來表明他的牛脾氣一旦發作，那是誰也勸不住的，說要賠，就非要賠不可。這種行為，一般的小說中的武林人物，恐怕誰也不會這麼幹。但狄雲卻這麼幹了。

再如《天龍八部》中的譚婆性格嬌縱火爆，出手便要打人；而她丈夫顯然知道妻子，雖然武功高於她，卻挨打不還手。這不僅表明兩人的性格，而且也表明了她們的夫妻關係的奧妙，所以，趙錢孫這才明白他之所以會失去這位師妹，原來只不過是沒有學會「挨打不還手」這門功夫。在趙錢孫而言，只知去打敵人、打仇人，哪裡懂得打親人、打情人之親熱舉動？再則他脾性癡直又高傲，挨打總是要還手的，這正是他的性格。所以，趙錢孫的不幸命運，是由他的性格決定的。

再如《笑傲江湖》中的不戒和尚替令狐冲療傷的細節：

……令狐冲道：「我給人胸口打了一掌，那倒不要緊……」

不戒道：「胸口中掌，定是震傷了經脈……」

令狐冲道：「我給桃谷……」

不戒道：「經脈之中並沒有什麼桃谷……好，我給你治經脈之傷。」

令狐冲道：「不，不，那桃谷六……」

不戒道：「什麼桃谷六、桃谷七？全身諸穴，只有手三里、足三里、陰陵泉、絲空竹，那裡有什麼桃谷六、桃谷七了？你不可胡言亂語。」隨手點了他的啞穴……（第十二回）

人家醫生大夫治病，講究望、聞、問、切，這位莽和尚卻既不問，而且還不許人家解釋清楚，他認定了是經脈之傷，就是經脈之傷。令狐冲幾次都要解釋，是桃谷六仙搞成這樣，可是不戒和尚性格急躁，一句完整的話也聽不完，先只聽到「桃谷」，後又聽到「桃谷六」，而桃谷六仙的「仙」字終於沒讓令狐冲說出口，最後居然點了令狐冲的啞穴，不讓他說。這真正是令狐冲命裡該有此劫，逃也逃不了。不戒和尚好心要為未來的女婿治傷，卻好心辦了壞事（**與桃谷六仙如出一轍**），那也是不戒和尚性格使然。

像這樣的奇特的行為及奇特的性格的表現，在金庸的小說中所在多多。《書劍恩仇錄》中的阿凡提見妻子說「不許你大鬍子再走」，居然扯下幾根大鬍子交給妻子，他自己卻還是走了。

《碧血劍》中的夏青青被五毒教抓入了皇宮，袁承志帶著宛兒等人來救，夏青青醋性大發，以為袁承志定然對宛兒有意，所以也不論場合，在危險之地大喊大叫，幾乎使他們幾人同時送命，這一細節，也是夏青青的性格的表現。在她看來：情郎身邊有別的女人，那比生命危險還要可怕得多。

《笑傲江湖》中的平一指，殺人、醫人都憑一根指頭，這不僅是他的武功、醫術好，也是他的高傲和怪僻的性格。而任盈盈見到屬下發現她與令狐冲在一起，不是將屬下挖去眼睛，就是將他們發配到邊荒海島，一來是因為任大小姐面皮極薄，怕羞怕澀；二來是任大小姐身分不同，權威極大；三來是任大小姐長期生活在魔教之中，沾了不少邪氣，渾沒將屬下人生命當一回事。至於令狐冲如何與乞丐賭酒，又如何將青城派弟子踢下酒樓，又如何向田伯光說他「坐斗」的本領如何高強……無一不是他的性格的表現。

說到田伯光，小說中寫到他有一項特別的本領，即憑著鼻子就可發現女人的藏身之地，華山派抓了恆山派的尼姑及俗家弟子，藏在華山的各處山洞地窖之中，田伯光居然一一找到。這一細節表明田伯光「採花淫賊」沒有白當，說穿了是對女性的頭油香味特別的敏感，別的人就做不到。當然田伯光這一回是用他的採花本領做好事，幹的倒是「護花」的勾當。這一細節既叫人好笑，更使人驚奇叫絕。

再說後一類，即看上去是一些較為平常的行為細節，卻能含蓄地表現人物的性格。

《神鵰俠侶》中的郭襄出場較晚，但一出場就惹人注目，光采照人。作者並沒有施以濃墨重彩，而只是仔細地描寫了一些看似尋常的細節。比如她和姐姐郭芙、弟弟郭破虜三人到黃河岸邊風陵渡口的老店中，聽一些人敘述「神鵰俠」的種種事蹟，聽得入了迷，雖不知這神鵰俠是何人，但卻要聽，因而叫店小二打酒、切肉，請講故事的人吃喝。

郭芙卻知道神鵰俠就是楊過，而她對楊過很有成見，因而不願意聽他們說楊過的事，更不願打酒買肉請這些人吃喝。就說「這酒肉的錢可不能開在我的帳上」。郭襄身邊無錢，便從頭上拔下一枚金釵交給店小二，說是值十幾兩銀子，叫他打酒切肉。而我們從郭芙的話中聽到，單是釵頭上的明珠便值百多兩銀子，而這枚金釵又是從朱子柳那兒要來的。郭襄的這個行為，既表明她不將金釵財物放在眼裡，又表明她與神鵰俠這樣的英雄俠士確實氣味相投，當然也表明她是故意要與姐姐鬥氣。

姐姐說：「瞧你回到襄陽時，媽媽問起來時怎麼交代？」妹妹則說：「我說在道上掉了，找來找去找不到。」姐姐說：「我才不跟你圓謊呢。」妹妹郭襄伸筷子挾了一塊牛肉，放在口中吃了，說道：「吃也吃過了，難道還能退麼？各位請啊，不用客氣。」郭芙氣得閉上眼睛，伸手塞住耳朵（**鬥嘴頑皮她不是郭襄的對手**），書中接著寫道：

……那少女道，「宋大叔，我姐姐睡著了，你大聲說也不妨，吵不醒她的。」那少婦睜開眼來，怒道：「我幾時睡著了？」那少女道：「那更好啦，越發吵不著你。」那少婦道：「襄兒，我跟你說，你再跟我抬槓，明兒我不要你跟我一塊走。」那少女道：「我也不怕，我自和三弟同行便是。」那少婦道：「三弟跟著我。」那少女道：「三弟，你說跟誰一起走？」

那少年左右做人難，幫了大姐，二姐要惱，幫了二姐，大姐又要生氣，囁嚅著道：「媽媽說的，咱們三人一塊兒走，不可失散了。」（**第三十三回**）

上面這一段看上去只是尋常的姐妹姐弟之間的鬥氣玩鬧，卻表現出了三人不同的性格。郭襄（少女）活潑、頑皮而又機智；郭芙（少婦）暴躁、驕橫而又有些草包，鬥不過妹妹，只得用「我不要你跟我一塊走」來威脅。而弟弟郭破虜（少年）則頗有乃父郭靖的特點，忠厚老實，為人平和中庸，兩位姐姐都不得罪，堅持「咱們三人一塊走，不可失散了」，並說這是媽媽說的，不可違逆。這當然是他的性格所致。

說到郭襄的頑皮——她號稱「小東邪」就可見一斑——在這樣的黑夜，居然要跟著一位素不相識而又長相凶惡的大頭人去找神鵰俠，為的不過是要見一見這位神鵰俠是什麼樣兒，這一行為更能表現她的性格。小東邪實在是有點邪。不過，她之為人卻又並不邪，而是十分的大度超邁。這在下面的一個細節中，能看到——她找到神鵰俠楊過，要楊過帶她到黑龍潭去捉九尾靈狐，見到了靈狐的主人瑛姑，這老婦人十分的無理凶惡，不可理喻，要楊過將郭襄留下，陪伴她十年：

……楊過眉頭一皺，尚未回答，只聽郭襄笑道：「這地方都是爛泥枯柴，有什麼好玩？我才不愛在這裡呢，你若嫌寂寞無聊，便請到我家去，住十年也好，二十年也好，我爹爹媽媽定對老前輩待以上賓之禮，豈不是好？」

那老婦臉一沉，怒道：「你爹媽是什麼東西，便請得到我？」

郭襄性子豁達大量，別人縱然莽撞失禮，她總是一笑便罷，極少生氣。那老婦這句話重重得罪了郭靖、黃蓉，若是給郭芙聽到了，立時便起風波，郭襄卻只微笑著向楊過伸了伸舌頭，不以為意。（第三十四回）

這位郭襄小姑娘實在不同凡響。人家凶巴巴地要抓她當人質，她卻誠心請人家去她家做客；人家惡狠狠地罵「你爹媽是什麼東西」，她倒只向楊過伸伸舌頭，不以為意。若是郭芙，必然會大動干戈。這一細節，確實反映了人物性格與氣質的不凡。

作者對筆下的人物性格成竹在胸，總譜在手，所以畫起細微末節便輕而易舉，寫起人物的動作行為都是順其性格而為。

我們看金庸小說中的所有的細節，都不能輕易放過。《連城訣》中，丁典江湖經驗老道，而且又聞過「金波旬花」中過毒，但見到心上人凌霸華的棺材，卻依然情不自禁地將臉和嘴都貼上，以至於中毒而亡。這一細節看上去不可思議，想起來卻是十分準確地表現了人物此刻的心境以及他的為人。

血刀門的寶象和尚餓得發昏，本要吃狄雲的人肉，卻又懶得動手剝皮燒水，叫狄雲去幹，狄雲抓了兩隻中了毒的老鼠，熬成老鼠湯，寶象喝了毒湯而亡。這看起來是天意與機緣湊巧，實則也寫出了寶象的凶殘狠毒而又好逸惡勞的懶惰性格。小說中的戚芳，明明知道萬氏父子殺了父親、害了師兄、騙了自己，狄雲將他們扔入夾壁之中（狄雲不殺他們這一細節，也表明狄雲雖有復仇之心卻無殘忍之性），而戚芳卻又偷偷地將他們放了出來，以至反被萬圭一劍刺死。這一細節既表明戚芳的「一夜夫妻百日恩」的心情，同時又表明了萬圭的瘋狂和殘忍。

由此可見，金庸信手拈來的細節，都是能夠表現人物性格的。而看上去或奇異、或平凡的人物，都不是隨隨便便的信手而為。上述的例子是如此，沒有列舉的人物行為亦是如此。至於小說中人物面對大的危機、或事關重大的時刻所做出的選擇及其行為，則尤其能夠表現出他們的性格。生活中的凡瑣小事，卻也不能輕易看過。

三、心理細節與人物性格

這一點不難理解。人物的心理狀態、心理活動及心理反映等等，當然就是他們性格的表現。心理與性格，可以說是一而二，又二而一的東西。誰也不能將其截然分開。

利用人物的心理細節來表現人物的個性形象，這道理人人都懂，小說家大約也人人都會、人人都這樣做。所不同的，只是心理細節描寫的深與淺、生動與平庸、好與壞、活與死、豐富與單薄、含蓄與淺露……等等不同罷了。

《鹿鼎記》中的韋小寶在北京飛黃騰達，將他的母親韋春芳留在揚州妓女院中幹老營生，長時間拋之腦後，忘了。這表明他一來忘性大，二來沒時間；三來不覺母親當婊子有什麼不好；四來則表明這傢伙於情之一字沒怎麼真正放在心上。可是，在他師父陳近南死時，他卻由衷地表現出了哀痛之情，這時的大哭與他以往的哭有真假之別。為什麼會如此？書中寫道：

……韋小寶哭道：「師父死了，死了！」他從來沒有父親，內心深處，早已將師父當作了父親，以彌補這個缺陷，只是他自己也不知道而已；此刻師父逝世，心中傷痛便如洪水潰堤，難以抑制，原來自己終究是個沒父親的野孩子。（第四十四回）

韋小寶潛意識中把陳近南當成了自己的父親，連他自己也沒意識到，讀者當然更沒有想到。只有當陳近南死了，韋小寶心中如有所失（**精神寄託沒了**），作者這才對此予以揭發。認真一想，就覺得這一心理細節異常的深刻，最能表現韋小寶的內心隱密。

上面的心理細節由作者直接地說出，下面一例中的人物心理卻要含蓄、隱晦得多，那是郭襄初見神鵰俠楊過的情形，其時楊過戴了一個醜陋不堪的人皮面具：

……這人身穿灰布長袍，右袖束在腰帶之中，果是斷了一臂，再看那人相貌時，不由得機伶伶打個冷戰，只見臉色焦黃。木僵牯槁，那裡是個活人？實是一個殭屍。西山一窟鬼中盡有相貌獰惡之人，但決無一人如他這般難看。

郭襄未見他之時，小姑娘的心中將他想像得風流儒雅、英俊瀟灑，此時一見，不禁大失所望，心道：「世上竟有如此相貌奇醜之人！」忍不住再向他望了一眼，卻見他一雙眸子精光四射，英氣逼人。那閃電般的眼光掃過她臉時略一停留，似乎微感奇怪。郭襄心口一陣發熱，不由自主的暈生雙頰，低下頭來，隱隱約約的覺得，這神鵰俠倒也不怎麼醜陋了。（第三十三回）

郭襄在未見到楊過之時，小姑娘聽了那麼多仗義行俠的故事，心中將他想像得風流儒雅、英俊瀟灑，這一心理細節就十分準確地表現了小姑娘的普遍的浪漫心態，這且不去說它。關鍵是，楊過戴上人皮面具確實是醜陋不堪，郭襄何以「再看一眼」之後又覺得神鵰俠不是那麼醜陋了呢？這才是更為細緻、深刻而又含蓄地表現了郭襄的特殊心理反應和心理活動。

楊過從「奇醜」到「不太醜」，這純粹是郭襄的主觀感受。先前覺得他「奇醜」固是很客觀，但也有主觀反應在內，因為楊過的相貌與郭襄心裡所想像的反差太大，使她加倍的失望，所以格外覺得「奇醜」。後來，她再看一眼之下又覺他不太醜了，那有以下的幾點心理原因：

一是郭襄適時地調整了心理，即將想像的形象完全驅除，遂變為就事論事，接近實際；二是發現他的目光如電，頗見其威武雄健的英雄之氣；三是知道他的人品極好，相貌又很醜，二者折衷之後，得出的主觀印象就不太醜陋；四是楊過目光向她轉來，一時令她心慌意亂，臉頰緋紅，有種莫名其妙的少女情意萌生，如此面對眼前心中崇拜的男子漢，當然會隱隱地覺得他不再醜……總之，這一心理感覺和印象的微妙變化，包含了很豐富的內容，其實也透出了郭襄的一種「慧眼」。

在郭襄要告別楊過之時，楊過送了她三枚金針，要她在需要他幫助之時，就帶一枚金針給他，他一定滿足她的心願。郭襄接過，立即便還了一枚金針給他，要求他讓她看看他的容貌。楊過以為這件事太過輕而易舉，是一件不相干的小事，大約讀者也會以為郭襄畢竟是小孩子，做事孩子氣得很。手持楊過的金針，有楊過許諾在先，就是叫他去幹天大的事他也會幹，怎地如此浪費寶貴的機緣？

孰不知，郭襄固然年幼，而且也確實有孩子氣，但要見楊過的容貌，卻又不僅是出於孩子氣，而是一個「大姑娘」少女的神妙的心理，連他的相貌都沒見過，怎能算得上是認識了他？又何況有那麼一種說不清道不明的情意，總之，在郭襄此時的心目中，看一看楊過的真實容貌，那是比一切天大的事都要大，要緊得多。作者如此寫來，正是深入了人物的個性與心理的微妙之境，楊過這位大男人又怎能懂得面前這位小姑娘的心？

以上兩例，一明白、一含蓄、一深刻、一微妙，兩種筆法，兩種功能效果，一樣準確地洞悉人物的心理並表現人物的性格。

下面我們再來看一看比較複雜的、有層次的心理細節與人物性格的表現。《連城訣》中的汪嘯風在雪谷再見表妹水笙（第八章）一段書，將汪嘯風的心理變化的層次和微妙之處都揭示得清清楚楚。汪嘯風愛水笙，這無疑問，但他現在面臨兩大難題：一是水笙肯定失身了（他以為），這是一個男人所難以接受的；二是江湖上人人都將知道汪嘯風頭上有一個綠帽子，這對他的英雄好漢、男子漢大丈夫的名頭和面子的損害及壓力，比水笙失貞的壓力更大，所以他才心理變幻不定，一時這樣想，一時又那樣想。書中都仔細地展現了。

其實，對他的難題，有二種化解的可能的途徑。一是相信自己鍾愛的水笙（而不相信自己的猜想，因為那畢竟是想像而無憑據）；二是無論如何，愛情至上，水笙的尷尬顯然比他更甚、且更需要他的信任、愛護和關懷，真正的男子漢大丈夫當自信自強（**又何必在乎人家說長道短？**）可是，汪嘯風卻沒有這樣做。

那正是他的錯誤之處：一是他不相信水笙；二是他沒有想到水笙的處境而只想到自己的處境；三是他十分的在乎人家的議論，之所以有如此的心理矛盾及錯誤的選擇，則恰恰突出地表現了此人的性格及其真面目：他是一位心胸狹窄的人，又是一位靈魂卑俗、不能承受人家的議論的人，視面子高於一切，視自己的名譽超過了愛情、也超過了愛人的人。這樣的人在平凡的生活中或許還能保留一種男子漢大丈夫的英雄之貌，但遇到嚴峻的考驗，卻顯露了靈魂卑瑣的小丈夫的本相。所以，上面這段書不僅對人物的心理描述得十分的準確，而且對人物的性格和靈魂揭示得異常的深刻。

《天龍八部》中的木婉清對段譽一往情深，卻不料他是她的哥哥，這是命運的殘酷，叫她無法可想。可是她對他卻又不能忘記，既不能親近，又不願意疏遠，懷著一種尷尬而又複雜的心情追到西夏靈州來了。她知道慕容復要來西夏，那麼王語嫣就必然跟了來；而王語嫣來了，則段譽也必隨其後。結果真是如此。

眼見段譽對王語嫣一往情深，雖又妒又恨，卻又沒法子改變。偏偏段譽與王語嫣一齊失蹤了。而大理諸臣卻想叫她扮成段譽去西夏王宮代為求親，叫她如何不既悲且憤？一生氣，伸手掀翻了桌子，茶壺茶杯乒乒乓乓碎了一地，一躍而起，出了房門。眾人相顧愕然，既感掃興，又覺無趣。不久之後，木婉清居然又裝扮成男子模樣，出來與眾人見面，那就是說她願意扮成情郎哥哥段譽去王宮求親了。她是怎麼想的呢？書中如此寫道：

……原來木婉清發了一陣脾氣，回到房中哭了一聲，左思右想①（**此數字係引者所加，下同不注**），覺得得罪了這許多人，很是過意不去②，再覺冒充段譽去娶西夏公主，此事倒也好玩得緊③，內心又隱隱覺得「你想和王姑娘雙宿雙飛，過快活日子，我偏偏跟你娶一個公主娘娘來，鎮日價打打鬧鬧，教你多些煩惱。④」，又憶及初進大理城時，段譽的父母為了醋海興波，相見時異常尷尬，段譽若有一個明媒正娶的公主娘娘作正室，王語嫣便做不成他的夫人，自己不能嫁給段譽，那是無法可想，可也不能讓這個嬌滴滴的王姑娘快快活活的做他妻子。她越來越得意，便挺身而出，願去冒充段譽。（**第四十六回**）

原來如此！作者真可謂洞察秋毫。①是對眾人她不願得罪；②是她自己覺得好玩；③是對段譽的報復；④是對王語嫣的報復，方方面面都寫到了，合起來便正是木婉清的性格。換了鍾靈、阿紫、阿朱、王語嫣任何一位，都不會這麼做，不會這麼想。

四、其他細節與人物形象

除了借語言、行為、心理等方面的細節來刻畫人物性格、表現人物形象之外，金庸還利用其他一切可以利用的細節來表現人物形象。

這「其他」裡面，首先當然要包括人物的相貌容顏方面的細節。

按說，在談及人物形象時，我們首先應該談人物的「形」與「象」，即人物的長相容顏。不過小說與造型藝術的最大的不同，正在於其形象的模糊性、多義性及不確定性。所謂小說的人物形象，其實主要並不是指人物的長相如何，而是指他的性格。即主要指無形的形象，而有形的形象與無形的形象又都要訴諸讀者的理解和想像，而不是訴諸讀者的視角直觀。對讀者而言，人物的形象實際上只不過是人物的個性、氣質、心理及容貌等等綜合起來的一種印象。所以我們將人物的語言、行為、心理當成人物形象的重要內容，而將人物的容貌長相放在次要一些的其他欄中。

雖是其他，而又相對次要，金庸也還是很注意人物相貌方面的描寫。例如《書劍恩仇錄》中的一些人物的長相特點，就很被重視。如無塵道長失去一臂，是為心上人而自斷；趙半山號稱「千臂如來」而心寬體胖；余魚同對自己和長相相當的自負；章進對人家看他的駝背十分的敏感，卻又對人自稱「章駝子」；陳家洛見到乾隆時雖不相識，卻有一種親近之感；喀絲麗美如天仙，那真是乖乖不得了，居然使清兵將士紛紛發呆發癡、心無鬥志、放下武器……這些細節無不精到準確地表現了人物的形象，同時也暗示了人物的性格。

《射鵰英雄傳》中洪七公又叫「九指神丐」，那一指是因貪吃誤事而自己斬掉的，指頭斬掉了，貪吃的癖好卻沒改掉，見到他的九指，就會想起他的另一指及他的貪吃。黃藥師行走江湖總愛戴著人皮面具，一來表明他「邪」，同時又表明他自負清高，不以真面目示人。另外，書中還有一段專門寫人物相貌的細節，不可不提。那是寫全真七子中的丘處機與楊鐵心分別十八年之後再見面的情形：

……楊鐵心一愕之間，隨即大喜，叫道：「丘道長，今日又見到了你老人家！」

丘處機內功深湛，駐顏不老，雖然相隔一十八年，容貌仍與往日並無大異，只是兩鬢頗見斑白而已。他忽聽得有人叫喚，注目看去，卻不認識。

楊鐵心叫道：「十八年前，臨安府牛家村一共飲酒殲敵，丘道長可還記得嗎？」

丘處機道：「尊駕是……」

楊鐵心道：「在下楊鐵心。丘道長別來無恙。」說著撲身在地就拜。

丘處機急忙回禮，心下頗為疑惑，原來楊鐵心身遭大敵，落魄江湖，風霜侵蝕，容顏早已非復舊日模樣。

楊鐵心見他疑惑，而追兵已近，不及細細解釋，挺起花槍，一招「鳳點頭」，紅纓抖動，槍尖閃閃往丘處機胸口點到，喝道：「丘道長，你忘記了我，不能忘了這楊家槍。」槍尖離他胸口尺許，凝住不進。

丘處機見他這一招槍法確是楊家槍正宗嫡傳，立時憶起當年雪地試槍之事，驀地見到故人，不禁又悲又喜，高聲大叫：「啊哈，楊老弟，你還活著？當真謝天謝地！」

楊鐵心收回鐵槍，叫道：「道長救我！」（第十一回）

這一段故人相隔十八年再相見的情景，寫得精彩之極，當真是大匠手段果然不同。在上面這段書中，我們可以讀出如下內容層次：

一、雖是故人，卻非深交，十八年後再見，自然不會一下子就認出來，這是常情。

二、楊鐵心先認出丘處機，是因丘處機乃是修真道士，有養容之道，所以相貌變化不大，這貼近了人物身分。

三、丘處機認不出楊鐵心，那是因為楊鐵心十八年的遭遇不堪回首，容顏有了極大的改變，這也合乎楊鐵心的身分。

四、丘處機一直以為楊鐵心死了，所以乍逢之際，不敢相信。認出之後說「你還活著」便是證明。

五、丘處機行走江湖，仗義行俠，不知有多少事、見多少人，牛家村一事及楊鐵心等人不過是千分之一，要時時記起，自然困難。

六、丘處機乃江湖名人，楊鐵心則是尋常的小人物，楊鐵心記得丘處機甚易，而要丘處機記得楊鐵心卻難些了，硬要他記住，反不合情理。

七、丘處機武功高強，非常自負，雖行俠仗義，大大有名，但頗有「目中無人」的高傲個性，記不住楊鐵心就更是理所當然。

八、對練武之人，忘記一個人容易，而忘記一套正宗武功卻難。反過來，他們對一套武功自然記得，而對人的記憶卻沒那麼好。所以丘處機最後還是認出了「楊家槍法」，而不是真的認出了楊鐵心這個人。此雖令人遺憾，但事實卻是如此。上面這段書，寫出了如此豐富的內容，人生遭遇及世故人情盡在其中，如此細節，不能不讓人拍案叫絕。

在我們所說的「其他細節」中，當然還包括了人物容貌之外的東西（**其實上面的例子也不只是寫人物相貌的變化，而是寫了許多其他的內容**）。比如人物的衣飾、生活細節等等。

說到衣飾，我們會想到《射鵰英雄傳》中的歐陽克一身白袍，外加摺扇一把，走路一步三搖，自己以為風流瀟脫，但明眼人一見便可看出此人的輕浮佻達。

我們更會想到《笑傲江湖》中的東方不敗和林平之，這兩人為練武功而揮刀自宮，東方不敗穿紅戴綠，將自己的臥室布置得像女人的繡房，林平之則穿得鮮豔、不熱的天氣也玩起摺扇，撲上香粉，一方手帕不離身……這些細節都寫得不露聲色，只有細心的任盈盈，才發現林平之的神態衣飾大大的不對勁。書中的岳不群雖也自宮，但他是老謀深算的偽君子，若是外人能看到他的變化，那他就不是「君子劍」岳不群了。只有與他同床的夫人才知他鬍鬚掉了又黏上的把戲。

《天龍八部》中阿朱的易容術超凡，扮什麼像什麼，但頭幾次扮做他人，都被人發現。第一次是被段譽識透的，並非她的易容本身出了破綻，而是段譽在與木婉清密室相處，熟悉少女的體香，因而從阿朱所扮的壯年男人及老年婦人的身上聞到少女的體香之後，自然會明白真相。

第二次易容，是因為阿朱所居之地來了一大群仇人，阿朱、阿碧、王語嫣、段譽四人分別扮成中年漁夫與漁婆，結果又被人識透了。原來是阿碧聞到一陣濃烈的男人體臭，忍不住伸手掩住鼻子（**這是富家少女的動作**），衣袖褪下，露出小臂膚勝雪，嫩滑如脂，完全不似中年漁婆的膚肌，再一開口，聲音嬌柔清脆，一動手身手不凡，自然就全都露餡了。這正是金庸小說的精細之處。

王語嫣扮作一個老太婆，本來就大非所願，見阿碧露餡，便將偽裝除去，說道：「扮作老太婆一點也不好玩，阿朱，我不裝啦！」王語嫣如此，一來是不願裝假騙人，有違她單純的天性；二來是不願意扮做漁婦，穿著如此骯髒；三來更不願扮做老太婆，那是少女的大忌。

小說中的蕭峰第一次露面，被段譽見到，小說中寫了兩個細節，一是他的長相，二是他的吃相。即「段譽見這人身材甚是魁偉，三十來歲年紀，身穿灰色舊布袍，已微有破爛，濃眉大眼，高鼻闊口，一張四方的國字臉，頗有風霜之色，顧盼之際，極有威勢。那大漢桌上放著一盤熟牛肉，一大碗湯，兩大壺酒，此外更無別物，可見他便是吃喝。也是十分的豪邁自在」。（第十四回）難怪段譽一見，便暗暗喝采：好一條大漢！這定是燕趙北國的悲歌慷慨之士。不論江南或大理，都不會有這等人物，似這條大漢，才稱得上「英氣勃勃」四字！

說到生活細節，我們又想到《射鵰英雄傳》中的楊康之母包惜弱。此人的確惜弱，對幼小的家禽也是關懷備至，養而不殺，以至使家中老雞老鴨擁擠不堪，令人哭笑不得。不過此人的慈心善意，倒也反映得十分的鮮明。而他的寶貝兒子楊康，瞭解母親的這一習慣，每有所求，便尋來一隻兔子之類的小動物，自己將其腿折斷弄傷，然後讓母親去救死扶傷。這樣的細節不僅反映了包惜弱的慈悲憐弱，更表現了楊康的殘忍和對母親的有意欺瞞等不良之行及不善之心。

其他各式各類的能夠反映人物性格、表現人物形象的生活細節，我們也不必多舉，細心的讀者在金庸的任何一部書中都不難看到。

我們所說的「其他」，其實還要包括作者使用其他的方法，來以細節表現人物的性格。上面所有的方面，都是人們生活中常有的，語言、行為、心理、相貌、衣飾、生活的其他細節，大多是作者順其自然，隨手配合，任意揮灑地寫出來的。當然十分的重要，也非常的必要。

除此而外，作者還刻意地創造一些情境，一些相當特殊的情境，讓人物的性格在一些奇特的而又不太被人注意的細節中表現出來。

例如《天龍八部》中的幾次下棋，都是人物性格得以充分表現的機會。第一次是第八回書《虎嘯龍吟》中，寫黃眉僧人為救段譽而去找大惡人段延慶下圍棋，以便分散他的注意力，讓旁人救出段譽。黃眉僧人負重托而來，目的是救段譽，而勝敗名譽是什麼的卻不放在心上。所以一上來要段延慶讓他四子，段延慶不讓，三子也不讓，黃眉僧說那麼我就讓你三子，段延慶也說不用。黃眉僧這才知道此人不驕不躁陰沉之極，實是勁敵，不好對付。

「原來黃眉僧並無必勝把握，向知愛弈之人個個好勝，自己開口求對方饒個三子、四子，對方往往答允，他是方外之人，於這虛名看得極淡，倘若延慶太子自逞其能，答應饒子，自己大占便宜，在這場拼鬥中自然多居贏面。不料延慶太子既不讓人占便宜，也不占人便宜，一絲不苟，嚴謹無比。」

後來黃眉僧為爭一先，居然將自己的腳指砸掉一個，這不僅表明了黃眉僧的必勝的追求，同時又表現了往日的豪氣與殘忍及今日佛門子弟的「無我」。

第二場棋是第三十一回書中，題為《輸贏成敗又爭由人算》寫段譽、慕容復、段延慶、虛竹等人在聾啞谷中破解逍遙子命蘇星河擺下的一個圍棋珍瓏。蘇星河的弟子范百齡也想破解，結果道行不夠，口吐鮮血，且不去說。

段譽、慕蓉復、段延慶等圍棋高手也都敗下陣來，因為「這個珍瓏變幻百端，因人而施，愛財者因貪失誤，易怒者因憤壞事。段譽之敗，在於愛心太重，不肯棄子，慕容復之失，由於執著權勢，勇於棄於，卻說什麼也不肯失勢。段延慶生平第一恨事，乃是殘廢之後，不得不拋開本門正宗武功，改習旁門左道的邪術，一到全神貫注之時，外魔入侵，竟爾心神蕩漾，難以自禁。」這與其說是下棋，不如說是性格的檢驗。

虛竹見段延慶被丁春秋催眠般的誘導後要自殺，慈悲心起，為救段延慶一命，閉著眼睛往棋盤上放上一子，自然不著意生死，亦不著意於勝敗，不料歪打正著，恰恰因此走出了破解珍瓏的最關鍵的一步。虛竹的性格也就突出了：若不是為了救人，他說什麼也不敢下棋；若是為了救人，他什麼事都要做上一做。……這一大段書，借下棋來表現人物的性格，已屬奇妙之筆。更奇的是，小說中還照顧到了觀棋人的心態與性格。例如虛竹的師叔祖、少林派第一等高僧玄難：

……玄難喃喃自語：「這局棋本來糾纏於得失勝敗之中，以致無可破解，虛竹這一著不著意於生死，更不著意於勝敗，反而勘破了生死，得到解脫……」

他隱隱似有所悟，卻又捉摸不定，自知一生耽於武學，於禪定功夫大有欠缺，忽想：「聾啞先生與函谷八友專務雜學，以致武功不如丁春秋，我先前還笑他們走入了歧路。可是我畢生專練武功，不勤參禪，不急了生死，豈不是更加走上了歧路？」想到此節，霎時之間全身大汗淋漓。」（第三十一回）

這部《天龍八部》內容之廣、結構之大、頭緒之多，無可比擬。但細處竟然如此之細，小說中另有一回書，即第四十六回《酒罷問君三語》，本來是西夏銀川公主以招駙馬為名尋找她的「夢郎」，才要問人三句話：你一生在哪裡最快活？你所愛之人叫什麼名字？你所愛之人的模樣如何？作者借此機會，大肆揮灑，展現眾人的性格。

如包不同說，他最快活的地方是打砸了一家瓷器店，這表現了他的胡鬧和凶蠻。段譽說他在一口枯井的爛泥之中最是快活，這回答使眾人大吃驚又大好笑，殊不知段譽最快樂的是得到王語嫣的愛，而定情之處恰在爛泥之中。吐蕃國宗贊王子說「最快樂的地方，乃是日後做了駙馬」，這一回答自是旁人教他說的，這個粗俗的王子說不出這樣巧妙的話，然而說它巧妙卻又實是並不真正的高明。

慕容復說他的快樂「是在將來，不是過去」，看似與宗贊王子相似，實則不同，他的將來是指身登大寶，而他一生營營役役，不斷為興復燕國而奔走，並沒什麼快樂逍遙之時，所以當那宮女問到他時，他突然間張口結舌，過一會才說是「將來」。又說「我沒有什麼最愛之人」，這就更進一步地揭示了此人的性格和靈魂。

蕭峰見此問法，想起阿朱，心中一痛，就走了出去。

虛竹回答說他一生最快樂之地乃是「在一個黑暗的冰窖之中」這才讓西夏公主終於找到了夢中情人，同時虛竹這樣的回答，表明這位想做和尚而不得、卻又時時以出家人自居的虛竹子先生的誠實，和對冰窖之中擁美人的最快樂的人生的由衷禮讚……

每一個人的回答，都是他們性格的展現。進而，像上述解珍瓏一樣，不僅回答之人有性格展示，沒回答問題的人也有機會展示性格。如蕭峰離去便是。我們再看一段：

……那宮女抿嘴低笑，又問：「王子生平最愛之人，叫什麼名字？」段譽正要回答，突然覺得左邊衣袖、右邊衣襟，同時有人拉扯。巴天石在他左耳畔低聲道：「說是鎮南王。」

朱丹臣在他右耳邊低聲道：「說是鎮南王妃。」兩人聽到段譽回答第一個問題大為失禮，只怕他第二個問題也如此貽笑於人。此來是向公主求婚，如果他說生平最愛之人是王語嫣或木婉清，又或是另外一個姑娘，公王豈有答允下嫁之理？一個說道：該當最愛父親，忠君孝父，那是朝中三公的想法。一個說道：須說最愛母親，孺慕慈母，那是文學之士的念頭。（第四十六回）

巴天石與朱丹臣的身分與性格在這裡就得到了表現。兩人同時拉住段譽的衣服提醒他，一來是知道這位王子殿下至性至情，說不定心愛的姑娘名字脫口而出；二來是提醒王子原是臣下之責。而兩人身分不同，提示的答案也就有異，已如書中所寫。幸虧這二位及時提醒，段譽本來衝口而出，便欲說出王語嫣的名字，但巴朱二人這麼一提「段譽登時想起自己是大理國鎮南王世子，來到西夏，一言一動實係本國觀瞻，自己丟臉不要緊，卻不能失了大理國的體面，便道：『我最愛的自然是爹爹、媽媽。』他口中一說到『爹爹、媽媽』四字，胸中自然而然的起了愛慕父母之意，覺得對父母之愛和王語嫣之愛並不相同，難分孰深孰淺，說自己在這世上最愛父母，可也決不是虛話。」這一心理細節，又將段譽的情感與個性更進一層地表現了出來。

金庸的小說中精彩的細節可以說是俯拾即是。正應了一句話，就是在金庸的書中，「並不缺少美，而只是缺少發現」。

第七章 敘議與人物形象

敘述與議論，以敘述為主，以議論為輔，夾敘夾議，向來是中國傳統小說創作的不二法門。這一脫胎於說話（說書）的口頭文學的敘事方法模式，被一代又一代的中國作家所繼承，直至二十世紀西方現代文學大量傳入中國，才逐漸地改變了這一傳統敘事方法模式。不過，在中國民間流傳的通俗文學作品中，這一方法模式仍被頑強地保持著，因為它已經是中國人喜聞樂見的形式了。

夾敘夾議的敘事方法當然也被金庸所繼承，並且在金庸的創作中得到發揚光大。這不僅是金庸小說情節敘事的基本方式，當然也是金庸塑造人物形象的基本方式。因為小說的人物形象不可能脫離小說的情節與細節而存在，也就不可能脫離情節與細節的敘事而存在。

夾敘夾議的方式方法，在當代文學中不受重視，甚至遭到一些人的非議，認為那是一種過時的、笨拙的和淺露的敘事方法。只有通俗文學作家才對此青睞。

可是，方法的優劣遠遠不是我們所想像的那樣絕對。正如武功套路的優劣在不同的武士手中具有明顯的相對性與差異性一樣，《天龍八部》中的蕭峰在大戰聚賢莊一役中，曾與玄難大師以一套最尋常的「太祖長拳」對打，使觀戰的群雄看到了連夢想都想不到的至高武學境界一樣。藝術天才正是在克服文類體裁的局限中得以充分展示，往往能夠化腐朽為神奇。

人類在各門藝術中運用了幾千年之久的一些老法子，再過幾千年往往也還管用。只有心氣浮躁的二十世紀中國人，尤其是中國的一些敏感、淺薄而又浮躁的人，才唯新是舉，以為新就是好，大搞崇西崇新，結果既與傳統決裂，又與西方文化無緣，那才是真正的可悲。正如《笑傲江湖》中的許多武林人物都想得到神奇莫測的辟邪劍譜，以為一夜之間便能揚名江湖，結果得到之人一個個揮刀自宮，反倒使自己變成了不男不女的怪物。武功看起來是高了，可是碰到了獨孤九劍，仍是沒有法子。而那些學得似是而非的如左冷禪之輩，則更是枉送了一雙眼睛，誰叫他心又急躁，眼又無光呢？

話扯遠了。我們還是說夾敘夾議與人物形象的塑造。這種方法看起來很老而且很拙，但真要運用得好，照樣有點鐵成金之功效。其實小說與影視藝術、戲劇藝術之不同，根本上就在於小說能夠「敘」而且能「議」。這是其他藝術門類所不能的，要算是小說的獨門功夫了。

既然如此，又怎能輕易地放棄或拋卻這一特長絕活兒呢？

敘出來的人物，自然與畫出來的、照相出來的、攝影出來的，以及舞臺表演出來的人物大不一樣。它可以利用自己的模糊性激發讀者的想像力，從而將創造的過程延長到無限的閱讀過程之中，其人物形象的無限可塑性，是其他藝術所不能比的。而作者適時適地的夾以必要的議論，又正是小說的獨到之處，它有助於對人物形象的基本輪廓的勾勒和鋪墊，使小說人物既具有藝術的模糊性及多義性，但又不至於模糊不清、多義而不明其主體真相或主要的明確指向性。

敘述與議論是既可分離，亦可結合的。金庸對這兩路功夫算是玩熟啦，可以說爐火純青。這我們在「敘事藝術論」中以及「情節與人物」、「細節與個性」等章節中都已作了論析。這裡我們要進一步說明和分析敘述、議論與人物形象塑造之關係，金庸是如何在夾敘夾議之中塑造人物形象的。

敘述不同於描寫，是因為敘述中包含了必要的判斷和解釋。而解釋與議論又是一種姻親關係，所以敘述與議論便自然地有了緊密的聯繫。作者在敘述故事和人物的過程中總是免不了要判斷、解釋、分析和評價，因而少不了議論這一法兒。只不過議論不能在小說中單獨存在，它只能附著於敘述，在敘述的基礎上，在敘述的過程中，在敘述的間隙裡，才有議論的餘地。必要的議論，大可以為敘述增色，減少閱讀的障礙，增加閱讀的快感。

下面我們分三方面來談金庸運用敘議結合的方法來塑造人物形象的問題。

一、眾口敘議「隱形人」

作者在小說的情節敘述中刻畫人物形象的問題，我們已專門論及，不必再提。

這裡要說一說金庸小說創作中的一種特殊的敘述與議論方法，那就是借書中的人物之口來敘述書中其他的人，尤其是沒出場的人物。這種方法的特點，首先是借眾人之口，其次是邊敘邊議，再次是以敘為主。

在金庸創作的早期，似乎總有一種衝動，要寫「隱形人」的形象，主人公並不登場亮相，但他的影子又無處不在。若能這樣，那自然是妙極。《碧血劍》、《雪山飛狐》就進行了這樣的嘗試。

《碧血劍》明著是寫袁承志為父報仇並支持李自成起義舉大事的故事，暗地裡是想要塑造袁承志的父親、明末抗清名將、遼東總督袁崇煥的形象，為這位可敬可愛的歷史人物、廣東蠻子平反昭雪兼樹碑立傳。這一點子想得不錯，小說的策劃也還可以。因為虛構了袁崇煥之子袁承志這一人物為父復仇的主線，自然不免要時時提及、處處想到乃父袁崇煥是被誰害死的、如何害死的，以及袁崇煥生前的各種各樣的故事。如此，袁崇煥的形象就自然而然地在小說中樹立起來，且突出出來。

作者精心安排了如下情節。一、袁崇煥的舊部組成復仇組織「山宗」（崇煥之「崇」）並舉行祭奠活動，自然要緬懷袁崇煥的光輝業績，並表示對害死袁崇煥的「明帝」與「清酋」的極大的痛恨。二、安排袁崇煥的崇拜者、門生兼部下程本直的弟弟程青竹與袁承志相遇、相識，自然要談到袁崇煥的往事。三、安排袁承志赴清都盛京皇宮刺殺清酋，以報父仇，同時竊聽清酋與臣下細說當年袁崇煥。四、袁承志赴明朝皇宮（北京）刺殺崇禎，以報父仇，並與崇禎當面論及袁崇煥。五、書中還引述若干重要的歷史文件，如袁崇煥的奏章、皇帝的詔書等等。六、若干祭文以及程本直所撰的《漩聲記》一書的引文。

上述安排，應該說是具有匠心的，通過不同身分、不同地位、不同政治觀點的人物之口（或文章、對聯）來敘述袁崇煥的故事，塑造袁崇煥的形象，而袁崇煥本人則因早逝而不出場。這是《碧血劍》這部書的最大的特點之一，也有一定的藝術效果。如袁承志翻看程本直所撰的《漩聲記》，上面寫著：

「崇煥十載邊臣，屢經戰守，獨提一旅，挺出嚴關。迄今山海而外，一里之草萊，崇煥手闢之也；一城之壘，一堡之堞，崇煥手築之也。試問自有遼事以來，誰不望敵於數百里而逃，棄城於數十里而遁？敢與敵人劃地而守，對壘而戰，翻使此敵望而逃、棄而遁者，捨崇煥其誰與歸？」

又說：「舉世皆巧人，而袁公一大癡漢也。唯其癡，故舉世最愛者錢，袁公不知愛也。唯其癡，故舉世最惜者死，袁公不知怕也。於是乎舉世所不敢任之勞怨，袁公直任而弗辭也；於是乎舉世不得不避之嫌疑，袁公直不避之而獨行也；而且舉世所不能耐之饑寒，袁公直耐之以為士卒先也；而且舉世所不肯破壞之禮貌，袁公直力破之而與諸將將吏推心而置腹也……」

這些敘、議，對袁崇煥這一人物的歷史功績及個性特徵給予了明確而生動的介紹，給讀者留下了深刻的印象。

不過，袁崇煥作為一個不出場的歷史人物，作為小說的背景人物，可以說寫得很好，但若說是小說的主人公，卻還不夠分量。因而，作者將袁崇煥這一歷史人物作為《碧血劍》一書的隱形主角的嘗試，算不上成功。所以作者最終只得另起爐灶，專門寫了篇《袁崇煥評傳》附於《碧血劍》之後，作為補償。

將袁崇煥作為《碧血劍》的主人公的嘗試之所以基本以失敗告終，原因很多。其一，袁崇煥畢竟是純粹的歷史人物，要當武俠傳奇的主人公尚不夠資格。其二，袁崇煥又死去多年，與小說的主要情節雖有關係，但那也只是一點背景，除與之有關的人物之外，書中其他的重要人物及情節，畢竟都與袁崇煥沒有什麼關係，因而表現袁崇煥的機會遠沒有想像的那麼多。遠不似《瑞貝卡》中的曼徹斯特的那個貴族莊園中，人人都與女主人公瑞貝卡有關，所以她才陰魂不散。其三，小說中提及袁崇煥的地方，也大多簡單乾巴，敘述不多而議論又太多，使人只看到對他的評價，而看不到多少他的鮮活的個性形象及生動的故事，這無疑會影響到人物形象的審美效果。其四，小說中對袁崇煥的評價，也大多一邊倒，雖得鮮明，卻欠飽滿生動。這也是他不能成為小說真正感人的主人公的藝術形象的一大原因。

前面說過，借眾人之口來敘議不出場的人物，這一方法是可取的，而且在小說中也取得了相應的藝術效果和藝術成就，但以此作為主人公，卻又不夠，反倒使小說的現實主人公袁承志的形象沒得到應有的重視，從而反倒影響了這部小說的應有的整體藝術成就。

《雪山飛狐》改變了策略，讓不出場的遼東大俠胡一刀真正地成了小說的主角。作者作了三項調整，一是胡一刀本就是江湖人物，作為主人公自然而然；二是胡一刀與苗人鳳的滄州之戰成了小說中的主要情節；三是眾人的敘議中，真正做到了以敘為主而以議為輔，各人的評價因敘述角度、重點及真相的不同而含蓄地得以表現。如是，通過寶樹和尚（**當年的跌打醫生閻基**）、陶百歲、平阿四等當年的當事人或觀看者的敘述，及苗若蘭、胡斐的若干補充，使胡一刀這一人物形象突出地表現了出來。

且不說與苗人鳳大戰五日五夜的英雄氣概，以及惺惺相惜的大俠風度、幫苗人鳳遠赴商家堡誅殺仇人商劍鳴的俠義胸懷，以及夫婦之間的感人的愛情與默契，即便是從當年的滄州客棧中的其貌不揚的癩痢頭燒火小廝平阿四的敘述中，我們也看到了胡一刀平易近人、嫉惡如仇而又待人至善的俠義風貌。

人人都叫平阿四是癩痢頭阿四，輕他賤他，呼來喝去，打罵隨意，而胡一刀初次見面，聽他說家中之難，不僅送了他一百兩銀子，而且不讓他稱之為「胡爺」，一定要他稱其為「胡大哥」，而這位胡大哥也叫平阿四為「小兄弟」，並說「世人並無高低，在老天爺看來，人人都是一般」。總之，《雪山飛狐》果然嘗試成功，寫了一位不出場的主人公，借書中人之口塑造主人公的形象，生動而又豐滿，給人留下了極深刻的印象。

可是，這也帶來了兩個弊病，一是小說的精心安排，讓十多位不同身分、不同觀點的人聚在一起談論已故的武林人物及其歷史淵源，這本是極被稱道的結構藝術的傑作，但實際上卻露出了過多的人為的痕跡，戲劇化的痕跡，露出了一定的匠氣，與金庸的大手筆大境界的功夫其實相差甚遠。

試想叫這些武林人物來敘述故人故事，且不說他們的口齒與文才如何，他們之間矛盾重重，有的甚至是生死仇敵，又怎能像英國紳士淑女們喝下午茶式的聚在莊園客廳中談天說地，或像法國文藝沙龍中的藝術家們那樣發表才華橫溢的議論文章？

這部小說的另一個弊病，是將小說的真正的主人公胡斐——《雪山飛狐》中的

「飛狐」即胡斐的諧音顛倒，即胡斐才是真正的主人公——給忽略了。胡斐的形象在小說中沒有得到應有的展開和刻畫。作者後來只有又像寫《袁崇煥評傳》以補《碧血劍》之缺那樣，寫了一部《飛狐外傳》來給胡斐立傳。

《碧血劍》與《雪山飛狐》的成敗得失已如上述。作者在這兩部書以後也不再專門去寫隱形的主人公了。不過，這兩部書的嘗試，給金庸後來塑造人物形象提供了一種獨特的方法途徑。那就是借書中人敘書中人，議書中人。

最典型的例子莫過於《笑傲江湖》的第二回至第四回，小說的主人公令狐冲尚未出場亮相，有關他的故事和傳聞便不斷而來，讓眾人議論紛紛，使令狐冲真正的先聲奪人，從而不僅引起林平之的興趣，更引起讀者的熱情關注。

這幾回書中通過華山派的陸大有、勞德諾，泰山派的天松道人，衡山派的劉正風，恆山派的定逸師太、儀琳小尼姑等人之口，敘述了有關令狐冲的幾件事。這幾個故事，把令狐冲的浪子形象及俠義心腸表現得十分突出。他貪酒豪飲，平易近人，嫉惡如仇，放蕩不羈，重視義氣，機靈狡猾、智巧多變，信口開河，視死如歸，寧折不彎……的特殊脾性，在這幾個故事中表露無遺，不禁使人想早一些目睹這位浪子大俠的特殊的風采。

這種先聲奪人的寫法，自然要比直接的敘述好得多。通過不同的人物之口，相當於通過不同的角度來說一件事，總比固定的一個角度靈活而多變，再則不同人物的敘述自然加入了議論，這也免去了作者的一番辛勞，更重要的是，書中人看書中人，書中人說書中人，其人隱形卻又活靈活現，這有一種奇妙的藝術效果，使讀者眼界大開。

這樣的寫法，更有一種妙處，是可以一箭雙鵰，既刻畫了被敘述者的形象，同時又刻畫了敘述者的形象。

比如上述不同的人物敘述令狐冲的故事，就不僅表現了令狐冲這一主人公的形象，而且也表現了講述者本人的性格、氣質、脾氣或思想觀點。陸大有說起令狐冲的頑皮故事，嘻嘻哈哈，於敬仰之中見出他的心嚮往之，表明他是令狐冲的頑皮夥伴好師弟；勞德諾說起話來一板一眼，嚴肅認真，善解人意卻又不動聲色，這表明他性格的深沉和老辣。定逸提起令狐冲滿腔怒氣，表明這位出家人脾氣火爆。劉正風代替天松道人敘及令狐冲的胡作非為，既清楚，又文雅，不偏不倚，表明此人心胸開闊，文雅有智，脾氣溫和。余滄海的幾次插話表明了他的陰鷙和卑瑣。而最後儀琳的敘述，那是一派清純自然，天真爛漫。這位小尼姑不僅長得美，而且心地單純善良，使人憐愛。

前述的《碧血劍》及《雪山飛狐》中的不同的敘述者在他們的敘述中也自然地表現了他們的不同性格和心理氣質。這是作品的雙重收穫。我們不必一一列舉。

在金庸的小說裡，書中人敘述書中人的場景很多，也大多有一箭雙鵰之妙。

二、人物心理的敘與議

中國傳統敘事文學極重白描之法，很少像西方文學，尤其現代西方心理現實主義文學那樣對人物的心理活動進行過多過細的描寫或分析。涉及到人物心理，多半只是寫人物「心道」或「心想」而已。

不過金庸的小說有些例外，在形式上雖然也還是「心道」或「心想」，但內容上卻「道」出了比較豐富的東西，在方法上也「想」出了不少新的法門。

在某種意義上，人物的心理活動當然是人物性格的最直接、也最準確的表現形式。因為每一個人外在的言行舉止難免有做作或偽飾的成分，至少自覺或不自覺地存在這種可能性，但他們的不為人知的心理活動卻不會有任何偽裝、掩飾或做作，當然，人物的心理活動需要作者進行準確的把握和生動的表現。而作者對人物心理活動的通常的表現形式則又恰恰是一種敘議結合的形式。

且看《鹿鼎記》中的韋小寶遇到了武功奇高的歸辛樹夫婦，且又發現這兩位老人似乎與吳三桂有些淵源，至少是對吳三桂有些好感。韋小寶急中生智，扮起了吳三桂的侄兒，並將顧炎武等人偽造的吳三桂寫給吳之榮的信當成寫給他的，作為證據給歸辛樹看。結果果然使歸辛樹客氣起來。書中寫道：

……這時徐天川等均已醒轉，聽韋小寶自稱是吳三桂的侄兒，對方居然信之不疑，無不大為詫異，但素知小香主詭計多端，當下都默不作聲，韋小寶心道：「老子曾對那蒙古大鬍子罕帖摩冒充是吳三桂的兒子，兒子都做過，再做一次侄兒又有何妨？下次冒充吳三桂的爸爸便是，只要能翻本，就不吃虧。」（第四十一回）

這是敘。將韋小寶的口氣及心思摹仿得維妙維肖，因為他總是要在心裡自稱「老子」的，至於表面上是做老子還是做兒子、侄兒，那要看情況而定。情況緊急、危及生命之時，別說做吳三桂的兒子、侄兒，就是自稱吳三桂的孫子、灰孫子也幹。這是韋小寶性格的一大特徵，保命第一，善於攀龍附鳳，拜師認親，不得已時，拜壞人為師或以壞人為親也臉不變色心不跳。

韋小寶性格的另一個特點，在這段心理活動的敘述中也表現出來了，那就是他深通賭道而又極愛以賭為比喻，知道凡賭有贏有輸，這回扮了吳三桂的侄兒，是不得已，算是輸了，下回一定要扮吳三桂的爸爸，贏回來。即「只要能翻本，就不吃虧」，說起來韋小寶是識時務的，雖非「俊傑」，卻頗能見風使舵，心裡想的是下回翻本。什麼道德原則，那都不在話下。書中寫道：

韋小寶問道：「請問老爺子、老太太貴姓？」那老婦道：「我們姓歸」。韋小寶心道：「什麼姓不好姓，卻去姓烏龜的『龜』，真正笑話奇談。」（同上回）

這一段是「議」，不過不是作者之議，而是主人公之議。韋小寶心裡的議論，也表現了他的性格特徵。一是他不學無術，不知有姓歸的；二是他凡事總愛往邪路上想，歸便是「龜」；三是這對老傢伙剛才使他吃了大虧，若不在心裡叫他們為「龜」找補一些回來，那是不可能的。否則就不是韋小寶了。《鹿鼎記》中，這樣的心理活動的敘述隨處可見，精妙之處頗有不少。

我們說的心理的敘議，當然還是作者的敘與議。這樣的例子也有很多。如《神鵰俠侶》中有關郭芙的一段心理活動的敘議：

……二十年來，她一直不明白自己的心事，每一念及楊過，總是將他當作了對頭，實則內心深處，對他的眷念關注，固非言語所能形容。可是不但楊過絲毫沒明白她的心事，連她自己也不明白。

……便在這千軍萬馬廝殺相撲的戰陣之中，郭芙陡然間明白了自己的心事……（第三十九回）

這一段對郭芙的心理活動的敘述和議論，真正稱得上是經典之作。因為這一段敘議，不僅完全改變了郭芙這一人物的形象的意義，而且還揭示了一種人性的深刻奧秘。在形式上，它是標準的夾敘夾議，敘一段郭芙的心理，議論一段這一人物的心理和個性，從而揭示出她的心理的秘密和個性的秘密。

老實說，郭芙在書中是一個不討人喜歡的角色，是一個嬌美而又暴躁，淺薄而又驕橫的大草包。這一角色除了使人感到厭惡之外，並沒有多大的審美價值，很難給人留下什麼美好的或深刻的印象。但有了這一段心理的敘議，情形便大大的不同了。

上述心理敘議的意義在於：其一，使郭芙這一人物形象的深度大大增加，不再僅僅是浮於表面；其二，郭芙之浮躁又恰恰表現在十幾年來一直不明白自己的心思；其三，人們有時候確實難以明白自己的潛意識，在意識之外，原來還有一個廣大而未知的心理世界；其四，郭芙的性格為什麼那麼暴躁，那是因為她內心最想要的東西得不到，甚至長期自己不明白自己到底想要什麼。如此，郭芙的形象就變得真正的獨特而又深刻。

在《神鵰俠侶》中，郭芙的形象一直是驕橫而又浮躁的，到了這樣一段，居然在小說最後的千軍萬馬的廝殺相撲之中奇峰突起，讓郭芙——及讀者——明白了她的心事，這種藝術效果比千軍萬馬的廝殺呼嘯更加驚人！因此需要這樣一個大戰場來做背景，為之配樂。當然了，也只有在這樣的戰場上——生死關頭——人們才會真正地面對自我。所以郭芙才有這一番心理的活動，才明白自己的心思奧秘。

金庸一向喜歡借書中人物之口來敘議書中的其他人物，而在人物心理的敘議中，也同樣喜歡借書中人物的心思來敘議書中其他的人物。這樣做當然有一種一石三鳥的藝術效果：一是寫了人物的心理活動，二是敘議思考評論分析了書中其他的人物；三是省了作者的筆墨。

這樣的例子也有不少。

例如《連城訣》一書中，狄雲從雪谷中返回家鄉，這時他已學會了神照經內功及血刀刀法，武功見識都是當世一流。又加上經歷了一番如此慘痛的人生磨難，這個老實巴拉的鄉下少年的心智也有了極深刻的變化。當他看到大師伯萬震山和他的幾位徒弟與二師伯言達平鬥劍，發現了不僅祖師爺的內功沒有傳給師伯們，而大師伯的武功招式又沒有完全傳給他的徒弟。這一現象，使他明白了一個可怕的真相：做師父的故意不教徒弟高深的武功，甚至故意教錯。而他自己一生敬若天人的師父戚長發竟然也是這樣！這一真相給狄雲的心理震動是巨大的、無與倫比的。書中寫道：

……突然之間，心裡感到一陣陣的刺痛：「師父故意教我走錯路子，故意教我些次等劍法。他自己的本事高得多，卻故意教我學些中看不中用的劍招。他……他……言師伯的武功和師父應該差不多，可是他教了我三招劍法，就比師父高明得多……」

「言師伯卻又為什麼教我這三招劍法？他不會存著好心的。是了，他是要引起萬師伯的疑心，要萬師伯和我師父鬥將起來……」

「萬師伯也是這樣，他自己的本事，和他的眾弟子完全不同……卻為什麼連自己兒子也要欺騙？唉，他不能單教自己兒子，卻不教別的弟子，這一來，西洋鏡立刻就拆穿了。」（**第九章**）

這一段心理的敘議，有三個作用。一是寫狄雲心智的成熟，這是痛苦磨難換來的，他不僅懂得了武功，更懂得了人。二是寫了萬震山、言達平、戚長發這三人的陰毒性格，貪婪和欺詐，為達目的，無所不用其極。三是作者覺得到了該「揭蓋子」的時候了，這三人的貪婪與欺詐，是更廣大的貪婪欺詐的人世間的一個小小的引子和代表。而這個蓋子，由狄雲這位老實誠樸的青年來揭開，更有一種驚心動魄的藝術效果。因而作者就這樣做了。

再一個例子，是《倚天屠龍記》的最後一回書中所寫：

> 張無忌陡地領會……原來她真正所愛的，乃是她心中所想像的張無忌，是她記憶中在蝴蝶谷所遇上的張無忌，那個打她咬她、倔強凶狠的張無忌，卻不是眼前這個真正的張無忌，不是這個長大了的、待人仁恕寬厚的張無忌。
>
> 他心中三分傷感、三分留戀、又有三分寬慰，望著她的背影消失在黑暗之中。他知道殷離這一生，永遠會記著蝴蝶谷中那個一身狠勁的少年，她是要去尋他。她自然找不到，但也可以說，她早已找到了，因為那個少年早就藏在她的心底，真正的人、真正的事，往往不及心中所想的那麼好。（第四十回）

這一回的回目叫做「不識張郎是張郎」，說的就是上述的那個來過又去了的「她」——張無忌的表妹殷離只愛心目中的少年張無忌，而不認長大成人的張無忌的故事。

上面所引的這段，可以說是一種多功能的心理連環展示。首先當然是對殷離的這種奇妙的愛情心理的揭示，愛上了心中的想像，卻不識真正站在她面前的人。這種揭示十分深刻，而且具有普遍的意義。

其二，這一心理秘密，讓張無忌來揭示，只因他就是張無忌，而他對殷離最為關懷。

其三，讓張無忌揭示殷離的心理秘密，同時也讓讀者明白了他的內心的感受：「三分傷感，三分留戀、又有三分寬慰」。這時張無忌的心情是複雜的。殷離不僅是他的表妹，而且與他有過婚姻之約，更重要的是，張無忌內心最深處是想同娶四美，明知這辦不到，但殷離死而復生、來了又去之時，便又感傷、又留戀、又寬慰（這樣也好，免得張無忌為難。倘殷離不走，甚而要嫁給張無忌，我們這位仁恕寬厚而又拖泥帶水的張無忌該如何是好？）……

其四，這樣的安排，自然是作者精心設計的，殷離臨去之前的心理曝光，一方面使人驚異、憐憫，另一方面又使人得到啟發和震動：「真正的人、真正的事，往往不及心中所想的那麼好。」殷離的幸與不幸，讓人難於評說。像這樣的段落，將人物心理、性格、關係等等交叉又重疊，連環又互釋，還替作者交代了故事情節，真正具有多種多樣的功能。倘不如此敘議，怕是難以做到這樣的巧妙。

三、多功能的性格敘議

作者在小說中發表議論好不好？這很難說。問題不在於議論好與不好，而在於議論本身的內容、方式及地位、時間好不好，是否恰到好處，單純的議論當然是不好的，那樣不僅會流於直露和淺薄，而且不利於人物形象的塑造。但夾敘夾議，敘中之議，而議得巧妙又恰到好處，那就大大不同了。

在小說敘事中完全杜絕議論，不僅是不可能的，而且是沒必要的。金庸的小說中有很多的議論。絕大多數議論都是必要的，而且是巧妙的。不但議論得準確而又精彩，而且還有不同的藝術功能。

下面我們就分別舉例說明。

（一）提示或解釋性的議論

在小說的敘事中，有時少不了要給人物的性格以一種概念把握，作為一種提示或是解釋。例如書中經常寫到「郭靖的性子頗為愚鈍」，這是一種判斷和評價，也算得上是一種議論，但這種議論和評價，是小說敘事的一種需要。否則就無法有效地進行敘事了。

再如《射鵰英雄傳》中寫到黃藥師受騙，聽人說黃蓉在海上淹死了。歐陽鋒不但不解釋，反而幸災樂禍，但同時又非常緊張，嚴陣以待，因為他瞭解黃藥師其人傷心到了極處，一出手就要殺人。為什麼呢？書中寫道：「他的性子本愛遷怒旁人，否則當年黑風雙煞偷他的經書，何以陸乘風等人毫無過失，卻都被打斷雙腿、逐出師門？」（第廿二回）這一小段議論，是對歐陽鋒為什麼嚴陣以待進行解釋，同時也是對黃藥師的「東邪」之邪予以必要的提示。

再如《神鵰俠侶》中寫楊過：「他天性中實帶了父親的三分輕薄無賴，雖然並無歹意，但和每個少女調笑幾句，招惹一下，害得人家意亂情迷，卻是他心中所喜。」（第十七回）這一段議論，是對楊過與絕情谷主的女兒公孫綠萼的調笑進行解釋，當然也是對楊過的性格的一個側面的概括性提示。

又如小說中的李莫愁臨死之際還在火中唱著「問世間，情是何物」的歌，在她死後，書中寫道：「眾人心想李莫愁一生造孽萬端，今日喪命實屬死有餘辜，但她也並非無生狠惡，只因誤於情障，以致走入歧途，愈陷愈深，終於不可自拔，思之也是惻然生憫」。（第三十二回）這雖說是寫眾人心中所想，實則代表了作者對這一人物的蓋棺定論，這一議論，是不可缺少的。

再如《鹿鼎記》中有一段寫到吳三桂與李自成打鬥，李自成見情勢不利，跪下詐降，並伺機反撲又反敗為勝。作者在這一情節後寫道：「韋小寶卻不知道，當情勢不利之時，投降以求喘息，伺機再舉，原是李自成生平最擅長的策略。當年他起兵造反，崇禎七年七月間被困於陝西興安縣東箱峽絕地，官軍四面圍困，無路可出，兵無糧，馬無草，轉眼便要全軍覆沒。李自成便即投降，被收編為官軍，待得一出棧道，立即又反。此時向吳三桂屈膝假降，只不過是故技重施而已。」（第三十二回）這就是對李自成的行為的解釋和他的性格的提示了。

書中又一處寫到康熙對假太后毛東珠的複雜情感，雖然她害死了康熙的親生母親，害得他父親傷心出家，使他成為無父無母之人；又將真太后幽禁數年，可謂罪大惡極。但這女人又撫育他長大，又覺得，若不是她害死了董鄂妃和董妃之子榮親王。以順治對董鄂妃寵愛之深，大位一定傳給榮親王。康熙非但作不成皇帝，說不定還有性命之憂。如此說來，這女人對他又可以說是有功了。

書中接著寫道，「在數年之前，康熙年紀幼小，只覺人世間最大恨事，無過於失父失母，但這些年來親掌政事，深知大位倘若為人所奪，那就萬事全休，在他內心已覺帝皇權位比父母情的慈愛為重，只是這念頭固然不能宣之於口，連心中想一下，也不免罪孽深重。」（第四十二回）這樣的議論，其意義不僅在於對康熙的個人心態與價值觀念變化的提示，而且還揭示了皇家人物無愛無情的普遍性價值與邏輯。

像這樣的提示或解釋性的議論，在金庸小說的敘述中不時出現，恰到好處。若非如此，我們對許多關鍵之處不免輕易看過，因而對作品的理解及對人物性格的理解和把握受到局限或阻障了。

（二）分析性的議論

在金庸的小說中，還經常有對政治、社會道德價值、人生及人物心理與人物性格的分析性的精闢議論，使小說的精美的敘事藝術之中還閃爍著思想的光芒，從而使小說的思想與藝術成就更加深大。

其他的分析性議論，我們且不去多說，這裡只說小說中關於人物性格及心理的分析性議論。舉上一例，使我們可以窺一斑而知全豹。

小說《鹿鼎記》中寫到康熙與韋小寶的非同尋常的友誼，使很多讀者難以理解。何以康熙這位英明的滿清皇帝對韋小寶這位出身於揚州妓院的市井小流氓如此青睞？除了韋小寶善於逢迎拍馬，常使「龍顏大悅」之外，還有更重要的原因，那就是兩位少年雖為君臣，但少年遊伴，打架摔跤玩出來的友情，實在非同一般。

對康熙而言，韋小寶所立的功再多、再大，也都還及不上少年時陪他打架這一「功勞」之大，所以康熙在敘及韋小寶為他立下的功勳之時，第一功總是說他陪他練武玩耍這件事，何以如此？書中寫道：

皇太子自出娘胎，便註定了將來要做皇帝，自幼的撫養教誨，就與常人全然不同，一哭一笑，一舉一動，無不是眾目所視，當真是沒半分自由。囚犯關在牢中，還可隨便說話，在牢房之中，總還可任意行動，皇太子所受的拘束卻比囚犯還厲害百倍。負責教讀的師保、服侍起居的太監宮女，生怕太子身上出了什麼亂子，整日價戰戰兢兢，如臨深淵，如履薄冰。太子的言行只要有半分隨便，師傅便諄諄勸告，唯恐惹怒了皇上。太子想少穿一件衣服，宮女太監便如大禍臨頭，唯恐太子著涼感冒。

一個人自幼至長，日日夜夜受到如此嚴密看管，實在殊乏生人樂趣。歷朝頗多昏君暴君，原因之一，實由皇帝一得行動自由之後，當即大大發洩歷年所積的悶氣，種種行徑令人覺得匪夷所思，泰半也不過是發洩過分而已。康熙自幼也受到嚴密看管，直至親政，才得時時吩咐太監宮女離得遠遠的，不必跟隨左右。但在母親和眾大臣眼前，還是循規蹈矩，裝成少年老成模樣，見了一品宮女太監，也始終擺出皇帝架子，不敢隨便，一生之中，連縱情大笑的時候也沒幾次。」

可是少年人愛玩愛鬧，乃人之天性，皇帝乞丐，均無分別。在尋常百姓人家，任何童於天天可與遊伴亂叫亂跳，亂打亂鬧，這位少年皇帝卻要事機湊合，方得有此「福緣」。他只有和韋小寶在一起時，才得無拘無束，拋下皇帝架子，縱情扭打，實是生平從所未有之樂，這些時日中，往往睡夢之中也在和韋小寶扭打嬉戲。……（第五回）

這一大段分析議論，終於使我們明白，何以韋小寶陪康熙打架玩鬧這一算不上功勞的小事，康熙卻念念不忘，並把它當成頭等功勞。這不僅分析了康熙的少年心理和人的自由天性，進而還給歷朝歷代的昏君暴君作了一種心理分析，找到了他們之所以成為昏君暴君的一個重要的病因。

反過來，康熙之所以沒有成為昏君或暴君，與韋小寶陪他扭打嬉戲不無關係，使他得到了發洩熱情的機會，且滿足了少年人自由愛玩的天性，這樣說起來，韋小寶陪打這件事當真是功蓋天下而不可沒了，試想宮中太監誰不知道康熙是皇帝？即使沒見過，也早該學會從衣帽裝束中辨別，只有韋小寶這位不學無術的假太監才不知這位「小玄子」朋友居然就是皇帝，他還以為皇帝都是白鬍子老頭兒呢。

進而，韋小寶的胡鬧與無賴勁兒，在這禁宮之中也是稀奇之物，相當於給康熙帶來了一股「自由的風」。作者這一大段議論，實在是精闢深刻，不亞於研究皇家人物心理的專業的科學論文。小說讀者能讀到這樣的文學，不光是茅塞頓開，而且可以說是大飽眼福了。有誰從這樣的角度去研究昏君與暴君的成因？又有誰從這樣的角度去研究分析少年皇帝的天性與心理？只有《鹿鼎記》的作者。

（三）總結性的議論

分析性的議論很精彩，已如上述。總結性的議論也不差，作者繼承了傳統話本的敘議結合的方式，將議論與敘述水乳交融。或抒情或敘事，卻又用議論性的文字來表達。

如《神鵰俠侶》中有這樣一段：

自從他們在古墓中共處，早就是這樣了，只不過那時她不知道這是為了愛情，楊過也不知道。兩人只覺得互相關懷，是師父和弟子間應有之義，既然古墓中只有他們兩人，如果不關懷不體惜對方，那麼又去關懷體惜誰呢？其實這對少年男女，早在他們自己知道之前，已在互相深深的愛戀了。

直到有一天，他們自己才知道，決不能沒有了對方而再活著，對方比自己的生命更重要過百倍千倍。

每一對互相愛戀的男女都會這樣想。可是只有真正深情之人，那些天生具有至性至情之人，這樣的兩個男女碰在一起，互相愛上了，他們才會真正的愛惜對方，遠勝過愛惜自己。（**第廿六回**）

這是一段敘述，也是一段議論，又是一段抒情。它是對楊過和小龍女的愛情的總結，也是對所有至性至情的男女之間的真正的愛情總結。看過之後，總令人神馳。

《倚天屠龍記》中有一段，形式上卻又不同，當周芷若直接了當地問張無忌對趙敏、周芷若、小昭、殷離這四個女孩子，究竟心中最愛哪一個時，張無忌心中一陣迷亂，因為這一問題在他心中始終彷徨難決。書中寫道：

……其實他多方辯解，不過是自欺而已，當真專心致志地愛了哪一個姑娘未必便有褌光復大業，更未必會壞了明教的名聲，只是他覺得這個也好，那個也好，於是便不敢多想。他武功雖強，性格其實頗為優柔寡斷，萬事之來，往往順其自然，當不得已處，雅不願拂逆旁人之意，寧可捨己從人。習乾坤大挪移心法是從小昭之請，任明教教主既是迫於形勢，亦是殷天正、殷野王等動之以情，與周芷若訂婚是奉謝遜之命，不與周芷若拜堂又是為趙敏所迫。當日金花婆婆與殷離若非以武力強脅，而是婉言求他同去金花島，他多半便就去了。（第四十回）

以上這一段，是對主人公張無忌的性格，為人及其愛情心理的最好的總結。若說是哪位優秀的評論分析家所寫，肯定不會有人懷疑。因為上面的分析概述，不僅包括了張無忌一生的主要經歷和重大選擇，而且包括了他的性格與心理的方方面面。我們在小說的最後一回中讀到這樣的文字，非但不覺其淺露直白，反而覺得是應該如此，不然我們就無法把握張無忌這一人物的性格了。

（四）概括性敘述與議論

這是專門相對小說中的一些不甚重要，但又需一寫的次要人物而言的一種性格塑造的方法，因為這些人物在書中或匆匆一現而逝，或每每點到即止，小說中沒有那麼大的篇幅來展開他們的故事及他們的性格描寫，所以只能用概括性的敘述來交代他們的故事，並以議論和分析的方法形式來總結概括敘述他們的性格與心理。勾勒出他們的形象，便將他們給「交代」了。

對此，我們也不必多翻小說，就在《神鵰俠侶》中隨便拈幾個例子吧。

例一，是書中寫到王重陽、林朝英這兩位已經逝世多年的前輩人物之間的愛情糾葛，因後代的全真教徒與古墓派門下起了衝突，所以不能不提及他們各自的師祖以及兩派的淵源。但這兩位師祖又逝世多年，又不可能花大篇幅展開他們的故事及他們的性格描寫。怎麼辦呢。只好用概括的夾敘夾議的方式交代過去：

王重陽與林朝英均是武學奇才，原是一對天造地設的佳偶。二人之間，即無或男或女的第三者引起情海波瀾，亦無親友師弟間的仇怨糾葛。王重陽先前尚因專心起義抗金大事，無暇顧及兒女私情，但義師毀敗、枯居石墓，林朝英前來相慰，柔情高義，感人實深，其時已無好事不諧之理，卻仍是落得情天長恨，一個出家做了黃冠，一個在石墓中鬱鬱以終。此中原由，丘處機等弟子固然不知，甚而王林兩人自己亦是難以解說，惟有歸之於「無緣」二字而已。卻不知無緣係「果」而非「因」。二人武功既高，自負益甚，每當情苗漸茁，談論武學時的爭競便伴隨而生，始終互不相下，兩人一直至死，爭競之心始終不消。林朝英創出了克制全真武功的玉女心經，而王重陽不甘服輸，又將九陽真經刻在墓中。（第七回）

既然丘處機等後生晚輩不知，而王重陽與林朝英這兩位當事人也居然不知究竟，那就只有作者知道，且只有作者說出來了。其實作者對他們的無緣的原因，不說出來當然也無傷大雅，因為王林二人在這部書中算不上一號人物。然而作者一旦揭出他們愛情無緣起因於二人的爭競之心這一大秘密，就使這兩位武學宗師的性格悲劇和愛情悲劇的震撼力大大地提高了，從而使我們永遠也忘不了這兩位被作者匆匆勾勒出來的人物形象。

上述文字，前半為敘述，後半則為分析與議論，算是作者的「分外」工作，但作者將它一併作了，並且天衣無縫地將此敘述和議論寫成一段不可分割的概述文字，這對人物形象的塑造自然有極大的好處。因為它不但交代了人物的故事，而且還總結了人物的性格，揭示了人物的心理特徵。雖匆匆幾筆，仍然是清清楚楚。

例二是小說中寫到全真派的第三代弟子趙志敬想借蒙古人的勢力，來爭奪全真派的掌教之位。不料丘處機等全真五子閉關提前結束，眼見趙志敬的計畫就要落空，他知道眾師長查究起來，自己掌教之位固然落空，還得身受嚴刑。此時，作者筆鋒一轉，寫道：「他本來也不過是生性暴躁，器量偏狹，原非大奸大惡之人，只是自忖武功於第三代弟子中算得第一，這掌教之位卻落於尹志平身上，心下憤憤不平。就此一念之差，終於陷溺日深，不可自拔。」（第廿七回）適時地將趙志敬其人總結一番，交代過去。

這一人物並非書中的主要人物，他爭奪全真掌教一事也非書中的主要情節，所以只需如此概括敘述，分析總結幾句，便可交代了。後面再敘述事件的結局，就更加方便自然了。有這一筆，我們對趙志敬這一小人物，卻也留下了深刻的印象。因為書中寫出了他的個性特色。

例三是關於武敦儒、武修文兄弟倆人的。這二人都曾對郭芙鍾情至深，甚至為此大動干戈，兄弟間相互殘殺，幸得楊過解救，並說黃蓉夫婦已將郭芙許配給他

（這是騙武氏兄弟的），才息了兄弟的紛爭，同時也息了他們對郭芙的愛戀。不久，他倆遇上了完顏萍，耶律燕兩位少女，分別談得投機，武氏兄弟便移情別戀，使黃蓉看了又覺失望，又覺好笑，卻又不解而氣憤。對此情形，書中寫道：

「武氏兄弟和郭芙同在桃花島上自幼一齊長大，一來島上並無別個妙齡女子，二來日久自然情生，若要兩兄弟不對郭芙鍾情，反而不合情理了。後來忽然得知郭芙對自己原來絕無情意，自是心灰意懶，只道此生做人再無半點樂趣，那知不久遇到了耶律燕和完顏萍，竟爾分別和兩兄弟頗為投緣。這時二武與郭芙重會，心中暗地稱量，當真是情人眼裡出西施，只覺自己的意中人非但並無不及郭芙之處，反而頗有勝過。一個心道：『耶律姑娘豪爽和氣，那像你這般捏捏扭扭，盡是小心眼兒？』另一個心道：『完顏姑娘楚楚可憐，多溫柔斯文，爭似你每日裡便是叫人嘔氣受罪』？」（第廿九回）

這樣一段，不僅釋了黃蓉之疑，而又交代了武氏兄弟的故事和性格，同時還揭示了少年心性及一般的愛情心理的特點和發展邏輯。對武氏兄弟這樣的次要人物，作者如此展開分析總結，算是大大的優待了。如此精彩絕妙的分析與敘述，在金庸的小說中並非少見，而每一處都活畫了一個（次要）人物，則實在難能可貴，不能不提。

對於金庸小說的各種形式、各種功能的議論，我們已舉證如上。需說明的是，我們是將這些議論從小說的整體敘述中抽出來的，在這裡，我們只能看到議論和分析的準確、生動、深刻和精妙，卻看不到這些議論分析在敘述中的位置是怎樣的恰到好處。而後一點對於小說敘事而言更為重要。對此，只能在此提醒一聲。讓讀者朋友注意小說中的敘述與議論的關係。以及小說中的議論在小說敘事整體中的恰當的位置、分量和分寸。

議論好與不好的問題並無確切的答案，關鍵要看兩點，一是議論是否準確、精妙、深刻而生動，二是它與敘述整體的關係是否和諧，分寸是否得當。

金庸小說通過敘議結合的方法來表現人物性格，取得了很大的藝術成就。上面的例子就是證明，可供讀者明鑑。

第八章 武打與個性

金庸的小說創作，可以說是盡可能地調動一切手段來為刻畫人物形象及其個性服務。武功與打鬥既然是武俠小說中不可缺少的重要組成部分，金庸對此自然就不會輕易放過，而要它成為表現人物形象的一種特殊的藝術手段和方法。

在其他的著作中，我們曾就「武功與個性」這一話題發表過意見，在上一卷的《武打敘事的藝術》一章中，我們也提起過這方面的話題，只不過並未進行專門的和深入細緻的分析和舉證。金庸究竟如何用武功的描寫來表現人物性格，武功、兵器、練武、技擊等「武」門話題又如何與小說的人物性格的表現聯繫起來？這些問題我們都必須得到進一步的論證。

可以肯定的是，以武寫人，在金庸的小說創作中，從一開始就是一種非常明確的創作原則，也是一種行之有效的寫作方法。這對於人物性格的表現而言，當然只是一種輔助性的手段，起一種提示、映襯、裝飾性的作用；而對於武功、技擊的描寫本身卻是尋找到了一種新的廣闊的思路以及花樣翻新的方法與形式，無論是寫武、或是寫人，二者相得益彰。

下面我們從三方面來談。

一、武功、兵器、人物

在金庸的小說中，從一開始就將人物的武功、兵器的描寫（配置）與人物的個性形象結合起來考慮並加以表現。此雖小道，卻收到了很好的藝術效果。

需要說明的是，將武功、兵器與人物結合起來，雖是一個很好的方法，但也是一個很難加以普遍採用的方法。

一來，小說中的人物眾多，作者不可能一一專門為他們配置適合於他們的個性的武功或兵器，尤其在同門之中，若是每個人物都有專門的武功或特別的兵刃，反倒不合常規與實際。二來，小說之中若是人人都按個性配置兵刃和武功，不僅麻煩，反而顯出作者的機械和匠氣，反為不美。

尤其是其中的一些次要的人物，作者不可能為他們花費多大的心力。三來金庸創作，向來是刻意與任意相結合，有時有招有式，並且招招式式都合乎原則、中規中矩；有時則無招無式，只有劍意或內力，如張三丰的太極拳和獨孤九劍，有如羚羊掛角，無跡可尋，不過，要尋其蹤跡，倒也不是完全辦不到，因為並非所有的人都是張三丰或獨孤求敗，而金庸小說的創作也總是要從有形發展到無形，從有跡到無跡，正合乎「技進乎藝，藝進乎道」的根本原則。在前面的章節中，我們提到過金庸小說中的主要人物的武功都不相同，各具特色，進而書中的一些重要的人物的武功也互不一樣，這就是我們所要找尋的痕跡了。

還是讓我們舉例說明吧。

先說武功與人物的關係。

先看金庸的小說處女作《書劍恩仇錄》。小說的一開頭，就寫到李沅芷偷看她的先生用一枚枚細針將滿屋亂飛的蒼蠅一一釘在牆上，這才發現這位滿腹經綸的飽學宿儒，原來是一位武學高手，便去懇請先生教她武功。這位先生不是旁人，正是武當派高手「綿裡針」陸菲青。既然號為「綿裡針」，若不暗暗地表演一下用繡花針作暗器打蒼蠅的絕技，那就不太好玩了。當然，「綿裡針」的真正的意思，是外和內剛，綿裡藏針。陸菲青正是這麼一個人，若不是李沅芷偶然發現先生玩針，怎知道這位腐儒模樣的書生居然是一位武學高手？

這部小說的主人公陳家洛使出一套聞所未聞的「百花錯拳」，更是專門為他的個性而設計的。對此我們在其他的書中已經說過，「百花易敵，錯字難當」以及「似是而非，出其不意」不僅是這一套拳法的要旨，而且也是陳家洛的個性和人生的真實寫照和深刻的提示。他的一生都在繞著一個「錯」字在轉，總是似是而非，總是出其不意的「錯」字難當。另外，要學會這樣一套拳法，必須十分的聰明，否則又怎能學得會百家之拳？正是因為聰明而又要怪，這才能使出錯拳，不過這對於人物的個性而言，則只能說是怪招。是聰明反被聰明誤，錯來錯去最後錯到自己頭上，要自己錯字難當。把自己的人生搞得似是而非，有如百花錯拳。

這一套拳法當然不是陳家洛所創，而是師父教的。他的師父袁士霄，號「天地怪俠」，其中有一「怪」字，正好與「錯」字相對。袁士霄之怪，我們都已熟悉：年輕時與情人師妹吵了一架居然遠走他鄉，等到數年後歸來，看到師妹兼情人嫁作他人之婦卻又死纏不休。為此大發怪脾氣，要學百家之拳而後另創怪招，這便是「百花錯拳」的來歷。如此將拳法的創作與人生的經歷及性格的怪異寫得如此合節合拍，這正是作者的匠心所在。

這套「百花錯拳」寫出了袁士霄、陳家洛這師徒二人的個性與人生。不過，細心的讀者可能會發現，袁士霄只是創了這套拳法、教了這套拳法，而沒見他用過這套拳法。在這一意義上，這套拳法只屬於陳家洛一人。要說屬於二人，那也重點不同。即袁士霄看上去就怪，甚至一聽「怪俠」之號就知道他怪，而陳家洛則少年壯志、英俊瀟灑、文武全才，看上去如鮮花齊放，絲毫看不出「怪」與「錯」來。唯其如此，才更需要借這一套「百花錯拳」來提示看官，陳家洛身上只見百花不見錯拳是表面的，其實錯拳正在百花之中。正如袁士霄剛好相反，雖是怪俠錯拳，本質卻是不折不扣的俠。

《書劍恩仇錄》中還有無塵的「追風快劍」及文泰來的「奔雷掌」等等，都是武功與個性的雙重寫照。書中其他人物的武功與個性之間的關係，如「鐵膽」周仲英、「千臂如來」趙半山等人的武功與個性，我們也不必一一細述。不過，小說中的霍青桐與李沅芷這兩位少女的武功卻不能不提。

霍青桐的一套劍法叫作「三分劍法」，只將一招使出三分之一，從而常人出一招，她就出了三招（各三分之一）。這是形容其快，其靈活、機警，這當然正是霍青桐這位真正的女諸葛的智慧風貌的描寫。進而，這「三分劍法」還有一層意思，暗示男女之間的一心二用的「三角關係」。這套劍法是由霍青桐的師父關明梅傳給她的，關明梅是「天山雙鷹」中的「雪鵰」，是「禿鷹」陳正德的妻子，卻又是「天池怪俠」袁士霄的情人。關明梅的一生都糾纏在這種難解難分的三角關係之中，三分其心，痛苦感傷一輩子。霍青桐學了她的劍法，偏偏也繼承了師父的命運，她和她的妹妹喀絲麗都愛上了陳家洛，這是任何「三分劍法」都無法拆解的一種痛苦的關係。

李沅芷性格嬌嗔活潑，學不會師父的綿裡藏針之術，卻學到了一套「柔雲劍法」，如柔雲如纏絲，那是極需要耐心的。她情不自禁地愛上了同門師兄余魚同，而余魚同卻愛上了有夫之婦駱冰，學了「柔雲劍法」的李沅芷卻不放棄，苦纏苦追，終於讓余魚同繳械投降，與她結為秦晉之好。幸與不幸，寸心有知。不過李沅芷將這套「柔雲劍法」運用到情愛生活之中並勝了一場，這倒是毫無疑問的。

如此，我們從小說中的人物武功中讀出人物的性格及人生故事，又從人物的個性與經歷中讀出武功的真義，相互詮釋，相互提示，那就大大地豐富了小說的內容，也豐富了我們的閱讀快感。

《射鵰英雄傳》的主人公郭靖的「降龍十八掌」也是大大有名的功夫，作者顯然是專門為這一人物而創。雖說是洪七公教他的，但我們沒見洪七公真正地運用過。只有郭靖才將這一套功夫學得勤勤懇懇，並將它發揚光大了。

這套功夫有三個特點。一是「笨功夫」，簡單實用，練起來需下苦功；二是「陽剛第一」的功夫，這套功夫全然不以招式的巧妙變化取勝，而以本身的內力實功見長；三是「至大而簡約」的功夫，沒有花招，沒有複式，一招一式都能克敵制勝，你明知只有這麼幾招，可就是無法逃避，也無法戰勝。這符合返璞歸真的大道，光明正大的至理。

這三個特點，無疑都是郭靖的性格的體現。書中的黃蓉卻不同，她的武功是以機靈巧妙、美雅清奇見長，家傳的武功有「蘭花拂穴指」以及「落英神劍掌」等等，一聽這名字，就能感覺到它的美、雅、清、麗，而且靈、巧、奇、變。她拜了洪七公為師，這位豪邁的北丐，教她的武功還是美雅靈奇的一套「逍遙遊」。

洪七公還特意指出，這一套功夫是專門找出來教黃蓉的，因為這符合黃蓉的武功路子，也符合她的性格。郭靖卻不能學，倘若郭靖也要來學，那就非將「逍遙遊」練成「苦惱爬」不可。因為郭靖的天性中全然沒有靈巧機變的特長，更無莊子道家出世逍遙的本性，有的只是為國為民、俠之大者的價值觀與人生觀，所以他只能學「降龍十八掌」。

而洪七公的另一項丐幫幫主的絕技「打狗棒法」也教了黃蓉。一來是時機緊迫，洪七公要黃蓉接替他當丐幫幫主，二來是「打狗棒法」全靠靈巧機變取勝，用後來郭芙的話說，這棒法「全是取巧騙人的」。這正是黃蓉的特長。而洪七公這位武學宗師，收了兩位徒弟，居然教出了兩類完全不同的武功，這也算是一絕。

不過，這也是有道理的。其一，洪七公這樣的武學宗師，所學肯定豐富，要拿出幾套不同路數的武功不是難事，若是拿不出來，反倒有些跌面子。其二，正因為洪七公是大宗師，才懂得「因材施教」的根本道理，懂得按照弟子的不同路數與不同才分及不同性格來教導武學功夫。若是庸常的武師，則只能是老一套的照葫蘆畫瓢，或「熟讀唐詩三百首」了。

其三，懂得兩類完全不同性質的武功，不僅表現了洪七公的武學的淵源，同時也揭示了他的性格的複雜。他可不像郭靖那樣一味的笨拙愚鈍，也不像黃蓉那樣單純的機靈活潑，而是既豪邁又機警，既靈活又正直，既坦蕩又敏捷，既剛烈又飄逸，正像他的武功那樣豐富深厚，複雜多變，遠不似郭、黃二位少年的單純。

《射鵰英雄傳》中敘及一部至高無尚的武學經典《九陰真經》，老頑童得了上半部，黃藥師得了下半部。黃藥師的下半部經書又被門下弟子陳玄風、梅超風夫婦盜走，將這部武學經典中的神功，練成了「催心掌」及「九陰白骨爪」這樣陰毒殘酷的武功。這不僅是他們只看了半部經書，也不僅是因為他們見識淺薄，而是因為他們天性之中有著陰毒殘酷的基因。不然他們也不會偷盜師父的經書，惹得師門之中池魚遭殃了。他們號為「銅屍鐵屍」，也足可見其性格之一斑。

同一種武功，在不同的人手中，也會因其個性不同而顯出不同的功能和風貌。雙手互搏之術，本是老頑童周伯通在被黃藥師關押期間閒來無事創造出來自娛自樂的，老頑童武功極高在而心性極純，全然沒想到用以自娛的雙手互搏除了「自己與自己打架玩兒」之外，還能用以對敵（否則他恐怕就創不出來了）。因此，這套武功在他全然是娛樂玩鬧的術，而郭靖能學會，則揭示了他的心地的單純與質樸（這一點與老頑童相似），同時又是他想出以之對敵的實用功能，提醒了老頑童，使之大喜大樂。這實用的單純與老頑童的娛樂的單純就顯出了同中之異，而此同中之異正是他們性格所決定的。

其他小說中的例子我們不能一一盡舉。如《碧血劍》中金蛇郎君的「金蛇劍法」、木桑道長的「神行百變」以及袁承志的「混元功」（頗有混同各家之長的意思）；《神鵰俠侶》中的小龍女的「玉女心經」，楊過的「黯然銷魂掌」；《倚天屠龍記》中的張無忌的「乾坤大挪移」、謝遜的「七傷拳」、周芷若的「九陰白骨爪」，《俠客行》中的石破天的「俠客行武功」；《天龍八部》中的段譽的「凌波微步」、虛竹的「小無相功」、蕭峰的「太祖長拳」；《笑傲江湖》中的令狐冲的「獨孤九劍」、岳不群的「紫陽神功」及東方不敗、岳不群、左冷禪、林平之等人層次不同的「辟邪劍法」……等等，無一不是與其人物的個性、身世有關。

作者每寫一部新書，都要為其中的主要人物及若干重要人物創造新的能表現他們個性的武功，這已成了他的創作的基本方法。我們照此索解，定能讀出其中新的內容和新的趣味。

再說兵器與個性。

金庸小說中許多超一流的武功高手都是不用兵器的。如郭靖、洪七公、張無忌、蕭峰、虛竹、段譽等等。他們以掌以拳代替刀劍。這表明金庸的武功設計的一個基本思路，即超一流的高手總是能以無物勝有物，他們的身體就是最好的兵器。當然，也有不少的高手是要用兵器的，如胡斐用刀，令狐冲用劍，韋小寶離不開一把鋒利無匹的匕首（韋小寶當然算不上武功高手，甚至連「低手」也算不上，不過

他是堂堂主人公，我們只好將他列出）等。還有一些高手有時用兵器，有時又不用兵器，如洪七公、張三手等人，那得看情況而定。

一般說來，常規的兵器，如刀、槍、劍、棍等等，與人物的獨特個性並沒有什麼關係。苗人鳳用劍，田歸農也用劍，胡斐用刀，田伯光也用刀，這些並不能說明什麼。

然而，金庸匠心獨運，在奇門兵器上做文章，將一些少見的奇門兵器配置給書中人物，不僅大大地豐富了武俠小說的兵器譜，而且又以獨特的方式表現了人物的獨特個性形象。

《書劍恩仇錄》中的余魚同號稱「金笛秀才」，使用的兵刃是一支光燦燦的金笛，這頗合他的多才多藝的秀才身分，同時又揭示了他外露輕浮的性格特徵。他是紅花會中專搞秘密聯絡工作的。這樣的人，自然是越普通越平凡越好，不容易被人認出。偏偏這位秀才哥兒不甘寂寞，要顯露自己的才華，將一根金光燦爛的笛子掛在腰間，使明眼人一看便知這是「金笛秀才」。如此炫耀，長期做「地下工作」而不暴露身分，那也是一個異數。

《碧血劍》中的「金蛇郎君」夏雪宜所用的兵器也與眾不同，一把金蛇劍和一些金蛇錐，大非尋常。這不僅標明他的身分，而且還有特別的效用，劍頭有倒鉤，錐上有蛇毒，這表現了他的性格中陰狠毒辣的一面。

《射鵰英雄傳》中洪七公的打狗棒、黃藥師的玉簫，歐陽鋒的蛇杖，都是他們的獨門兵器、既是他們身分的標誌，即乞丐的打狗棒、雅士的玉簫和「老毒物」的蛇杖；而且又是他們個性的標誌，即洪七公的坦蕩實在，黃藥師的風雅自得，歐陽鋒的陰狠毒辣。

《飛狐外傳》中的鍾氏三雄的哭喪棒、招魂幡、靈牌，一是為弔徒之喪而製作；二是以之為徒報仇便更加有意義；三是這三個湖北佬不僅大有楚人巫風鬼氣，而性格中也確實有其陰鷙怪誕的一面。正如《書劍恩仇錄》中的阿凡提，本是民間傳說中的幽默滑稽的智者，被作者寫入書中，變成武學高手，所使用的兵刃自然也非同一般，叫人好笑，那是一口燒飯用的鐵鍋。

《神鵰俠侶》中的楊過，自發現獨孤求敗的「劍塚之後」，練成了玄鐵重劍的功夫，從此劍法由巧轉拙，進了一層境界。這時他的性格也產生了相應的變化。過去的輕佻機靈、風流多變的性子逐漸地改掉了，在生活的磨煉中，人也逐漸成熟穩重起來了。小說中的一燈大師的高徒朱子柳，在大勝關英雄大宴中以一桿毛筆與蒙古王子霍都相鬥，這也是符合他的身分的。因為他本是大理國辛未狀元，天南書法第一名家，而隨南帝師父出家歸隱後，又扮作「漁、樵、耕、讀」中的書生。既是書生，又是書法名家，自然離不開筆。進而以筆為兵，不免又顯出這人性格中的書生的淺薄和自我炫耀的壞脾氣。

說到筆，我們自然不能不想到《笑傲江湖》中的梅莊四友，分別癡迷於琴棋書畫，所以連名字也以黃鐘公、黑白子、禿筆翁、丹青生四種外號代替，而所用的兵刃及武功的路子，也都由琴、棋、篆（書、畫）中化出。這倒不完全是他們的矯情，而是他們確實對琴棋書畫有著非同一般的癡愛。小說《天龍八部》中的「函谷八友」可以說是「梅莊四友」的先人，他們也是以琴、棋盤、書本、畫筆以及木工器具、花粉……等各自心愛癡迷之物作了武功兵刃。表明他們對此須臾離開不得。

在金庸的小說中，這種武、藝合一，以及人、兵合一的例子當然還有很多，細心的讀者當不難發現。越是奇異的獨門兵器，往往越有可能與人物的個性、身分有關。

二、練武與煉人

金庸小說與其他作家作品的最大的不同點之一，是他的小說中常常將主人公學藝練武的過程詳細地寫出，並且幾乎將人物的練武過程當成了小說的主要情節線索之一來寫，而且，每一部書都是這樣。這是金庸小說創作的一種基本的思路和一種基本的敘事方法及其情節形式，形成了金庸小說的一大奇觀。

一般的武俠小說，寫主人公的學藝，要麼是將過程省去，要麼是靠異果奇藥速成，很少對此進行詳盡而有章法的敘述，更沒有每部書都少不了這方面的內容情節。唯有金庸的小說這樣，這也算得上是獨門功夫、註冊商標了。

金庸之所以要這樣寫，當然目的並不完全在於要展示練武學藝的過程，而是要敘述人物的人生經歷和成長過程，進而在練武學藝及人生成長的雙重過程之中」表現人物的性格成熟的過程及其發展變化的軌跡。在金庸小說的有關情節中，不僅包含了學藝之道，也包含了人生之理，還包含了人物的個性之謎。對此我們切不可輕易地放過。

金庸在小說中所展示的學藝之道，筆者在《金庸小說武學篇》一書中有過詳細的論述，這裡就不一一細述。總之是要讓小說主人公博採百家之長而自成一家或別創一格。

在這裡，我們要著重討論的是金庸小說的主人公練武過程與人生經歷及人物性格表現的關係。

還是從《書劍恩仇錄》說起。金庸的前三部小說（《書劍恩仇錄》、《碧血劍》、《雪山飛狐》）中對人物學藝的過程描繪不多，真正的大寫特寫是從《射鵰英雄傳》開始的。但在《書劍恩仇錄》的陳家洛學習「庖丁解牛掌」這一情節中，看出一些端倪來。陳家洛及其「百花錯拳」，雖花樣翻新，靈活多變，但總免不了有些輕浮之氣，而且近乎旁門，那時陳家洛的性格也正是因為少經磨難而缺乏領袖群雄的大德與大才，到小說的下半部，陳家洛的性格才逐漸成熟而不外露，頗達官知止而神欲行之境。不過並未達到「遊刃有餘」的高深境界，因為他在使這一套奇妙的掌法時，還要余魚同吹笛奏樂作為依傍，這不僅仍有外露之嫌，更有著相之弊。所以陳家洛的武功與性格都沒有真正達到爐火純青的極境。

如前所述，正面地、詳盡地描寫人物練武學藝的過程，是從《射鵰英雄傳》開始的。小說的主人公郭靖出生在蒙古苦寒之地，母親受盡辛酸恐懼之後生下他來，加之生活貧困簡陋，所以郭靖全無江南兒童的靈性，一出世便呆頭呆腦，四歲時才會說話。好在筋骨強壯，六歲就能在草原上放牧牛羊。又因生活在蒙古人中，自幼便忠厚誠實，寬厚而愚鈍。顯然悟性很差，卻有一種韌性和能吃苦耐勞的好處。

如果說郭靖的練武與個性發展的軌跡是一種漸進的形式，那麼《神鵰俠侶》的主人公楊過則常常是突變的形式，大起大落，軌跡明顯，而且武功的進展與性格的發展變化之關係也更加密切而明顯。

一、他小時拜歐陽鋒為義父，學了他的「逆運經脈」之技（為了解毒），這既是一種武功，同時也表現了楊過與歐陽鋒有些邪氣相投。楊過此人，與郭靖大不一樣，自幼沾染了一身流氣與邪氣。

二、黃蓉看出了他的邪性，從而不教他武功，而教他《四書》、《五經》。這也算是對他個性有了認識，同時又有了無形的影響。

三、他拜了古墓派小龍女為師，既是偶然，卻又有必然。因為古墓派的功夫以靈巧見長，這正符合他的性格。相比之下，他原先的師門全真教，不僅師父不為他所喜歡和看重，而且武功也不合他的路子。楊過將古墓派的功夫學得惟妙惟肖，並且頗能發揚光大。

四、自從他發現了獨孤求敗的「劍塚」，並經歷了洪水與飛雪之中練劍的磨練，悟到了「巧不勝拙」及「大巧不工，重劍無鋒」的道理，因而不僅武功的路子改變了，而且他的個性也有了極大的改變。

五、自小龍女離別之後，他於百無聊賴之際，不依常規，故意反其道而行之，創出了一道十七招「黯然銷魂掌」。這倒並非他的個性的逆轉，而是心理上因小龍女生死茫茫而變得如「行屍走肉」又「徘徊空谷」並「呆若木雞」（**這些都是「黯然銷魂掌」的招式名稱**）。這套掌法的每一招都是緊扣著楊過的生不如死的黯然離別的特殊心境。這些，與其說是他練武的歷史，不如說是他的性格和心靈的發展史。

《天龍八部》中，段譽之所以不學武功，那是因為他自幼多讀佛經。儘管大理段氏的一陽指名聞天下，但他硬是不願意學它，以至於從家中偷跑了出來。後來機緣湊巧，學了逍遙派武功「北冥神功」及「凌波微步」，那是因為有那美麗的仙女雕像的留言相約，這對於段譽來說，意義自然不同。儘管如此，他對於「凌波微步」十分的專心，而對「北冥神功」卻馬馬虎虎，原因是學了「凌波微步」只為了逃命，不違聖人之道，而「北冥神功」則未免有傷陰德。段譽對武功始終都沒有真正的熱情，儘管他機緣湊巧，而又天資聰穎，於武功一門，到末了仍然是「時靈時不靈」。即要救命時就靈，而平時則不靈。這樣恰恰符合他的性格。

《俠客行》中的石破天練功不死，一來是他吉人自有天相，二來因為他既具有極高的靈性而又心地純淨如水，毫無雜念，因而免了走火入魔之厄。到了俠客島上，無數高明的武學宗師都不能破解的武學的秘密，被石破天識破並學會了。他是完全無意中學會的。這看起來又是湊巧，因為他恰好不識字。

實際上，這裡有深刻的象徵意義，即他不識字，因而毫無所知之障；更重要的則是他於武功完全無意、無思、無勝負心、無欲望意，這才真正符合「俠客行」武學傳人的要求。若非他心靜而純，兼之靈臺明淨，那是不可能學會或破解這一套武功密碼的。

《笑傲江湖》的主人公令狐冲，身為華山派的首徒，雖說武功練得不錯，比眾師弟要高出一截，但在江湖中卻不能進入一流高手之境。其原因是一來師父要求嚴格，甚至刻板，限制了他的自由發揮，二來華山氣宗的劍法，說到底並不合乎他的性格。所以到小說的第十回中，風清揚的出現，使他的武功有了突飛猛進的發展。

「獨孤九劍」不僅是一種極高明的武學思想，而且更符合令狐冲的天性。風清揚說：「大丈夫行事，愛怎樣便怎樣，行雲流水，任意聽之，什麼武林規矩，門派教條，全都是放他媽的狗臭屁！」這話更是說到他心坎上去了，聽起來有說不出的痛快。

為人是如此，劍法也是如此。令狐冲的武學見識從此真正進入了第一流的境界。他學了這一套劍法之後，便開始與岳不群及其華山派在不知不覺之間產生了裂痕與隔閡，而且越來越大，到最後不得不分道揚鑣。小說中還寫到令狐冲在西湖的地牢中無意之間學會了任我行的「吸星大法」，雖然救了自己的性命，但卻伏下了巨大的「隱患」，使他的生命處於危險之中，直至後來少林寺方丈方證大師假風清揚之名，傳了他「易筋經」，這才消除了隱患，變得真正的健康強壯而又內力深厚了。

這一敘事情節，有著明顯的象徵性。即令狐冲與任我行等人打交道，確實沾染了不少邪氣，自由浪子很容易滑到「任我橫行」的惡徒那一邊去。幸而令狐冲憑著自己的善良天性和真正的自由精神懸崖勒馬，才沒有加入日月神教，沒有當日月神教的副教主。這不僅給武林正派帶來了福音，也給令狐冲本人找到了正確的人生之路。少林方丈傳他的內功，讓他「易筋」，實際上也可以理解為消除他沾染的邪氣與戾氣。如此寫法，更是武功亦性格，性格亦武功，二者甚至難以分開了。

《鹿鼎記》中的主人公韋小寶對什麼武功也不能用心地學，不過敷衍了事，能偷懶就偷懶。韋小寶對「克敵」沒什麼興趣，然而對「保命」卻是十分在意的。所以，在所有的師父所教的所有的武功之中，他對獨臂神尼所教的「神行百變」的功夫最為熱心，而且學得最為精到，真正地下了一番功夫。這沒有別的，只因為這套武功符合他的天性。

三、武打與人物性格的表現

武俠小說自然離不開武打的描寫，對武功及兵刃的描寫也好，對人物練武過程的描寫也好，最終都要落到武打技擊之中。

金庸小說的武打敘事的藝術成就，我們在上一卷書中已作了分析與舉證。但上一卷書中我們很少涉及金庸的武打描寫的真正的、最高的藝術成就及其方法奧妙，那就是在武打之中表現人物的性格。

武打常常是生死相搏，在這種生死攸關的時刻，人物的本性必然暴露無遺，想怎麼偽裝也偽裝不了。金庸抓住了這一點，從而在其小說的武打場景之中，人物的個性特徵得到了最充分的表現。

我們且來看一看《鹿鼎記》中關於韋小寶參與武打的幾段描寫：

……韋小寶看出便宜，心想：「只要不碰那老甲魚，其餘那些我也可對付對付。」握匕首在手，便欲衝上。方怡一把拉住，說道：「咱們贏定了，不用你幫手。」

韋小寶心道：「我知道贏定了，這才上前哪。倘若輸定，還不快逃？」（第十六回）

……韋小寶武功雖是平平，但身有四寶，衝入敵陣之中，卻是履險為夷。哪四寶？第一寶，匕首鋒利，敵刃必折；第二寶，寶衣護身，刀槍不入；第三寶，逃功精妙，追之不及；第四寶，雙兒在側，清兵難敵。持此四寶而和高手敵對，固然仍不免落敗，但對付清兵卻綽綽有餘，霎時間連傷數人，果然是威風凜凜，殺氣騰騰，心想：「當年趙子龍長阪坡七進七出，那也不過如此。說不定還是我韋小寶……」（第四十四回）

以上兩段，還算是韋小寶比較光明正大、上得了臺面的打鬥情景。他少年之時，與人打架，無非是張口咬人、撒石灰壞人眼睛，躲在桌子底下剁人腳板，鑽人褲襠，提人陰囊……等等，這些無不是他的身分性格的寫照。他生平第一次殺人就是大撒石灰，第二次則是桌底下剁人腳，入朝堂之後，名震天下的一件事就是擒拿鰲拜，那也是將撒石灰改為撒爐灰，算得上是隨機應變，花樣翻新了。

再看《倚天屠龍記》的第二十回至第二十一回書中，六大門派圍攻明教之役。我們在上卷書中已列舉分析過，但卻未分析其中人物性格的表現這一特殊奧妙。

張無忌從明教的地道中走出，看到的第一場打鬥是武當派的張松溪與明教的殷天正比拼內力。明明是雙方不願意以死相拼，同時退開，張松溪卻主動認輸，說他多退了一步。這種光明磊落的氣度，果不負武當七俠之大名。

接下來是武當派莫聲谷與殷天正比劍。莫聲谷出場大罵，表明他嫉惡如仇的個性。但打起來卻又細心沉穩，表明他豪放而不魯莽，剛烈而不浮躁。殷天正明明可以將莫聲谷置於死地，但卻點到為止，這表明了他的心機，也表明了這位素有惡名的白眉鷹王的另一面。

接下來，武當七俠之首宋遠橋主動替敵手殷天正裹傷，表明他的仁心胸懷。進而卻又要與他繼續比武，表明他堅持原則。比武的方式是兩人隔開，只比招式不比內力，進一步表現了武當首徒的大氣和俠義風度。

殷天正連戰數場，且又受傷，加之年事已高，顯然已到了強弩之末，此時武當派還有幾人沒有出陣，但卻同時搖頭，表示不願乘人之危。但崆峒派的唐文亮卻沒有這種風度，他恰恰是要乘人之危。結果張無忌及時給殷天正輸入內力，殷天正重振雄風，將唐文亮打得四肢骨折，他想侮人卻反被其侮。

張無忌眼見崆峒派的宗維俠又接著上場。他知道殷天正已經不行了，所以接下來的幾場都是由張無忌代殷天正打的。張無忌剛學了乾坤大挪移的高深武功，又在一旁觀戰已久，學到了不少的技擊之術，因而武功已是極高。

宗維俠敗了，但知道張無忌暗中給他療傷，當面對張無忌表示謝意，此人不失磊落。崆峒派的常敬之卻三次偷襲張無忌，其人品的卑污自不待言。

接下來是華山派掌門人鮮于通。此人看起來最為風流瀟灑、道貌岸然，以一把摺扇作為兵器。但摺扇中卻暗藏機關，用了無法解救的金蠶蠱毒。最終白做自受，暴露了他害死同門師兄的真相，更暴露了他的靈魂的卑污。

接下來華山二老下場，打不過張無忌，卻又不願認輸，拖拉混賴，極無風度。居然要邀請崑崙派掌門何太沖夫婦四人齊鬥張無忌。何太沖夫婦裝腔作勢，卻又心虛膽怯，張無忌將一些泥土塞入他們的口中，他們以為是毒藥，頓時什麼風度也都沒有了。

接下來是峨嵋派的滅絕師太。這位老尼姑與其說是嫉惡如仇，剛烈火性，不如說心理上多少有些變態。與人打鬥，她一向是殘酷狠辣，要「滅」而「絕」之。這一場打鬥驚心動魄。使人不寒而慄。這不僅與武功有關，更與人物的神情性格有關。

最終周芷若在滅絕師太的命令下，不由自主地刺傷了張無忌，這既表明周芷若對師父之命向來不敢違抗，也表明張無忌心地的善良和真正對敵經驗及自我防護之心的缺乏。……後來武當派的第三代弟子宋青書上場，這時張無忌中劍受傷，眼見得難以支撐，書中寫道：

……他定了定神，飛起右腳，猛往張無忌胸口踢去，這一腳已使了六七成力。俞蓮舟雖叫他不可傷了張無忌性命，但不知怎的，他心中對眼前這少年竟蓄著極深的恨意，這倒不是因他說自己粗暴，卻是因見周芷若瞧著這少年的眼光之中，一直含情脈脈，極是關懷，最後雖奉了師命而刺他一劍，但臉上神色淒苦，顯見心中難受異常。

宋青書自見周芷若後，眼光難有片刻離開她身上，雖然常自抑制，不敢多看，以免給人認作輕薄之徒，但周芷若的一舉一動、一顰一笑，他無不瞧得清清楚楚，心下明白：「她這一劍刺了以後，不論這小子死也好，活也好，再也不能從她心上抹去了。」自己倘若擊死這個少年，周芷若必定深深怨怪，可是妒火中燒，實不肯放過這唯一制他死命的良機。宋青書文武雙全，乃是武當派第三代弟子中出類拔萃的人物，為人也素來端重方義，但遇到這「情」之一關，竟然方寸大亂。（**第廿二回**）

這其實不是什麼方寸大亂，而是人物靈魂的寫照。後來宋青書殺害師叔，背叛師門，全都可以從這一場打鬥之中看到源頭。所有外在的風度，碰到內心情欲的澎湃，便顯出了靈魂的卑污，這就是宋青書的真面目。

比武打鬥，常常不僅關係到榮與辱，而且關係到生與死，所以無論何人在這樣的時刻都非暴露靈魂的真相不可。而且在這時暴露出的真面目，比任何時候都更清楚、也更深刻。因為這時是不由自主的。

金庸深深地懂得這一點，也緊緊地抓住了這一點，所以在金庸的小說中，像上面這樣的例子俯拾即是，舉不勝舉。幾乎每一場打鬥，都是人物性格的表現及人物個性的較量。如此，我們倒不必再舉例子了，還是讀者朋友自己去看更好。反正舉也舉不完，看也看不盡的。

第九章 人物的群像

金庸不但善於塑造具有鮮明個性的人物形象，而且善於塑造人物的群像。

不少人以為小說創作的人物形象塑造僅僅是指對個性人物的描繪，而不重視對人物群體的敘述及群像的塑造，那是不全面的，因而是不對頭的。紅花需要綠葉扶。如果說人物個性形象是小說中的紅花，則小說中的人群形象，即人物群像就是綠葉了。

一部小說中，不可能、也不必要盡是個性形象而沒有人物群像。作者沒有那麼多的精力，也沒有那麼大的篇幅用以精心刻畫和塑造每一個人物的個性形象，而且那樣做的審美效果不見得就好，弄不好還會適得其反。一部小說中，必須有輕重主次之分，人物的形象，也就必須有個性、類型以及個體與群體之分。

金庸不僅重視人物的個性，即重視作品的主要人物及一干重要人物的個性描寫，而且也重視一些相對次要的人物形象及其群體的類型與共相的描寫，這是金庸小說的又一創作秘訣。

一、群體與個體

群體與個性並非截然對立的，在寫作方法上也未必是毫不相干。一般說來，寫個性有寫個性的方法，寫群體有寫群體的方法，但有時候，我們在金庸的小說中又可以看到作者將群體的個性與個性的群體結合起來寫。既寫群體，又寫個性，既照顧了人物群體的共同特徵，同時又使每一個人物的個性相應地得到表現。從而使人物之間既有共同的聯繫及共同性特徵，而又有各自的個性形象。

例如《書劍恩仇錄》中，寫到紅花會群雄到杭州救文泰來，他們不僅有共同的組織，共同的目標和心願，而且又有共同的俠義心腸以及共同的處境。在等待行動開始的一段時間內，書中如此寫道：

> 這一個時辰眾人等得心癢難搔。駱冰坐立不安，章進在廳上走來走去，喃喃咒罵。常氏兄弟拿了一副骨牌，和楊成協、衛春華賭牌九，楊衛二人心

不在焉，給常氏兄弟大贏特贏。周綺拿了凝碧劍細看，找了幾柄純鋼舊刀劍，一劍削下，應手而斷，果然銳利無匹。徐天宏在一旁微笑注視。馬善均不住從袋裡摸出一個肥大金表來看時刻。趙半山與陸菲青坐在一角，細談別來情形。無塵和周仲英下象棋，無塵沉不住氣，棋力又低，輸了一盤又一盤。陳家洛拿了一本陸放翁集，低低吟哦。石雙英雙眼望天，一動不動。（第十回）

這一段是寫紅花會群雄的集體合影，一共寫了十五個人物。然而在這一集體合影之中，卻又讓每一個人物的個性都得到了提示和顯現。

在共同的處境中，他們的內心焦急顯然是相似的。因為個性不同，卻又各有各的表現方式，各有各的打發時間的方式。駱冰是文泰來的丈夫，自然最為焦急，所以作者第一個寫她「坐立不安」。章進是駱冰夫婦的最親近的朋友，因而也表現得格外的突出，此人性格乖僻，所以在等待時的情形也與眾不同，只見他在「廳上走來走去，喃喃咒罵。」

常氏兄弟和楊成協、衛春華四人賭牌九，楊、衛二人沒有常氏兄弟那麼沉得住氣，所以大輸特輸，常氏兄弟性格比較內向，喜怒不形於色。周綺雖是女郎，性格卻純樸開朗而又有些頑皮，所以用寶劍削舊刀，藉以打發時間。徐天宏剛剛與她訂婚，自然是在周綺身邊微笑注視。陳家洛是總舵主，又是文武全才，所以比較特別，拿一本陸遊詩集在低低吟哦。這既表現了他的鎮靜和悠閒，符合總舵主的主帥身分，又表現了他的書生本色，不免有一點點做作。

上述人物的先後次序，基本上是按照對文泰來的關心程度的大小高低來排列的。雖說大家都是紅花會的結義兄弟，但畢竟總還有親疏遠近的不同。作者心細如髮，在不動聲色中一一加以照應。熟悉小說的讀者，對這一段群像描繪想必更加會心，因為小說中已經分別描繪過他們的形象，這一合影群像，則將他們的個性進一步突顯出來了。

類似的例子，在小說《倚天屠龍記》中也有。上述《書劍恩仇錄》中的紅花會群雄的描寫，是熟人的合影，而在《倚天屠龍記》中，明教五散人登場不久，便被作者拉進同一鏡頭，又加以分別描繪。那是小說的第十九回書中，明教五散人同上光明頂，本是要協助明教光明左使楊逍共同對抗六大門派的進攻，但因相互之間向來意見不合，內訌又起，發生武力對抗，從而被混入光明頂的惡賊成昆乘虛而入，以幻陰指將他們一一點倒：

> 冷謙、周顛等人索性瞑目待死，倒也爽快，說不得和彭瑩玉兩人卻甚是放心不下。五散人中，說不得、彭瑩玉都是出家的和尚，但偏偏這兩人最具

雄心，最關心世人疾苦，立志要大大做一番事業。這時局勢已定，最終是非喪生在圓真（**即成昆**）的手下不可，各人生平壯志，盡付流水。

說不得淒然道：「彭和尚，咱們處心積慮只想趕走蒙古韃子，哪知到頭來還是一場空。唉，想是天下千千萬萬的百姓劫難未盡，還有得苦頭吃呢。」

……只聽彭瑩玉道：「說不得，我早就說過，單憑咱們明教之力，蒙古韃子是趕不了的，總須聯絡普天下的英雄豪傑，一齊動手，才能成事……」

周顛大聲道：「死到臨頭，你們兩個賊禿還在爭不清楚，一個說要以明教為主，一個說要聯絡正大門派。依我周顛看來，都是廢話，都是放屁。咱們明教自己四分五裂，六神無主，還主他媽個屁！彭和尚要聯絡正大門派，更是放屁之至，屁中之尤，六大門派正在圍剿咱們，咱們還跟他聯絡個屁？」

鐵冠道人插口道：「倘若陽教主在世，咱們將六大門派打得服服貼貼，何愁他們不聽本教號令。」

周顛哈哈大笑，說道：「牛鼻子雜毛放的牛屁更是臭不可當，陽教主倘若在世，自然一切都好辦，這個誰不知道？要你多說……啊喲……啊喲……」他張口一笑，氣息散渙，幻陰指寒氣直透到心肺之間，忍不住叫了出來。

冷謙道：「住嘴！」他這兩個字一出口，各人一齊靜了下來。（第十九回）

明教五散人中雖有和尚、有道士、有俗人，但他們都身在明教，合稱「五散人」，這表明他們有著共同的身分。而且在明教內部，卻又有著相近似的政治觀點（如與楊逍的不和），現在，他們又都身負重傷，死亡在即，更是面對相同的境遇。小說借這一共同的境遇，將明教五散人的群像介紹給讀者。

說是群像，其實他們的個性卻又大不相同。上引他們的對話，就充分地顯示出了他們的同中之異，而且差異巨大。說不得與彭瑩玉都是和尚，偏偏心憂世人，大有入世的熱腸。兩人的區別，在於一要以明教作為驅除韃虜的力量，而另一則主張在明教之外聯合一切可以聯合的力量。與他倆相比，周顛等三人就顯得層次較低了。低雖是低，但表現卻又不一樣。鐵冠道人沉緬於對陽教主的懷念以及往日明教大振聲威的回憶，並且希望繼續與各大門派對抗到底。周顛則更講究實際，沒什麼理想，包括驅除韃虜或振興明教，都不在話下。

此公的性格頗似《天龍八部》中的包不同，做事顛而倒之，說話則喜歡「非也非也」地與他人辯駁，而且語言粗俗。冷謙其人，內向深沉，惜言如金，使人莫測高深，從不做無謂的爭議，甚至不肯多說一個字。聽得周顛等人的話說，感到無謂，不僅沒意義，反而傷了和氣，所以大喊一聲「住嘴」。周顛一個人說兩段話，冷謙則一共只說兩個字，其個性的差異便充分地表現出來了。

金庸舉重若輕，經常像這樣在一大群人中，通過每個人的一個舉動、一段話或一種表情來表現他們不同的個性。使人既看到了群體，又看到了個體，讀起來自然覺得意味深長。這種描寫人物形象的方法，自是非有深厚的藝術功力與之相配合不可。

上述紅花會群雄以及明教五散人等，在各自作品中都還算是比較重要的人物，作者在其他的章節中，對他們都有或多或少的個性形象的描繪。所以在這種群像合影中，寫起來自然會得心應手而又舉重若輕了。

還有一類更次要的人物，本身出場的機會就很少，作者也不放過，更不馬虎，而是在寥寥幾筆之中寫出他們的不同形象。往往就靠這一張「合影」，使這些人物的形象留在讀者的印象中，一時難以磨滅。

例如《倚天屠龍記》中的朱元璋、徐達、湯和、鄧愈等人——這幾個都是著名的歷史人物，但在小說中，卻是次要而又次要的「小人物」，一般的作者和讀者都是極容易忽視他們的。金庸先生卻沒有忽視他們，而是找到機會便刻畫他們的群像與個性。小說中寫到他們幾個人被趙敏手下的蒙古官兵抓差，將被俘的六大門派的高手護送到北京西城的萬安寺之後，化妝逃跑的情形：

……湯和微笑道：「朱大哥也料到了這著，事先便安排下手腳。我們到鄰近的騾馬行中去抓了七個騾馬販子來，跟他們對換了衣服，然後將這七人砍死在廟中，臉上斬得血肉模糊，好讓那些凶人認不出來，又將跟我們同來的大車車夫也都殺了，銀子散得滿地裝成是兩夥人爭銀錢凶殺一般。待那夥凶人回廟，再也不會起疑。」

張無忌心中一驚，只見徐達臉上有不忍之色，鄧愈顯得頗是尷尬，湯和說來得意洋洋，只有朱元璋卻絲毫不動聲色，恍若沒事人一般。

張無忌暗想：「這人下手好辣，實是個厲害角色。」說道：「朱大哥此計雖妙，但從今而後，咱們決不可再行濫殺無辜。」……（第廿五回）

以上這一段，首先是將張無忌與朱元璋等人的差異表現了出來。張無忌雖是明教的教主，卻實在不是一位合適的政治領袖，不光是他沒有這種才幹和雄心，同時也因為他沒有那種成大事者不拘小節的殘忍。像湯和所說的那種為了逃命而濫殺無辜、嫁禍於人的事情，張無忌是絕對做不出來的。非但做不出來，而且想都不敢那麼想。然而朱元璋等人卻毫不猶豫地做了出來，他們現在雖然是明教中的小角色，但他們的殘忍梟雄的大手筆卻已鮮明地表現出來了。以後他們創建明朝，自是由此可見端倪。

他們當真有一種成大事而不拘小節的政治家的風範，什麼「濫殺無辜」，在他們的心中簡直就不在話下。他們在乎的是要殺不要殺，而不在乎什麼該殺不該殺，為達目的，再不該殺的人也會照殺不誤。所以說，張無忌與朱元璋等人，從本質上講就是兩類人，不可同日而語。進而，在朱元璋、徐達、鄧愈、湯和這一群人中，又有細微的區別。事情是他們做下的，這表明他們具有共同性。然而做是一回事，說又是一回事。所以，作者就寫到了徐達有「不忍之色」，鄧愈「神情尷尬」，湯和說得「得意洋洋」，而朱元璋則「恍若無事」。

這四個人的個性通過四種不同的表情顯示出來了。在這四個人中，徐達之不忍表明了他的仁慈的一面；鄧愈的尷尬，則表明他顧及面子及口頭上的俠義標準（**只做而不說可也**）；湯和之得意，表明此人沒有是非標準而且又沒有心計；朱元璋恍若無事，則表明此人殘忍之極而又沉深之極。這四個人中，朱元璋顯然要比其他人高出一籌，難怪日後他會當皇帝，而其他人只能當他的臣下。

如此幾筆，將人物的群象及其個性勾勒出來，這是金庸的拿手好戲。在金庸的小說中，類似的例子很多，我們也不必多舉。

二、群像與類型

上面所說的群像，還算不上是真正的群像，因為他們雖是一群，卻非群體性超過個體性，作者雖然把他們寫在一起，其主要目的乃在於表現他們各自的個性差異。而他們的共性特徵（即群體性）卻遠沒有他們的個性那麼明顯。

真正的群像，是指小說中的那些多人擁有同一共名的人物群體。比如「天下四大惡人」中的四大惡人確實都共有一個「惡」字，又如「江南七怪」確實都有一點「怪」，又如「桃谷六仙」那就更是密不可分。再如「梅莊四友」、「函谷八友」以及「西山一窟鬼」等等，都是金庸小說中的著名的群體，其中每一個人的個性都是由群體性發展延伸而來的，並非真正獨立的個性形象，只要我們提及其中的某一個人，便會同時想起其他的同伴或同類。這些人物的存在也是依靠他們的共名而獲得特殊的審美意義的。

在金庸的小說中，幾乎從二到十都被各類的群像名稱所佔有。例如：

二：有「逍遙二仙」、「煙酒二仙」、「西川雙俠」（即黑白無常）等等；

三：有「鍾氏三雄」；

四：有「四大惡人」、「漁樵耕讀」以及「梅莊四友」、「四大法王」；

五：有「五散人」以及「單氏五虎」；

六：有「關東六魔」與「桃谷六仙」；
七：有「江南七怪」、「全真七子」；
八：有「函谷八友」；
十：有「西山一窟鬼」

以上這些都是金庸小說中比較出名的群體共名。

當然，上述群體共名，相互之間又有很大的差異，有一些雖有共名，卻不能算是群體，比如《射鵰英雄傳》中的「乾坤五絕」，即華山論劍的五大高手東邪、西毒、南帝、北丐、中神通，以及《神鵰俠侶》中的最後評出的「新乾坤五絕」東邪、西狂、南僧、北俠、中頑童等，都不能算是一個統一的群體。因為他們都是書中的重要人物，其中還有小說的一號主人公，自然是要以個性的描寫來充實的。另外他們這種共名，只表明他們的武功進入超一流的境界，而並不說明他們的個性有什麼共同之處。即他們雖有共名，卻沒有相應的共同特性。因而不能列入我們的群像譜系之內。

另有一種情況，是有一些以多人名號組成的共名，只是一種集體的稱謂，或某一組織、門派的組織形式，這也不能列入群像的譜系，比如少林寺的「十八羅漢」以及「九大神僧」或「武當七俠」、「丐幫四大護法」、「六大長老」等等，這些都只是幾大門派的一些武功高手的集體稱謂。「四大護法」之類則是一種組織形式，它可以由趙錢孫李四人組成，也可以由周吳鄭王四人組成。更主要的是，這些人物雖然有某些共同的特徵，如「武當七俠」都是張三丰的弟子，而且都是江湖上仗義行俠的成名英雄，但他們又各有各的個性。如宋遠橋身為大弟子的守禮謙虛，俞蓮舟的外冷內熱，俞岱岩的精明強幹，張松溪的智謀過人，張翠山的俊俏瀟脫，殷梨亭的脆弱多情，莫聲谷的豪爽坦誠等等。

當然，要認真分辨出某種共名是否具有群體特徵的概括性是很困難的。例如明教中的逍遙二仙、四大法王、五散人等等，既可以看成是一種特殊的組織形式，因而不具有共名意義；但同時又可以看成是因人設位，從而也可以說是某種意義上的共名。「逍遙二仙」只能是楊逍、范遙二人，他們不僅是明教的左、右光明使者，是僅次於教主的大人物，更主要的是，他倆一名逍，一名遙，正是「逍遙二仙」的來源；其次，這二人相貌英俊，性格風流，頗有仙氣，這也是逍遙二仙的產生原因；再次，這二人武藝高強，又都富有智計，神出鬼沒，做事常出人意料之外，這當然只能以「二仙」來概括了。

又如「四大法王」即紫衫龍王、金眉獅王、白眉鷹王、青翼蝠王，這四個人也同樣居明教高位，具有「二重性」。一方面四大法王的設置是明教的組織形式，另一方面則是作者刻畫人物的特殊方法。其一，這四人中一紫衫、一青翼（衣）、一白眉、一金髮（毛），四人之名，一半由此而來；其二，龍王善水；獅王凶猛；鷹王獨立強悍；蝠王吸人之血，又點明了他們四人的個性特徵，至少是表明了他們的某種突出的特性。在這一意義上，我們又可以將此「四王」看成是一種共名，因為這四個人都有某些超人的魔性。倒是明教的「五散人」因為純粹是因人而設，說不出有什麼共同的特性，所以很難成為一個共名。

如果我們不在「名」上多費功夫，深入探討金庸小說的群像描寫的方法，我們可以看到，這種群像的描寫，多半是運用一種類型化的方法，與通常的個性方法頗有不同。這不難理解，所謂物以類聚，人以群分，人既然成群並由之而產生共名，自然屬於「類聚」，從而有它的共同的——類型性——特性。

例如著名的「江南七怪」，這七個人組成一個小團體，雖也有不同的個性，但其「怪」則是一樣的。這一「怪」字有兩層意義，一是指他們的形狀和職業之怪，其中有瞎子、有矮冬瓜、有像落魄書生、也有青春少女，這些人聚在一起，自然使人覺得怪；進而，他們都是市井之俠，與一般的江湖之俠大不相同，也就是說，他們不是職業之俠或職業武士，而只是業餘之俠或業餘武士。他們有自己的市井之中的世俗職業，有的是樵夫，有的是漁人，有的是小偷，有的是小販，等等。這樣的組合又是「怪」的組合。

再進一步，他們七人共生死共患難，性格上互相影響，充滿了市俗氣，而又是地道的俠，所以在一般人眼裡，他們又是「怪」。有人叫他們是「江南七怪」，有人叫他們是「江南七俠」，就是這個道理了。

再如《天龍八部》中有一群人，號稱「函谷八友」，即老大康廣陵，老二范百齡，老三苟讀，老四吳領軍，老五薛慕華，老六馮阿三，老七石清露，老八李傀儡。這八個人組成群像，主要原因不在於他們是同一師門的師兄弟，而在於他們的性格都有一份癡勁。老大癡於琴，老二癡於棋，老三癡於讀書，老四癡於畫，老五癡於醫道，老六癡於土木工藝，老七癡於蒔花，老八癡於唱戲。因為癡於雜學，所以這八個人的武功都沒能達到第一流的境界，同時也因為癡，這八個人又都有一種不通世故的呆氣。

當然也因為癡，這八個人對自己所學的專業即癡心的對象，都達到了常人所難以企及的高水準。老五薛慕華因為學醫，所以經常在江湖上走動，為江湖中人醫治傷病，因而大大地出名，有「薛神醫」之稱，以至於他的真名沒多少人知道，只記住了薛神醫這一稱號。這就是一個例子。康廣陵等其他七人在各自的行當中所達到的水準，當然與薛慕華在醫學與醫術上達到的水準相當。

一個「癡」字概括了「函谷八友」，使這一群像留在了人們的記憶中。這些人在書中的表現，我們完全可以從他們癡於某一道去推測。他們其實是些藝術家。這八個人物算是藝術家的群像了。《笑傲江湖》中的「梅莊四友」即琴、棋、書、畫四門藝術的癡愛者黃鐘公、黑白子、禿筆翁、丹青生等人只能算是「函谷八友」的晚生後輩了。他們都是「藝術癡人」一類的人物。

如果說「函谷八友」與「梅莊四友」是些癡於藝術的類型人物，則《鴛鴦刀》中的「太岳四俠」與《笑傲江湖》中的「桃谷六仙」這些人則是混跡於江湖的渾人類型的典範。「太岳四俠」聽起來叫人如雷貫耳，「桃谷六仙」看上去也似乎有非凡的氣質，但熟悉他們之後，就知道不論他們的武功高低，他們都是不折不扣的丑角。而且焦不離孟，一出場就是四個一群，六個一夥，看不到他們的個性，他們也沒有什麼個性。

再如《神鵰俠侶》中的「西山一窟鬼」也是一群類型人物。他們一共有十人，本來各有姓名，但自「西山一窟鬼」的名號在江湖上大響以來，十人索性捨卻真名，各以一鬼為號。十人的長相行事原本皆有奇特之處，十兄弟互說道：「江湖上的好漢叫咱們為鬼，咱們便居之不疑，且看是人厲害呢，還是鬼猛惡？」

這十人或有不可告人的身世隱痛，或有難以見人的奇特長相，或者行為乖張怪僻，這才抱成一團，分別以什麼長鬚鬼、大頭鬼、討債鬼、吊死鬼……為號，合為「西山一窟鬼」，行事不免有怪僻隱秘的特點，屬於異人一類。

其他的例子我們也不必一一都舉。金庸小說中的這些群像，有以下幾方面的藝術功能。其一，是它的簡約性，即簡明扼要地概括了一群人同時又是一類人的類型特徵，既鮮明又易記。其二，是它的陪襯性，即在小說整體敘事及人物譜系之中，這類的群像既烘托了小說的氛圍，又增添了小說的閱讀趣味。其三，是它們的傳奇性，即這類的群像，不論正邪，或稱為俠，或稱為魔，都具有某種奇異的特性，遠非常人可比。上述的例子就可證明這一點。正是因為這種傳奇性的人物群像，將小說的人物世界襯托得光怪陸離，豐富多彩。

我們說過，這類的群像多半是一種類型形象。即不但多人具有同一類型的個性趣味或形象特色，而且這種形象還多半是「扁平型」的，因而常常可以從其「共名」中知之。

當然，鑒於不同的群像在小說的藝術結構中所處的地位不一樣，他們的重要程度不同，因而作者的具體的描繪方法也不盡相同。大致上有以下幾種。

其一，完全的個性描寫。即在共名之下，按照人物的各自不同的個性來展開他們的故事，或在小說的情節發展中描繪他們不同的個性形象。如前面所舉的「乾坤五絕」、「明教四大法王」、「五散人」等等都屬此類。在前面我們也已提到，這類共名也可以不稱為群像，因為他們的個性比群體的特性要突出得多，也重要得多。

其二，部分的個性描寫。即在同一共名的人物之中，重點寫其中的部分人物的個性形象，而將其他人物的個性省略，讓他們僅靠共名而存在。如《書劍恩仇錄》中的「關東六魔」，其實只寫了滕一雷、顧金標、哈合台三人，而其他三魔則省去了（**焦文期在小說開頭不久即被打死，其他二人死得更早**）。滕、顧、哈三人雖都同列於「六魔」之中，哈合台的脾性又明顯地與滕、顧二人不同，雖不能說是俠氣，但似乎魔性較小，是一位有義氣也有個性的人物。再如「江南七怪」後來變成了「江南六怪」，而「六怪」中，柯鎮惡、朱聰的形象又被突出了，其他幾位只是陪襯。正如「全真七子」中實際上只突出了丘處機、馬鈺這二人……這樣寫的好處，是簡約中又有省略，留有空白和餘地。不僅不影響讀者的閱讀和想像，而且始終保持著人物形象描寫的靈活性。

其三，完全的類型化描寫。相對於前二種這類人物又更次要一些（**人物的個性化程度與他在小說中的地位成正比，地位越重要，個性化的程度就越高，反之亦然**）。這類的人物基本上沒有自己的個性，而由群體類型性統制著，如我們前面所列舉的「函谷八友」、「西山一窟鬼」、「太岳四俠」等等，都屬於此類。這一類的群像最多。

其四，部分的類型化。這與部分的個性化有相通之處。部分的個性化是將其他人的個性形象省略，而部分的類型化則是將同一共名的人物一部分處理為類型人物，另一部分處理成個性人物。如「四大惡人」中的段延慶屬於有個性的人物，是「四大惡人」的領袖，而葉二娘、岳老三、雲中鶴則是類型人物。其中岳老三之好名與雲中鶴之好色又更突出一些。嚴格地說，葉二娘應屬於個性與類型之間。

當然，對此我們也可以作另一種角度的理解，即如「四大惡人」又可以看成是一定程度的類型（他們都是「惡人」）與一定程度的個性（「惡」的各不相同）相結合的「雙層形象」。

最後，還有一種更特殊的情況，就是孿生兄弟（姐妹）的共名，如《書劍恩仇錄》中的「西川雙俠」即「黑白無常」，讀了名字的區別及皮膚的黑白區別之外，這兩個人幾乎沒有其他的區別，完全像是一個人。還有如「忽倫四虎」以及著名的「桃谷六仙」等等，也都是由人如一、六人如一，無法、也沒必要將他們真正的區別開來。作者寫他們的目的，也正在於讓他們二人如一、四人如一、六人如一，從而增加小說的奇異性及由之而來的特殊趣味。

相信「桃谷六仙」會使人過目不忘。至於桃根仙、桃幹仙……之間的區別，那毫不重要。

三、無名的群像

上述有名的（即共名的）群像，其中有一多半屬於「名號人物」，即「徒有其名」而無其實。作者寫他們的主要目的是要增加藝術趣味，博讀者一樂而已。對於這類「名號人物」，我們又有專章進行列舉分析。

在金庸的小說中，還有一種不為人們注意的群像，即「無名的群像」，亦即道道地地的群像或曰「眾生相」。看似不太重要，而且又無名可提，實則這一類群像十分值得重視，因為它的意義遠比我們想像的要大得多，而且也比一般的有名的群像的審美價值大得多。

這一類情形通常是以「眾人如何如何」或「有人如何如何」及「某人如何如何」表現出來的。它的意義在於讓我們看到眾生相、群眾心態及由之而表現出的國民性、民族文化心理、普遍的人性……等等。這種「集體表象」的描寫，我們切不可輕易放過。只有在金庸的小說中，我們才能看到如此豐富、生動、深刻的眾生相的描寫。

例如《天龍八部》中的星宿派門徒，因為掌門人丁春秋喜歡阿諛，所以新人星宿派的門人，未學本領，先學阿諛師父之術。他們來到少林寺，但聽「千餘人頌聲盈耳，少室山上一片歌功頌德。少林寺建剎千載，歷代群僧所念的『南無阿彌陀佛』之聲，千年總和，說不定還不及此刻星宿派眾人對師父的頌聲洋洋如沸」。

待到丁春秋制服阿紫及莊聚賢（游坦之），更是「猛聽得鑼鼓絲竹聲起，星宿派門人大聲歡呼，頌揚星宿老仙之聲，響徹雲霄，種種歌功頌德、肉麻不堪的言辭，直非常人所能想像，總之日月無星宿老仙之明，天地無星宿老仙之大，自盤古氏開天闢地以來，更無第二人能有星宿老仙的威德。周公、孔子、佛祖、老君，以及玉皇大帝、十殿閻羅，無不甘拜下風」。這還罷了，待到虛竹打敗丁春秋之後，書中寫道：

……星宿派門人中登時有數百人爭先恐後的奔出，跪在虛竹面前，懇請收錄，有的說：「靈鷲宮主人英雄無敵，小人忠誠歸附，死心塌地，願為主人效犬馬之勞。」有的說：「這天下武林盟主一席，非主人莫屬。只須主人下令動手，小人赴湯蹈火，萬死不辭。」更有許多顯得赤膽忠心，指著丁春秋痛罵不已，罵他「燈燭之火，居然也敢和日月爭光」，說他「心懷叵測，邪惡不堪」，又有人要求虛竹速速將丁春秋處死，為世間除此丑類。只聽得絲竹鑼鼓響起，眾門人大聲唱了起來：「靈鷲主人，德配天地，威震當世，古今無比。」讀了將「星宿老仙」四字改為「靈鷲主人」之外，其餘曲調詞句便和「星宿老仙頌」一模一樣。

虛竹雖為人質樸，但聽星宿派門人如此稱頌，卻也不自禁的有些飄飄然起來。

蘭劍喝道：「你們這些卑鄙小人，怎麼將吹拍星宿老怪的陳詞濫調、無恥言語，轉而稱頌我主人？當真無禮之極。」

星宿門人登時大為惶恐，有的道：「是，是！小人立即另出機抒，花樣翻新，包管讓仙姑滿意便是。」有的道：「四位仙姑，花容月貌，勝過西施，遠超貴妃。」星宿眾門人向虛竹叩拜之後，自行站到諸洞主、島主身後，一個個得意洋洋，自覺光采體面，登時又將中原群豪、丐幫幫眾、少林僧侶盡數不放在眼下了。……（第四十二回）

乍看這一段，甚覺好笑，星宿派可真是邪門，這幫傢伙可稱得上是無恥之尤。如此肉麻的阿諛逢迎、溜鬚拍馬，還見風使舵，轉眼之間另投主子靠山。什麼是非原則，全都不在話下，只求「適者生存」。一旦投得強主，居然自覺得意洋洋，強大無比，將天下英雄不放在眼中……

仔細一想，這段看似有些荒唐的情景，實際上是一種國民性的深刻的表現，這些人未必天生如此，而是存在決定意識，久在星宿派門下，便變得如此不堪。反過來，虛竹這樣質樸的小和尚，聽到這樣的稱頌，不也是有些飄飄然之感麼？可見在一定的生存環境和文化氛圍中，一切都可能隨之而改變。

類似的情形，我們在《笑傲江湖》中的日月神教以及《鹿鼎記》中的神龍教內都可以見到。作者不止一次地寫到這種情形，可見對此有強烈的印象，非大寫特寫，再寫三寫不可。

在《笑傲江湖》中，日月教徒被東方不敗搞得人人必須學會大吹大拍，號稱「一天不讀教主寶訓，就吃不下飯，睡不著覺。除了教主寶訓，練武有長進，打仗有力氣」（第三十一回）。而一旦任我行等人打敗了東方不敗，門人又轉過來大揭大批東方不敗的罪惡，說什麼「他飲食窮侈極欲，吃一餐飯往往宰三頭牛、五口豬、十口羊」。又說「東方不敗荒淫好色，強搶民女，淫辱教眾妻女，生下私生子無數」（第三十一回）……這不是胡說八道麼？東方不敗為練神功，揮刀自宮，早就變成了不男不女之人，何來淫辱女性之事？可是眾口鑠金、又牆倒眾人推，這些人的揭發批判，無非是討好當局，以便求得生存、發展之機會罷了。如此教眾，真是可驚可怖。

《鹿鼎記》中的神龍教的情形，也與這差不多。教主出現，教眾需高呼「教主永享仙福，壽與天齊」，這與對皇帝叩呼「萬壽無疆」或「萬歲萬歲萬萬歲」也差不多了。又有什麼「教主寶訓」道是「眾志齊心可成城，威震天下無比倫」。又有「教主仙福齊天高，教眾忠字當頭照。教主駛穩萬年船，乘風破浪逞英豪！神龍飛天齊仰望，教主聲威蓋八方。個個生為教主生，人人死為教主死，教主令旨盡遵從，教主如同日月光」。又有「教主寶訓，時刻在心，建功克敵，無事不成！」（第十九回）倒也真是花樣翻新。

雖是花樣翻新，其心態是一樣的，其國民性及其文化實質也是一樣的。星宿派、日月教、神龍教的教眾再花樣翻新，比之中國的「文化大革命」中的「紅海洋」之類的巨大聲勢只怕還是小巫見大巫。

金庸小說中像這樣的揭示無名群眾的眾生相及群眾心態的文字頗有不少，雖不是隨處可見，但每逢群眾集會，總能見到一二。例如《天龍八部》中四十二回書中，蕭遠山露面，承認是他殺了喬三槐夫婦和玄苦大師等人。過去中原群雄都以為這是蕭峰幹的，現在才明白是錯怪了他。雖是如此，但書中寫道：「各人均想：『過去的確是錯怪了蕭峰，但他父子同體，是老子做的惡，怪在兒子頭上，也沒什麼不該』。」這樣的想法，充分表現了眾人的推理邏輯及價值規則。父子一體，老子英雄兒好漢，老子犯罪兒頂缸，這向來是中國道德法律及文化心理的一條規則。

再如小說的最後一回書中，蕭峰在雁門關前，逼遼王耶律洪基發誓有生之年決不侵宋，爾後蕭峰自殺，以全忠義。書中寫道：

……中原群豪一個個圍攏，許多人低聲議論：「喬幫主果真是契丹人嗎？那麼他為什麼反而來幫助大宋？看來契丹人中也有英雄豪傑。」

「他自幼在咱們漢人中間長大，學到了漢人大仁大義。」

「兩國罷兵，他成了排難解紛的大功臣，卻用不著自尋短見啊。」

「他雖於大宋有功，在遼國卻成了叛國助敵的賣國賊。他這是畏罪自殺。」

中原群豪七嘴八舌，什麼樣的議論都有，但卻沒有人真正的理解蕭峰。這種愚昧和無知，那也不需多說。

又如《笑傲江湖》中有一段書：

……此次來到嵩山的群雄，除了五嶽劍派門下以及方證大師、沖虛道人這些有心人之外，大都是存著瞧熱鬧之心……是以眾人一聽到桃花仙說出「比武奪帥」四字，登時轟天價叫起好來。群豪上得山來，見到天門道人自戕斃敵，左冷禪劍斷三肢，這兩幕看得人驚心動魄，可說此行已然不虛，但如五嶽派中眾高手為爭奪掌門人而大戰一陣，好戲紛呈，那可更加過癮了。因此群雄鼓掌喝彩，甚是真誠熱烈。

……群雄紛紛喝彩：「令狐少俠快人快事，就在劍上比勝敗。」「勝者為掌門，敗者聽奉號令，公平交易，最妙不過。」「左先生，下場去比劍呵。有什麼顧忌，怕輸麼？」「說了這半天話，有什麼屁用？早該動手打啦。」一時嵩山絕頂之上，群雄叫嚷聲越來越響，人數一多，人人跟著起鬨，縱然平素極為老成持重之輩，也忍不住大叫大吵。這些人只是左冷禪邀來的賓客，五嶽派由誰出任掌門，如何決定掌門席位，本來跟他們毫不相干，他們原也無由置喙，但比武奪帥，大有熱鬧可瞧，大家都盼能多看幾場好戲。這股聲勢一成，竟然喧賓奪主，變得若不比武，這掌門人便無法決定了。（第三十三回）

這就是魯迅先生當年所說的中國人的「看客心理」了。中國人喜歡演戲，更喜歡做看客。由於有這樣的看客存在，逼得有些歷史的戲劇非演不可。至於代價多大，只要事不關己，那是全然無所謂。只要我能安然地作壁上觀，哪怕血流成河、屍橫遍野，自然是越熱鬧越好，越激烈越精彩。上面這段書，不僅寫到了看客及看客心理，還寫到了看客們是如何「參與」歷史的。喧賓奪主，不負責任的叫嚷成為一種特殊的歷史氛圍和文化背景，搞得演戲者騎虎難下，臺上的人非按臺下的人的要求去辦不可了。想起來叫人冷汗淋漓。

金庸的小說，常常利用這樣一些場景來揭示國民性的普遍心態。當然也不都是像這樣的大場景、大氣勢才可揭示出眾人心態及無名群像。有些場合很小，但作者有心，照樣也可以將人性及國民性揭示得很深刻。例如《鹿鼎記》中有這麼一段：

……韋小寶叫太醫將各種傷藥都包上一大包，揣在懷裡，問明了外敷內服的用法，再取了兩塊敷傷用的夾板，又誇獎一陣，慰問一陣，這才離去。

他見識幼稚，說的話亂七八糟，殊不得體，誇獎慰問之中，夾了不少市井粗口。眾侍衛雖然出身宗世貴族，但大都是粗魯武人，對於「奶奶，十八代祖宗」原就不如何看重，本來給刺客打傷，自覺藝不如人，待見皇上最寵倖的桂公公也因與刺客格鬥而受傷，沮喪之餘，忽蒙桂公公誇獎，那等於是皇上傳旨嘉勉，就算給他大罵一頓，心中也著實受用，何況是讚得天花亂墜？這一番當真心花怒放，恨不得身上傷口再加長加闊幾寸。（第十一回）

韋小寶的一通胡言亂語的誇獎慰問，搞得眾侍衛人人心花怒放，居然恨不得身上傷口加長加闊幾寸，看起來匪夷所思。但若身臨其境，將這種榮譽心、面子心理看破，便懂得了什麼是中國人，同時也會看出人性的根本弱點。

韋小寶本來是出於私心，要討傷藥為救刺客，這才適逢其會，應景一般地對眾侍衛來一通不花錢的討好賣乖。這本是韋小寶的拿手好戲，惠而不費。然而他是皇帝寵幸的大紅人「桂公公」，他的胡言亂語的價值便大不一樣，甚至「性質」也就大不一樣了。因為他是「代表皇上」的（眾人以為是這樣），從而給他們帶來了榮譽（虛榮）和安慰（虛名）。而他們恰恰喜歡這個、需要這個，升官發財也就靠的是這個。如此，身上傷口加長加闊幾分幾寸又有何妨？

最後再讓我們來看一段書，是《天龍八部》中的最後一回中，蕭峰逼得遼王耶律洪基退兵之後而自殺了，書中寫道：

……那鎮守雁門關指揮使見群豪聲勢洶洶，急忙改傳號令，又不許眾人進關，待見群豪罵了一陣，漸漸散去，上山繞道南歸，這才寬心。即當修下捷表，快馬送到汴梁，說道親率部下將士，血戰數日，力敵遼軍十餘萬，幸陛下洪福齊天，朝中大臣指示機宜，眾將士用命，格斃遼國大將南院大王蕭峰，殺傷遼軍數千，遼王耶律洪基不逞而退。

宋帝趙煦得表大喜，傳旨邊關，犒賞三軍，指揮使以下，各各加官晉爵。趙煦自覺英明武勇，遠邁大祖大宗，連日賜賞朝臣，宮中與后妃歡慶，歌功頌德之聲，洋洋盈耳，慶祝大捷之表，源源而來。

他媽的，哪有此事？這幫君臣在大搞上瞞下騙。這原是歷代君臣上下的老把戲，玩起來自是得心應手。雁門關指揮使倘不借此機會貪天之功為己有，那他就是一個大笨蛋。無中尚能生有，何況蕭峰確實死了，耶律洪基也確實退了兵，只不過搞點小小的「乾坤大挪移」，那是順勢而為，簡單至極。你不見「龍顏大悅」嗎？不然皇帝何以能自覺英明武勇遠邁太祖太宗？

至於表中「幸陛下洪福齊天，朝中大臣指示機宜，眾將士受命」云云，表明功勞人人都有，利益均霑，那更是自古至今的中國人的傳統把戲，自不待言。這一段書，不僅將官場中的眾生相揭露無遺，也將中國歷史上的許多光榮傳統戳了一個大洞。雖沒寫是張三李四王五，恰恰具有普遍的意義，可以包括許許多多的人。

金庸小說中的無名的群象的意義和價值也就在這裡了。

第十章 形象與名號

文學作品中的形象與影視作品中的人物形象的根本區別，是文學作品中的人物形象其實無「形」也無「象」，只能由你去想像，所以有一千個讀者就有一千個林黛玉的形象。

這不像電影、電視劇中的人物，真的是有形有象。電視劇觀眾提起林黛玉，就會想起陳曉旭的樣子，電影觀眾心中的林黛玉則是陶慧敏的樣子。正如電視劇《射鵰英雄傳》的觀眾一提起黃蓉，就要想到翁美玲。

文學作品中的無形無象的人物形象與影視作品中的有形有像的人物形象（**扮演者的形象**）哪個更好？這很難說，只能講各有千秋，各有利弊。影視人物有形有象固然鮮明突出，但又是一種限制，萬一演得不好，可就把形象給弄砸了。

即使是演得好，是不是就此一家、就此定型？那也難說，總怕還有其他的樣子，其他的美感。翁美玲演黃蓉演得好，讓林青霞來演怎麼樣？張曼玉來演怎麼樣？相比之下，文學人物雖無形無象，不那麼鮮明，不那麼清晰，但也有它的妙處，就是各人可以依據自己的觀念、經驗、理想和創造力去自由發揮、自由想像。想像的人物形象總是比固定演的形象更豐富、更自由、更生動也更具美感。因為想像本身就能創造美感。當然啦，文學作家要想描寫一個人的形象，卻又有困難之處，無論怎麼描寫他的眼、耳、鼻、身，總是模糊的，不如影視作品的人物往那兒一站就成了鮮明生動。

形象當然不止於形與象，它還包含了深刻的內涵，那就是人物的個性、氣質、心理等等。人物的形象及言行舉止是看得見的，而個性、氣質、心理則是看不見的。

另一方面，文學人物形象又還包括比形象的層次淺，卻又是非常有意思的東西，那就是人物的名與號。

一般說來，人物的姓名只不過是一種符號，沒什麼可說的。比如一個人可以叫「雄獅」也可以叫「小狗」。他並不因為叫了「雄獅」就勇猛強悍，叫了「小狗」就潑皮搗蛋。金庸筆下的陳家洛若是叫「陳家濟」大約毫無關係，袁承志叫做「袁繼志」又有何妨？

可是，又還有另一方面，也有些名字是有意義的，比如有人叫「文革」，那一定是六六年至六八年出生的，有人叫「抗美」那只能是五十年代初出生的，叫「京生」的人一般不會生在上海，叫「滬生」的人當然決不是美國生人。在文字作品中也有很多的例子。

小說《紅樓夢》中，有叫單聘仁的，那是「善（於）騙人」的暗示，卜固修則是不折不扣的「不顧羞」。鳳姐有個兄弟叫王仁，那正是一個沒有仁義之心的王八蛋。這些次要人物，若不是他們的名字取得好，恐怕沒一個讀者會記住他們。進而，我們都知道《紅樓夢》中的賈府四位千金小姐的名字元春、迎春、探春、惜春是由「原應歎息」四字諧音而來，表達了作者的一種悲劇美學思想意識，也透露了作者的創作動機和目的。

不單中國文學作品中有這樣的現象，外國文學作品中也有，法國作家羅曼‧羅蘭的小說《母與子》中的母親名叫呂維埃，這是「河流」的意思，它的象徵意義是明顯的。武俠小說中當然也不例外。金庸的《射鵰英雄傳》中的郭靖，楊康二人的名字是丘處機取的，為的是要他們記住「靖康之恥」。這二人的名字就不能亂改。

上面說名，這裡再說號。一個人有名又有號，這大約是中國人特有的現象了。而江湖中人除了名、字、號之外，還都有一個綽號，那就更是特殊而又特殊了。

這裡面大有文章。古龍說過這樣一句話：一個人的名字也許說明不了什麼，但一個人的號（綽號）則多半是有意思的能夠說明一些問題。例如《水滸傳》中的宋江這個名字很平常，但「呼保義」、「及時雨」的綽號卻說明他的為人和影響；李逵的名字一般，但「黑旋風」這個綽號，就不僅說明他白不了，而且還是急性子。「一丈青」自然高個子，而「矮腳虎」當然不高。「花和尚」不是真正的佛門弟子，「浪子」當然不是儒雅書生……其他的例子就不必一一再舉。

說這些有什麼意思？

是要分析和研究金庸創造藝術形象的一種方法、手段。

這種方法說起來很簡單，就是給書中人物取一個合適的名字和綽號。

如上所述，給人物取綽號是古已有之，並非金庸首創，但金庸卻把這一技巧運用得爐火純青，故而值得我們研究和分析。看起來這只不過是一種文字遊戲、雕蟲小技，上不得大雅之堂，但金庸卻將它玩出了花樣、玩出了水準。從而成了一種不可忽視的塑造人物形象的重要手段。嚴格一點，則可稱之為一種重要的輔助手段。

一、「名」驚人

在創作初期，金庸也是因襲成規，按老路子走。給人物取一個名字，又取一個綽號。名字倒還罷了，綽號卻取得比較講究，即對人物的形象、性格起到了概括和提示作用。簡單易記又非常有特色，可為「名」驚人。

常常是憑著綽號，讓人感到新奇獨特，從而記住。因為綽號多半與人物緊密相關，所以取一個比較獨特而又與人物相配的好的綽號，實際上就對作品的人物形象的塑造起了不可忽視的輔助作用。

《書劍恩仇錄》中就有不少這樣的好的綽號。比如紅花會的第三把手趙半山，號為「千臂如來」，這就暗示於此人精通暗器，就像有一千條手臂一樣，可以同時發出數種、乃至數十種暗器，如來是佛名，心地慈悲的意思。趙半山不僅精通暗器，而且的確又心慈面善，大好人一個。所以只要記住「千臂如來」這個綽號，就對這一人物的形象有了較多的瞭解。作者給這一人物取了這樣一個號，那正是對人物形象的總結和提示。

紅花會中又有一個人物，叫石雙英，號為「鬼見愁」。這個號也很獨特，而且又名符其實，此人成天陰沉著臉，不喜歡說笑，而且原則性極強，所以鬼見了都發愁，人見了也要發抖。作者量才錄用，讓他做了紅花會中的監察官兼法官，這樣一來，鬼和人更要見了他就發愁了。尤其是那種心裡有「鬼」的人。比如余魚同對嫂夫人駱冰有過不軌行為，見到石雙英這位鬼見愁雙腿一直在發抖。

紅花會中還有一對兄弟，號為「黑無常」與「白無常」，這就更是一名驚人。「無常」即惡鬼，這一對兄弟當然不是惡鬼，而是川中雙俠，只因兩人姓常，而且哥哥叫常赫志，弟弟叫常伯志，加上兩人面相較惡，而且殺氣較重，所以很容易使人聯想到「黑無常」與「白無常」。

前面提到的余魚同，號「金笛秀才」，這是寫實的說法，因為余魚同確實考得過秀才學位，而且到哪兒都帶著一根金光燦燦的笛子，以此作兵器。這位秀才自然是白面書生，長得俊俏，性格風流自以為十分的瀟灑，所以才有與一般的江湖草莽完全不同的心事，並因此而犯了秀才式的錯誤。

《碧血劍》中的人物，也有很好的綽號，名如其人。如華山派的掌門人穆人清，綽號是「神劍仙猿」，神劍的意思是劍法如神；猿的意是輕功如猿。「仙」的意思就比較接近他的性格實質，首先是他正派，是好人中的好人，才稱得上是仙；其次是他長得仙風道骨，形象如仙；再次是這一人物行俠江湖，卻往往來無蹤去無影，不僅因為他武功高強，更因為他不喜歡留名，看透了名利，飄飄然如世外仙人。他對弟子的要求是應該行俠，但不許為官，保持一種江湖俠士的超然。這種超然在他老人家那兒，更是高邁而入仙人之境了，所以才叫「神劍仙猿」。

這位華山掌門人有一位老朋友，是鐵劍門的掌門人木桑道長，號為「千變萬劫草上飛」，簡稱為「千變萬劫」。這一綽號原是對他的兩門卓絕武功的概括，即他的暗器功夫出神入化，可以千變萬劫，誰也躲不過；而他的輕功則神行百變如草上騰飛。他對此倒不以為然，因為酷愛圍棋，便將「千變萬劫」解釋為對他這位「大國手」的棋藝的稱譽。實則他的棋藝又並不高，所以綽號的改動，又進一步揭示了他的性格。此人機智過人，但又劫難不盡，常如神龍見首不見尾。

這部小說中還有一位人物，華山派的大徒弟黃真，號「銅筆鐵算盤」。第一層意思是指他的兵器，一枝銅筆，一把鐵算盤；第二層意思指他的身分，他出身商賈，至今仍滿口商家行話，介紹自己的名字也說是「黃金萬兩的黃，貨真價實、真不二價的真」；三層意思則是此人機敏而又周密，看似滑稽好笑，實際上老謀深算。

小說中還有一個人物夏雪宜，號「金蛇郎君」，這也大有說頭。郎君的意思很好理解，男人、漂亮的男人、自視甚高的男人；金蛇的意思就比較多了，一是因為他盜了五毒教的金蛇劍、金蛇錐作為自己的兵器；二是他喜歡養蛇；三是他熟悉蛇，並從蛇行蛇止之中悟出了「後發制人」的武學道理，從而創造了破溫氏五老的五行陣的方法；四是此人性格陰鬱，而又像蛇那樣的滑溜、可怕。

《射鵰英雄傳》中，東邪、西毒、南帝、北丐，早已家喻戶曉。其中邪就是邪，毒便是毒，帝是真正的皇帝，而丐也是地道的老叫花子。小說中的「老頑童」周伯通，號如其人，他的故事令人噴飯。即便是「飛天蝙蝠」柯鎮惡，我們至少可以從他的名號之中看出幾點：一，他是一個瞎子（蝙蝠）；二，他是一位不甘平庸的人（飛天）。

其他的作品人物也是一樣，不必一一列舉。

二、名號人物

前面說了人物的名號，這裡深入一層，說一說名號人物。——這個詞是筆者杜撰的，所謂名號人物，是指僅有名號的人物，或名號大於形象、性格，或名號完全概括了人。

還需要進一步說一下。我們都知道文學作品對人物形象的塑造，總要進行形象、言行、性格、心理、情感、經歷、命運等多方面的描寫、敘述、刻畫才能豐滿、鮮明、深刻。這是我們大家都知道的理論。但我們往往忽視了一點，即文學作品中的人物眾多，分為主要人物、次要人物以及跑龍套的……等不同的層次，作家對人物形象的刻畫，不可能不分輕重主次，不可能不有繁簡詳略。也就是說，一部作品往往只能對主要人物、次要人物的一部分進行較為細緻的性格、心理、情感以及言語行為舉止的描寫，而對那些配角及龍套人物則只能一筆帶過。戲劇上常以甲、乙、丙、丁代之，連個名字都沒有。對這樣一些人物，往往讀者不注意，作者也不注意。

但金庸卻注意了這一點。並且，他想出了辦法，要讀者注意這些人物、並記住這些人物。說要讀者記住小說中的次要配角及跑龍套的人物，這看起來是不大可能的，像是說笑，但金庸卻真的嘗試了，而且做到了。

這就是創造了「名號人物」。使你看了就會記住、過目難忘。

大約從《倚天屠龍記》開始，金庸的小說創作更加得心應手而遊刃有餘。因而「名號人物」開始作為一種方法和形式出現。如小說的第三十五回中出現一個跑龍套的小人物，作者給他取了一個名字叫壽南山（「**壽比南山**」**之簡稱吧**），外號叫「萬壽無疆」。那時張無忌、趙敏在趙少林寺救金毛獅王的途中雙雙負傷，卻又屢遭危難，最後一個敵人就是這位壽南山，由敵人成了僕人。只因此人極端的貪生怕死，趙敏略施小計，嚇唬他幾句，就使他變得忠心耿耿而又小心翼翼。叫他是「萬壽無疆」也好，「壽南山」也罷，無非都因為他怕死，未打架先求饒，由敵人變成僕人，這樣的人可不是壽比南山、萬壽無疆麼？

這樣一個人本來極不起眼，但因為有一個特殊的名字和一個特殊的號，又有點與名、號相符的性格特點，就自然而然地進入了讀者的記憶之中。作者幾乎沒花多少筆墨，只給他取了一個名號，就收到了如此效果，使人既感好笑有趣，又容易過目不忘，這便是名號人物的特點了。

《倚天屠龍記》的第三十六回中，又出現了不少這種名號人物。如「醉不死」司徒千鐘，這人是個酒鬼，名叫「千盅」，號為「醉不死」。如此簡明扼要，自然是想忘也忘不了。這部書中還有一個大人物也屬於名號人物之列，那就是明教五散人之一的說不得。他的名字就叫說不得（這實際上應該是他的法號），號為「布袋和尚」，因為他隨身帶著許許多多的布袋，並以此為兵器與人打鬥，使人防不勝防，而他的布袋卻又是層出不窮。此人性格很怪，常道：「說得也說不得，說不得的也說得」，到底說得還是說不得，那要看他的高興。

《天龍八部》中也有這樣的名號人物，最出名的有兩個人，慕容家的兩位家將，一位叫做「非也非也」包不同，另一位叫做「一陣風」風波惡。

人如其名，這位包不同先生，果然都保證與其他所有的人都不同，因為不論是敵是友，只要人家一開口，他就要「非也非也」地與你爭論辯駁，先將你否定掉，然後再開口說話，這種脾氣，可不正是包不同的脾氣麼？

他有一位千金，取名為包不靚，與其他女子的名字截然相反，而她的性格，據說也是與眾不同，叫她往東她往西，叫她往南她往北。果然不愧為是包不同的女兒。這位包不同對自己的主人慕容氏父子倒是忠心耿耿，敬仰之下，一般不敢對主子「非也非也」，最後見慕容復要改姓去投靠第一惡人段延慶，終於忍不住對主人說出了「非也非也」，被惱羞成怒的慕容復打死。這一回包不同倒正是在理，與往日的「非也」頗不相同，不料卻因正確了一回而送了性命！

人生禍福，實在難以逆料。他的把兄弟風波惡，也是人如其名，哪裡有風波、有架打，他就會出現在哪裡，也可以說，他出現在哪裡，哪裡就會有風波、有架打。這是一個視打架為樂趣、為打架不要命的人。打不得的架也要打，被人打傷了，只要能動，還是要打。在杏子林中與丐幫幾位長老的連環惡鬥，給人們留下了深刻的印象。而可貴的是，他名為風波惡，但人卻並不惡，相反，心地倒很正直善良，得到過喬峰的賞識。說到底，他只是「風波」惡而已。

名號人物的意義在包不同、風波惡兩人身上體現得比較突出。慕容府中有四大家將，包、風二位只是老三、老四，還有老大、老二，論地位、武功、智力、名聲，老大、老二自要比老三、老四高得多，但我們很容易就記住了老三包不同、老四風波惡的名字，而老大、老二的名字，卻一時想不起來，至少也要想一想，才憶起老大叫鄧百川，老二叫公冶乾……為什麼會出現這樣的情況呢？重要的原因之一，就是作者給包不同、風波惡二人取了個好名號，並且按照這種名號去表現自己，自然給人們留下怪異而又深刻的印象。

名號人物更多地集中在《笑傲江湖》一書中，這部書幾乎是名號人物的大展覽，我們經常提到的「梅莊四友」，就是四位不折不扣的名號人物。作者是按照這四位人物的愛好來給他們命名的，老大愛琴，就叫黃鐘公（**黃鐘是一種古樂調名**）；老二愛棋，就叫黑白子；老三愛書法，就叫禿筆翁；老四愛畫，就叫丹青生。

值得注意的是，作者在這裡乾脆連他們的真名實姓都省略了，因為不可能有人姓「黑」姓「禿」姓「丹」。或者說，作者將他們的名與號高度統一，合二而一，簡略地稱呼他們。不僅使他們的愛好一目了然，而且他們的兵器、武功套路也都分別由琴、棋、書、畫發展而來，他們對藝術的摯愛和癡迷，又形成了他們特有的風度和個性，進而確定了他們的命運。

他們在江湖中，尤其在日月教中只能是以武林高手的身分出現，也就是說，他們只能按照江湖中的規則行事，但他們卻與眾不同地要癡心於藝術，搞琴、棋、書、畫，最後的結局就只有或者是死，或者是丟開藝術而從事武林活動。這幾位人物給人們留下的印象，一切都是由他們的名號而起。

令狐冲在日月教中交了不少三教九流的朋友，這些三山五嶽、三教九流的人物，連姓名也往往是千奇百怪的。例如「黃河老祖」，別人以為這是一個人的外號，不料卻是兩個人的姓的合稱，一位姓老名爺字頭子，一位姓祖名宗字千秋。世上當然沒有叫老爺、老頭子、祖宗、祖千秋這種名字的人，但金庸的書中偏偏就有，於是你會感到奇怪、有趣，於是你就不知不覺地記住了，而作者的目的也就達到了。

作者的目的，正是要使你感到有趣，讓你記住書中的人物，包括次要而又次要的、甚至是跑龍套的人物。

上面說的黃河老祖，還有一位朋友，號「夜貓子」名計無施。此人詭計多端，卻偏偏叫計無施（**無計可施，恐怕是別人對他才這樣**），而他自己則是「夜貓子進宅」，安不了什麼好心。所以一般的人都很怕他。還有，老爺老頭子給自己的寶貝女兒取了一個空前絕後的芳名，叫老不死！這更是令人匪夷所思的名字，可是，若沒有這個芳名，你能記住這位長年臥病在床、臉色蒼白如紙、身體瘦弱如童的可憐的姑娘麼？

日月教中有一位名醫，名叫平一指，號為「殺人名醫」，因為他的信條和口號是「殺一人，醫一人；醫一人，殺一人；公平合理，老少無欺，殺人、醫人都憑一指」。所以他就叫平（**憑**）一指，號「殺人名醫」。這當然也是一個性格古怪的人物。他的性格、他的故事，都在他的名號之中。

日月教中多怪人，怪名號，連他們的兩位教主的姓名也取得特別，一位叫做東方不敗，另一位叫做任我行。看到這個名字，你自然會想到，東方不敗的武功顯然是天下一流的，而此人的可怕也就在於他的不敗。正派的人物都將他的名字改為東方「必敗」，這就更增加了此人的可怕的程度，因為只有怕極了而又無可奈何，才會要在口頭上討一點便宜、安慰的，只有打不過人家才會咒人家必敗的。

這位東方教主一直沒有露面，所以他的不敗的紀錄也就始終保持著，而且因不露面而增添了神秘色彩。一直到死，他的不敗的紀錄都保持著，因為他戰勝了三個人（**三個絕頂高手**）的聯手；當然，也可說他在生前就已註定了其「必敗」的命運，因為他已不男不女，不人不鬼，最終也是為了保護同性戀人才被打死的。

另一位教主叫任我行，倒也真是人如其名，什麼道德法則，什麼仁義禮智，什麼江湖道義，什麼這個那個，全都不在他的話下，他的武功既高，智謀且深，勢力亦大，便只有一條路（**任我行**）——任他怎麼辦怎麼好了。這是一位氣勢張狂、野心明顯而又奇怪地很豪邁、很坦蕩率直的人物。他不是偽君子，甚至也不是陰謀家，只是「任我行」而已。

在日月教之外，也有不少名號人物。最著名的恐怕要算是「桃谷六仙」了。這是一胞六胎的親兄弟（**這一點恐怕也是空前的**），老大桃根仙，老二桃幹仙，老三桃枝仙，老四桃葉仙，老五桃花仙，老六桃實仙。他們的名字很好記：根、幹、枝、葉、花、實。他們被人熟悉、被人欣賞或討厭的原因，正在於他們一如六、六如一，弟兄六人的性格、長相乃至語言、動作，全都一樣。一齊說話，打架一齊動手，面目奇醜，武功奇高，頭腦不清，偏偏又喜歡抬槓，總之是六位活寶。而他們自己則是自以為是六位「大仙」。

「桃谷六仙」之外，還有一位活寶式的人物，那就是儀琳的父親「不戒大師」。他是一個和尚，卻又結過婚、生過女，酒、色、鬥、氣什麼也不戒。據他說，他正是為了結婚才去當和尚的，因為他愛上了一位尼姑。那時他是一位屠戶，以為尼姑不愛屠戶，一定會愛和尚的，所以他去當了和尚，居然真的將那位尼姑娶為妻子，並生了一女儀琳。他的法號就是叫「不戒」，倒也旗幟鮮明，惹人歡喜、使人敬佩。

奇妙的是，他為女人出家，卻又要他女兒愛上的人也出家。他為女兒的愛情費心費力，四處奔波，居然代女兒收了一個徒弟，正是天下聞名的採花淫賊「萬里獨行」田伯光（**天伯光，即怕天光之意**），給這位徒孫取了一個法號，卻又叫做「不可不戒」。田伯光果真變成了「不可不戒」，一半出自無奈，另一半出自恐懼。因為他打不過「不戒」大師。

若是以為名號人物全都是這樣一些活寶式的人物，那又錯了。《笑傲江湖》中還有另一類型的名號人物。如令狐冲的師爺（**太師叔**）、大名鼎鼎的武功高手風清揚，此人非但不是活寶，相反地是一位不苟言笑、滿臉憂愁、淡然而又氣度高遠的人物，正如他的名字，如風清揚，來無蹤，去無影，武功高得沒法說，身世也沒幾個人能瞭解，而他的生死存亡都很少有人知曉，是一位不折不扣的隱士，地地道道的風清揚。風清揚是他的名字，也是他的性格，又是他的人生經歷和命運的寫照。這一人物出場不多，相信所有的讀者都能記住他。

還有一位比他更神奇的人物，名叫獨孤求敗——此人在《神鵰俠侶》中提到過，在《笑傲江湖》中再次被提及。在前一部書中提及了他想求一敗而不可得，埋劍荒山，寂寞無奈的事蹟。而在後一部書中則提到他創出的神奇無跡的劍法「獨孤九劍」。

奇怪的是，此人只被提及，卻從未真正露過面。只是作為一個有非凡武功及非凡性格和人生境界的前輩高手的符號，供後人崇拜、敬仰和想像。也就是說，這一人物只剩下了一個名號：獨孤求敗。你去想像吧。此等前輩高人，居然求一敗而不可得，那是怎樣的武功、人品、心理境界？與之相比，日月教主東方不敗就顯得十分的淺薄、卑俗和低下了，甚至不值一談。

寫到獨孤求敗，我想這應該說是到了「名號人物」的極點了，因這一人物在小說中從未真的出現，因而也就沒有形象、沒有言語、沒有行為、沒有性格、感情、心理以及人生經歷和命運故事，而有的只是一個名號，卻使讀者為之心折。

例子我們不必再舉。下面該要談一談名號人物的特徵及其作用。名號人物的特徵有以下幾個方面。

一、名號人物一般是小說作品中的非主要人物，可以說是配角、跑龍套的或者是穿插的人物。作者沒多少功夫和精力去仔細描寫他們的故事及其複雜的個性世界，因而以一合適的名號對其進行概括。

二、名號人物的名號，具有高度的概括性，一般只突出人物的某一方面，並對此面進行渲染或誇張，給人留下深刻的印象。

三、名號人物的名號還具有極高的趣味性和藝術性，這使得其人物本身也具有某種特殊的趣味，特殊的、鮮明的藝術特徵。

四、名號人物的名號當然還必須具有獨創性、獨特性，必須是作者獨出心裁，而且在作品中只此一家，別無分店，這樣才能突出，才能給人留下深刻的印象，才能使人能夠記住。

五、名號人物還有一個特點，是名、號、人三者是統一的，或是具有分明的同一性的。比如我們第一位列舉的壽南山，號「萬壽無疆」，人則貪生怕死，這三者就有明顯的同一性。又如我們最後列舉的獨孤求敗，名也是它、號也是它、人也是它，三者合一，更是乾脆明瞭。

至於名號人物在小說中的作用和價值、地位等，那很簡單，就是要使作品有趣，使讀者喜歡，而同時又讓讀者記住這些次要人物，從而豐富小說整體，豐富小說人物形象的畫廊。

我們說過，倘若沒有這些名號，我們絕對記不住這些人物，也不會對這些人物有任何印象。而有了這些名號則大不一樣了。由此，我們知道了文學形象的成功途徑及其創作方法有兩種，一是刻畫豐滿鮮明的個性形象，如哈姆雷特、賈寶玉、楊過、張無忌等等；另一則是創造名號人物（**這當然只能作為一種輔助的手段及第二種途徑，必須與第一種途徑相配合**）。而這後一種方法和途徑，可以說是金庸獨創的。人們把性格豐富的人物稱為「圓型人物」，而把性格單一的人物稱為「扁型人物」，那麼，名號人物要麼是創造「扁型人物」的一種新的途徑，要麼是「圓型人物」（立體）、「扁型人物」（平面）之外的第三類人物形象——不，它連「形象」都沒有，只有一個「名號」而已。

作者對此是否有自覺，不得而知。一開始，作者恐怕只是規規矩矩地給人物取名、取號，後來就不那麼規矩了，不僅其號取得越來越怪，越來越靈活多樣，而且連人物的姓名也敢於——或是出於幽默——糊塗亂抹了，什麼包不同、包不靚、老頭子、老不死、壽南山、禿筆翁……照取不誤，誰說「說不得」做不得人名字？誰說「任我行」又不行？……這樣一來，作者在不知不覺間進入了一個隨心所欲的境界，而這也正是一個自由創造的境界，因為，每一個名號確定之後，它就自然而然地有了一種特殊的意義，而作者可以根據這一名號的意義，去描寫人物的形象，敘述人物的言行故事。這就是「名」對「人」的「反作用」了。

這也就是說，一般的創作方法是先有人物形象與個性再取名、取號，而且人物的名號與其個性形象相比總是微不足道的。而在這裡，金庸創造了一種「反兩儀刀法」，即先取名、號，然後按照名號所提示的意義去描寫形象、刻劃性格。再進一步，將「正兩儀劍法」（**按形象性格取名號**）與「反兩儀刀法」（**按人物名號寫形象性格**）相結合，那就更是相反相存，嚴絲合縫，效果奇佳。

須說明的是，任何有效的方法都不能一再重複，名號人物及其方法就更是這樣。因為它畢竟只能是一種輔助的方法，畢竟只能對一些次要人物才有用。若是作品的主要人物也變成了名號人物，那就會適得其反。所以，金庸小說中的主要人物如陳家洛、袁承志、郭靖、黃蓉、張無忌、蕭峰、段譽……等等，往往是沒什麼號的，因為他們的人和他們的名字不是任何號所能概括的，他們的個性形象本身就很豐富、很複雜的。楊過有一個號叫「神鵰大俠」，這又能說明什麼呢？至多只不過是說他帶著一隻大雕行俠於江湖罷了，然而這與楊過的個性、人生、心靈等等都沒有關係。要瞭解楊過，還必須從小說的敘事和描寫的情節與細節中去看、去品味、去探索。

其次，並不是每部作品中都有名號人物。更不是每一個次要人物都是名號人物。進而，也不是每一個有名也有號的人物都是名號人物，如果每一個人物都像包不同、風波惡那樣，那豈不是要亂套？那樣顯然反而不美。即使是名號人物較為集中的《笑傲江湖》中，也還有大量的非名號人物在其中作為主幹支撐著。令狐冲、方證大師、冲虛道長、莫大先生、劉正風、曲洋、定閒師太、岳不群、左冷禪、余滄海、任盈盈、岳靈珊、林平之……等等即是。戲劇中有一行話，叫「插科」，又叫「插科打諢」。在某種意義上，名號人物多少有些像是插科打諢的人物，因此，只能偶爾為之，而不能將正文與大戲都給攪了。

再次，各種人物都有其適合生存的環境，名號人物也必須有他們生存的環境和氛圍，比如一種幽默的、傳奇的、充滿活力、充滿象徵意味的氛圍。比如《笑傲江湖》與《天龍八部》這樣的小說中最為適合。而在相對嚴肅的、寫實的小說中則不宜出現。

三、名實不符

名號人物的特點是人如其名、名如其人，名符其實、人名統一。但畢竟這只是一小部分，大部分人物與其姓名之間並沒有必然的聯繫，其號，也不完全能說明人物的全部。

甚至還有名與人完全相反的情況。

江湖中人都希望自己的「高姓大名」能聲震四方，而名字無法自己選擇，就只好自己給自己取一個能表達自己的意願、夢想或豪氣的綽號，這種綽號有時相當於自己給自己的「封號」。當然聽起來嚇人，什麼「單刀無敵」，什麼「威鎮八方」……等等。實際上自己的為人和武功都不值一哂。於是，就產生了一種反諷的奇異效果。

金庸的中篇小說《鴛鴦刀》中就有幾個這樣的人物。一出場就有一個鏢師，叫周威信，號「鐵鞭鎮八方」，聽起來如雷貫耳，實際上此人無威又無信，而且一條鐵鞭非但鎮不了八方，連一方半方都難鎮。有人勸他將綽號改成「鐵鞭拜八方」，或能名符其實，但他又不幹。

更可笑的當然還是「太岳四俠」：一是「煙霞神龍」逍遙子，此人滿臉病容，雙眼似睜似閉，衣衫襤褸，咬著一根旱煙管，嘴裡慢慢噴著煙霧，看起來內功深湛，莫測高深，天下英雄似乎都不在他的眼中。實際上，只不過是一個老煙鬼而已，也學了用煙管打穴，卻總是差著半寸一寸。什麼煙霞神龍，實是癮君子；什麼逍遙子，實是糊塗蟲。

二是「雙掌開碑」常長風，此人又高又肥，像是一座鐵塔，與人打鬥常常雙手端一塊墓碑，號為雙掌開碑，實際上真打起來，他端起的墓碑總是砸了自己的腳。

三是「流星趕月」花劍影，倒有些意思，他雖面貌醜陋，武功不高，逃跑起來倒也是「流星趕月」，而舞起劍來則如花之影，所以叫花劍影，又號流星趕月。

老四最為了不得，他是八步趕蟾、賽專諸、踏雪無痕、獨腳水上飛、雙刺蓋七省。一個人有五大封號，只可惜名字叫得不響，叫做「蓋一鳴」（**又可解為「蓋一名」**）。他的最大的本事只不過是吹牛，並且會說「我大哥（**按指煙鬼逍遙子**）料事如神，言之有理」，這樣的「一鳴」，非但不能真正的「驚人」，只能徒增笑料。他所有的唬人的本錢，也只不過是這樣的「一名」而已。

其實「太岳四俠」也不過是「一名」而已，而且名不符實。他們幾人說到底也只不過是江湖混混而已。而且還是小混混，又是糊塗混混。

這樣的人到處都是。也就不必多說。

需要多說幾句的是，另一種名與實不相符的情況。實際上應該說是有實而無名的人物，那就是小說《俠客行》的主人公石破天。其實石破天並不是他的名字，而是石中玉給自己取的化名，用以逃避雪山派的追蹤並作為自己當上長樂幫主的新名字。後來他知道長樂幫主極有可能被俠客島邀去赴臘八之宴，以為會有去無回，他又潛逃了。長樂幫中貝海石等人為了尋找替罪羊，就將主人公請來做幫主，並且繼用了石破天這一化名。這樣，小說的主人公就被稱為石破天了。在此之前，他有過各式各樣的名字，但沒有一個名字是真正屬於他自己的，都是別人對他的稱呼，別人送他的代號。

他的養母叫他是「狗雜種」。這是他的第一個名字，他一直以為自己的真名就是叫狗雜種，正如他以為養母梅芳姑就是他的媽媽。

後來他的養母不見了，他流落江湖，像是一個小乞丐，於是人們就叫他是小乞丐。好心的閔柔還送了這位小乞丐一錠銀子。

後來丁不三叫他是「大傻瓜」，丁不四叫他是「小傻瓜」。因為他老實忠厚又誠懇。

後來阿繡叫他是「大粽子」，因為丁瑺將他捆成了一個粽子的模樣，丟到了阿繡的船上。

後來史婆婆教他練武，收他為徒，又給他取了一個名字叫「史億刀」，為的是要向她的丈夫白自在的徒弟白萬劍（**也是她和白自在的兒子**）報仇雪恨，要讓史億刀勝過白萬劍，正如讓「金烏（**太陽**）刀法」勝過「雪山劍法」。

更多的人叫他是石破天，把他當成真正的長樂幫主石破天（**石中玉**）。連作者在敘事時也稱他為石破天。

實際上，他當然不是石破天，也不是狗雜種，不是小乞丐，不是大傻瓜、小傻瓜、大粽子，也不是史億刀。

他沒有名字。

他是一位真正的俠，而且又是一位獨一無二的無名的俠。

這當然是一種象徵，真正的俠是無以名之的。

這是一種無名之實。比之那位「八步趕蟾、賽專諸、踏雪無痕、獨腳水上飛、雙刺蓋七省蓋一鳴」的有名無實，屬於另一個極端，另一種境界。一種凡人難以達到，甚至難以想像的境界，然而又似乎是一種極平凡、極通俗的境界。世人何以對「名」如此看重呢？

一個人叫什麼真是那麼重要嗎？一個人叫的「名」真是那麼重要、那麼值得畢生去追求嗎？叫狗雜種又如何？叫小乞丐又如何？叫大粽子，叫史億刀還不是一樣？叫石破天當然也未嘗不可。他還是那個他。不因改名而改了實，不因換姓而換了「性」。他無名字，又有很多的名字。反過來，他有過很多的名字，而實際上卻又沒個真正的名字。這裡有著很深的人生哲理。

實際上，他不僅無名，而且無相（他的形象與石中玉相似，經過貝海石的加工，終於變成了石中五即石破天的替身，卻不是他自己的本來面目，且沒人相信他。苦也！）而且無欲，而且無求（他不求人，是出了名的）。

如是，這就不僅是俠的境界，而且是佛的境界。說是佛的境界，卻又是人生的一種境界，是人生的一種目標、一種希望的境界：赤子衷腸的境界。是一種將名與實看開、將名看清、看淡的境界。

寫到這裡，我又情不自禁地想起了《鹿鼎記》的主人公韋小寶。他是一個有母無父，有名而無（父）姓的人物，像石破天一樣，他也是不由自主地當了另一個人（小桂子）的替身，不由自主地走上了一條未知的路。只不過，韋小寶與石破天所走的方向完全不同。這很容易理解，石破天無欲無求無名無我，而韋小寶則有欲有求有名有我，而且一切為我。所以，韋小寶終於變成了「至尊寶」。

這一變化，揭透了歷史文化的奧秘。當年茅十八隨機應變，給他取了一個綽號叫「小白龍」，本意是半開玩笑半曚人，不料這位小白龍不僅成了神龍教的白龍使

（假的變成了真的），而且飛黃騰達、倒海翻江，而且左右逢源，區區茅十八根本無法望其項背。

韋小寶——至尊寶，從至賤到至貴，從至小到至大，從至低到至高，可是，人還是那麼個人，依然無賴模樣，流氓性格。只不知他到底是小寶還是大寶，抑或小寶便是至尊寶？這條小白龍，本來只不過是一條滑溜難捉的小蛇，數年之間竟然騰雲駕霧，似乎茅十八給他的綽號倒變成了一種預言。

韋小寶……關於韋小寶的事，在這裡說不清楚，也不宜在這一章裡說。就此打住。

卷三

審美境界論

第一章
內功心法

前兩卷書，我們對金庸小說的敘事技法以及人物形象塑造的招術作了較仔細的分析，算是對金庸小說的藝術略窺門徑。然而若要以為僅到此為止便算是大功告成，探明了金庸小說的藝術堂奧，則大謬不然。因為略窺門徑並不等於登堂入室。其間的差距，既可以說並不遙遠，也可以說不可以道里計。究竟是遠是近，那要看我們如何走法；是否可以從門徑到達堂奧，則要看我們功力如何。

小說的敘事方法及人物形象塑造的技巧對小說的藝術而言固然相當重要，但其重要性是有限的。相對於小說的整體形式及其內蘊與意境而言，技巧與方法只不過是通往藝術天地的途徑，創造藝術境界的一種手段。

莊子有言：「技進乎藝，藝進乎道。」

這句話對於我們理解藝術的秘奧是至關重要的。它包含兩個意思，一是藝術（作品）可以分為技、藝、道三個層次，即方法技術層次、藝術形式層次、內蘊意境層次。二是這三個層次之間的關係是遞進的。從這裡我們可以看出，小說的技術、技巧、方法的層次，可以說是小說藝術的基本層次，同時又是小說藝術的最低，也最淺的一個層次。

上面的說法可能不太好理解，不妨換一種說法，即小說作品的藝術是指作品的整體形式而言，我們所能看到的、感受到的作品整體形式都應屬於藝術。那麼，我們可以說小說的藝術形式中不僅要包含方法技巧，而且應包括內蘊和意境。

藝術形式是作品的整體存在，是看得見摸得著的。而在一部作品的藝術形式中，又包含著兩層我們不容易直接看到的東西，一是創造這種形式的途徑、手段即方法、技巧，二是這種形式的意蘊、意境及思想價值。

莊子的話其實不是專指藝術的構成，而是泛論世界上的一切人為的事物，包括藝術，也包括科學技術，還包括哲學文化等等。我們將莊子的話借用到藝術範疇，當然也是適用的。只不過要對其意作必要的引伸和必要的限制而已。

判斷一部藝術作品的成就高低，不能僅從方法、技巧的層面入手，卻忘記或拋開它的意蘊與價值。換言之，一部作品的藝術形式的創造，僅靠方法、技巧是不能完成的，還必須有更內在、更深刻的價值功能和意蘊目的的統制。

純粹注重技法而不及其他，那只是工匠。

純粹注重道義而不及其他，那只是哲人。

藝術家介乎二者之間，或超乎二者之上。藝術家是以工匠的手段表達哲人之思、自然之道、藝術之形式。

藝術家也分為上、中、下三等。

最低的一等，是但問技巧而不問其他，這是藝術工匠。

次低的一等，是但問道、義，而將藝術形式當成載道的工具，演繹經文的載體。

最好的藝術家，真正的藝術家，是將精熟的技法手段和豐富的意蘊價值化為精美的藝術形式，表現深刻的藝術境界。

也就是說，好的藝術形式是由好的方法技巧與好的內蘊意境完美結合而成的。

這就像一個真正的武功高手，不但要有精妙的武術套路與招式，而且要有深厚的武功內力和超卓的武學修為。

僅有精美的武術套路和巧妙的拳劍招式，而無內力修為的人是不能成為真正的第一流的武功高手的。正如陳家洛雖學了精妙絕倫的一套「百花錯拳」，但卻不能戰勝「火手判官」張召重，只有再悟「庖丁解牛」的得道的武功才能步入一流高手之境。《鹿鼎記》中的阿珂，師從獨臂神尼，因為她是吳三桂的女兒，獨臂神尼只教她招式而不教她內力，所以她的武功始終只能算是四流之下。用以對付少林寺中的專管接待外客的小和尚及不學無術的韋小寶固然綽綽有餘，但遇到內功深厚些的人，就只能縛手縛腳、寸步難行。

世人愚魯，總以為練會了一些套路、招式，學會了一些方法、技巧，就可以成為武學高人，那不過是似是而非、癡心妄想。進而，僅僅在方法、技巧上推敲、斟酌，如作詩之人僅僅在平仄、字面上下功夫，那也不可能成為第一流的大詩人。

那麼，真正的好詩從何而來？

宋代大詩人陸游說得好，真正的好詩，其「功夫在詩外」。詩內尋詩，所得無非推敲之技，刻板的技法，非但不能作出好詩，只怕還會將詩人的才華和靈性都給浪費了。

「詩外」是指方法、技巧、形式之外，在武功上則是指套路、招式之外。詩外的世界對於一個真正的詩人而言才是一個真正的詩的世界。因為在真正的詩人——詩人就在詩之外——眼中，世事人生、自然萬物莫不可入詩，莫不可成詩。關鍵在於能否悟到它的詩質、看到它的詩意、表達出它的詩之形式（**這時才借助於方法、技巧**）。

武功高手的套路、招式之外，還應有內力、修養、見識等等。

一方面，無論多麼精妙的套路與招式，在武功高手眼中，都是「可破解」的。另一方面，一些低層次的、大眾化的武功招式，到了真正的武林高手的手中，則往往能發揮出巨大的、常人難以想像的威力。

在金庸的小說中，我們就能看到這樣的例子。如《天龍八部》一書的第十九回

《雖萬千人，吾往矣》一回書中，寫蕭峰在聚賢莊中與少林派高手玄難大師的一場打鬥，雙方都沒有使用高深的套路，玄難大師沒有使出他的少林絕技「拈花指」、「般若掌」，甚至沒有使出少林的「伏魔神拳」；而喬峰也沒有使出他的看家本領「降龍十八掌」以及其他的高深功夫，雙方僅是用一套再尋常不過的太祖長拳對打，然而卻打出了武術的最高境界！

這一段書，應該能使我們得到啟發。少林玄難與丐幫喬峰這兩位當世一流的武學高手居然會以「太祖長拳」這種較低級的大眾武功來打架，不僅出乎當場眾位武林人士的意料，同樣也出乎讀者的意料之外。這正是作者藝術上的化腐朽為神奇的能力體現。

這一段對打，在學術上也是有著深刻道理的。這意味著，在真正的高手那裡，任何一種平平無奇的武功招式和套路，都能發揮超常的巨大威力。進而，在真正的高手眼中，任何武功運用得當，都能克敵致勝，達到預期的效果。武功招式與套路的高級與低級、玄妙或大眾化並不是決定勝負的關鍵，也非表現武功的高低之分的關鍵。取勝的關鍵在於他們的內力的深淺、修為的厚薄，以及武功技能發揮的好壞。

武功之道是這樣，文藝之道也是這樣。形式（**招式，套路**）與技巧的高下優劣並不是決定性的因素，真正決定性的因素是人的修養與內力。如此，金庸用武俠小說的形式（**相當於玄難與喬峰的「太祖長拳」**）寫出高妙的藝術境界，就不是那麼難以理解了吧。

其實，將「太祖長拳」稱為「低級」武功並不妥當，因為同樣一套武功，在「低手」使出固然是平庸低劣，而在高手手中卻能發揮出巨大的威力。文藝也是一樣，武俠小說在那些平庸的作家手中固然使人難以卒讀，而在金庸的筆下卻變得精彩紛呈、妙趣無窮。強分武功招式的高低與強分文藝形式的雅俗，只是人們的一種淺見，若是將此淺見當成不可改變的金科玉律，那便大謬不然。

這使我們理解到，同樣是「大旨談情」，為什麼在曹雪芹的筆下，《紅樓夢》變成了傑出的藝術經典；同樣的談神說怪，為什麼吳承恩筆下的《西遊記》和蒲松齡的《聊齋志異》會成為傳世之作。而另外的那些言情之書、神魔小說大都因時過境遷而煙消雲散。言情小說、神魔小說是高級的藝術形式呢，還是低級的藝術形式呢？

相信金庸寫玄難與喬峰的那一場「太祖長拳」大戰，絕非無意之作。早在寫《碧血劍》時，金庸就已悟到了形式高下之分的相對性這個道理。《碧血劍》中也有一段類似的描寫，是說袁承志拜華山掌門、當世第一高手神劍仙猿穆人清為師，穆人清教袁承志的第一課，是要袁承志學「長拳十段錦」。這大大出乎袁承志的意料，因為他早已學過了這種學武之人的最初級的入門功夫，穆人清為當世第一高手，幹嘛不教他「絕活兒」？穆人清對他說：「你會？學得幾路勢子，就算會了麼？差得遠呢！你要是真的懂了長拳十段錦的奧妙，江湖上勝得過你的人就不多了。」（第三回）

就一般的情形而言，練習「太祖長拳」和「長拳十段錦」這種大眾化的武功的人，他們的功力相對較低，甚至處於入門階段。但不能因此而得出結論說這種武功只是一種「低手」們的武功，我們不能排斥真正的武學高手能將這樣的武功發揮到完美之境。因為武功是死的，但使用武功的人卻是活的，是人使武功，而非武功使人，這也是金庸本人一貫的思想。武功的招式套路是固定的，但使用武功招式套路的人的功力卻有深淺強弱之不同。武功的技法形式是可以活學活用的。

寫到這裡，使我們想到一個嚴重的方法論思想問題，即人們對形式與技巧的盲目迷信。正是因為有這種盲目而又固執的迷信，使許多學者和作家以及具有較為「正統」的思想意識的讀者，對武俠小說這種下里巴人的通俗文學形式不屑一顧。不分青紅皂白，不論金庸、梁羽生，統統置於「不屑」之列。

持這種認識的人，以為最好的武俠小說也只不過是武俠小說而已，只不過是通俗低級的文化商品而已，因為它的形式決定了一切。在他們看來，最好的武俠小說也不可能比得上中等水準的「純文學」作品，甚至比不上初等水準的「嚴肅文學」作品。一個純字，或一個嚴肅的詞彙，便足以使它們身價百倍。相反，一個俗字則意味著低級拙劣，不過爾爾。甚至會有人認為武俠小說這東西沒什麼技巧可言，無非是編故事而已。

進而，正是由於這種對形式與技巧的盲目迷信，使得我們的文學青年在試圖進入藝術之門時，總是想在技巧上學得絕招，在形式上學得秘術，從而玩出花樣，走上捷徑。這種想法固然可以說是一種本能的想法，但也未嘗不是我們傳統的文學觀念和理解的影響所致。

在傳統的文學觀念中，藝術的概念似乎就等於形式加技巧。通常的文學藝術評論文章的寫法，總是由時代背景、主題思想、人物性格的分析為主幹，而只在結尾部分才談一談藝術問題（**藝術特色**）。而所謂的藝術問題，則不過是對作品的形式與技巧進行最淺顯的概括。結構啦、語言啦、細節描寫啦……這些東西彷彿就是藝術的代名詞，這一傳統觀念實在是有些害人不淺。

針對我們的傳統文藝觀點重內容與主題而不重視藝術的偏頗（**這一偏頗來源於文以載道這種文化價值觀**），現在有不少的人開始重視藝術了，開始大談特談藝術了。開始將作品的藝術性置於評價系統的核心地位了。這是一種可喜的變化，但在另一方面卻又令人擔憂。實際上，在這種理論觀念改變之後，並沒有給創作界帶來真正的生機。如文學界提出文體論之後，並沒有出現讓人滿意的作品，在電影界提出電影化之後，電影家們也沒有拍出什麼高檔的純電影。

之所以如此，那是源於一種誤解，即將藝術性等同於形式和技巧，將藝術論的對象和範疇看成是形式與技巧的研究，將藝術的創作看成是形式的構成與技巧的發揮。大約很多人都以為上述的三個等式並沒有錯。除了形式和技巧，藝術還有什麼呢？

藝術不等於形式加技巧，模仿一種新的形式（**相當於練武之人學到了一種新套路**）或學習了一種新的技巧（**相當於練武之人對絕招的崇拜**）並不等於一個人就可以成為作家了，更不等於他的藝術水準就已提高了，尤其不能說是他已經找到了藝術真諦。而是相反，藝術的真諦不在這裡，不在新形式與新技法的簡單相加，而在於對這種形式與技巧的靈活自如而又恰到好處的運用。

一個人要真正地成為一個好的藝術家、文學家，固然需要學習形式與技巧等專業語言，但學會了這種專業語言並不等於他就會說話了，成為藝術家了。除此之外，他還必須有自己的獨特的感覺、悟性、修養、個性，這些東西我們看不見、摸不著，然而卻是至關重要的因素。因為衡量一位藝術家的成就，是要看他是否對世界與人生具有獨特的感受方式，以及運用自己的專業語言（**形式與技巧**）而形成自己獨特的表達方式。

這種感受方式與表達方式才是至關重要的。只有獲得了深厚的內力（**藝術修養、藝術功力及藝術感受力**）才能使形式與技巧真正發揮作用，才能使形式與技巧具有意義。那種僅追求形式與技巧的絕活或新招的人不可能成為真正的藝術家，而只能成為欲速則不達的迷途的羔羊，甚至成為刻舟求劍的蠢才。

金庸對此有著深刻的理解。他在《笑傲江湖》一書中，將華山派的劍宗與氣宗（相當於形式技巧派與內力氣功派）的區別，通過岳不群之口——這人不是什麼好人，但他的見識卻是不凡，我們不能因人廢言——說得清清楚楚：「大家都練十年，定是劍宗占上風；各練二十年，那是各擅勝場，難分上下，要到二十年之後，練氣宗功夫的才漸漸地越來越強，到得三十年時，練劍宗功夫的便再也不能望氣宗之項背了。」（第九回）。這一段話，應該對一門心思專注於形式技巧的人有所啟示。雖然文學不同於武功，但「文以氣為主」，要想作品達到「氣韻生動」的藝術境界，光靠形式與技巧是不能解決問題的。因此必須在內力與「氣」上下功夫才是。

其次，形式與技巧也還有一個適應不適應的問題。就像同是田徑運動員，田賽與徑賽不同；甚至同是跑步運動員，長跑與短跑不一樣，就是短跑也還分為六十米、一百米、兩百米等等，各不相同。他山之石，固可攻玉，若不能自出機杼，是不能成為好的藝術家的。風清揚在《笑傲江湖》中對令狐冲說，若不能自出機杼，是不能成為真正的大詩人的。這句話同樣能給我們以啟示。而自出機杼，則不是形式與技巧所能決定得了的。

再次，我們把形式與技巧當成一種固定不變的程式，那就更是大錯而特錯了。

「八股文」的悲劇便是由此產生的。作為一種文章作法，即作為一種形式與技法原則，它也不失為一種很好的東西，但是若要將它變成天下所有的讀書人科舉考試的唯一方法，當成文章寫法的不二法門，那就要了文章和做文章的人的命。說到底，形式與技巧，只是作者的藝術感受及其特殊感覺方式的外殼。只是表達方式的材料，若是感受不同，其感受與表達的方式自然也就不同。若是將形式與技巧當成一成不變的套路與招式，那實際等於捨本求末。所以風清揚對令狐冲說：

「招數是死的，發招之人卻是活的。死的招數使得再妙，遇上活招數，免不了縛手縛腳，只有任人屠戮。這個『活』字，你要牢牢記住了。學招時要活學，使招時要活使。倘若拘泥不化，便練熟了幾千萬手絕招，遇上了真正的高手，終究還是給人家破得乾乾淨淨，」（**第十回**）。

最後，形式與技巧不僅有一種適應性、靈活性，而且還有其隨意性。真正的藝術形式與技巧，常常是行雲流水、任意所之。所以古人說此為天籟之音，是藝術的最高境界。羚羊掛角，無跡可尋，才是真正的藝術奧妙，藝術創作不是生搬硬套便可完成的。所以，大文豪魯迅先生告誡青年「不要看《小說做法》之類的書」，以免走上藝術歧途。而另一位文豪巴金則說「藝術的最高技巧是無技巧」。

何謂「藝術的最高技巧是無技巧」？

金庸在小說《倚天屠龍記》中寫武當派創始人張三丰於大敵當前之際傳授徒孫

張無忌太極劍，不僅當著敵人的面傳劍，而且傳授的劍術招式又先後不一樣。尤其令人震驚的是，張三丰不是要張無忌「記住」招式，而是要他將所學的太極劍的招式全部「忘記」，這才去與劍術高手對打。結果張無忌果然以此「無招」的太極劍法打敗了劍術高手「八臂神仙」方東白。因為金庸明確地說出了劍術的最妙的招式是「無招」。這似乎正是從「無技巧」之論而來。並且，金庸提出了一個與「劍招」（**形式與技法**）相對應的概念：劍意。明確地指出此劍意比劍招遠為重要。這裡的劍意，大約是指「精神實質」，若無深厚的內力修為以及很高的悟性，是很難領會「劍意」的。那只有照葫蘆畫瓢，學點末流的技藝。

我們這樣說，只是對那種過分盲目迷信形式與技巧的糊塗觀念的一種反駁。說明藝術不等於形式加技巧，而是大於形式加技巧。這並不是說形式與技巧完全不重要，更不是要否定形式與技巧的存在。

任何藝術作品總是要以一定的形式存在著，而且藝術創作總是需要一定的形式規範及其原則的指導。而作品形式的構成，則必然有技巧的存在和作用。所謂「無技巧」，並不是指「沒有技巧」，而是指「看不出」它的技巧，是所謂「大音稀聲」、「大象無形」的意思。所謂「無招」也並不等於說一點招式也沒有，而是指不拘泥、不刻板、靈活多變，有如獨孤求敗所創、風清揚所傳、令狐冲所學的「獨孤九劍」。無論多麼高妙的劍意，當然都要以一定的劍招（**形式**）表現出來。離開了套路、招式即無武術可言，因為光憑劍意是不能克敵制勝的。

文學當然也是如此。離開了形式即無藝術可言，離開了具體的敘事方法、人物形象及其技巧與形式，那就架空了藝術。

看起來我們轉了一個圈子似乎又繞了回來。實際上當然不是的。我們只是說，要從一個更高、也更深的角度去認識藝術，從一個更高、更深的角度去理解藝術的方法、技巧、形式及其意義。我們說過，陳家洛學會了「庖丁解牛掌」才算是「入道」，那是因為「庖丁解牛」是一個寓言。其中有沒有形式呢？也是有的，而且是更為美妙、更為自如的形式。書中寫道：「陳家洛合著曲子節拍，緩步前攻，趨退轉合，瀟灑異常。」又「到後來猶如行雲流水，進退趨止，莫不中節。」如此美妙的形式，正是人類夢寐以求的一種超凡的藝術境界。

這種形式，可謂天籟之聲，行雲流水之形，是真正的藝術形式。「解牛」顯然不過是毫末之技，是低級的活兒，然而庖丁解牛，卻有「大道」在焉。陳家洛從中悟出了武功的道理和方法，我們何嘗不可以從中悟到文藝的道理和秘奧？

在前文中，我們曾經引述過陳世驤先生的話：「藝術天才，在不斷克服文類與材料之困難。金庸小說之大成，此予所以折服也。」金庸的武俠小說是如何克服通俗傳奇文學這一文類的模式局限及其材料的困難，而得以達到大成的境界，我們在前兩卷書中已經作了基礎性的分析，看到了金庸的招式、套路、方法、技巧上的與眾不同的高深精妙、新穎獨創。但這一課題我們還只完成了基礎部分，即外功的部分，而對內功部分卻尚待研究。

由於尚未明白金庸小說的「內功心法」，所以我們對其小說的招式、套路的真正奧妙還不能說已是洞悉透澈。這一點，正是我們在這一卷書中所要努力探索的。

金庸小說給人的總體印象及其藝術的奧妙，可以用下面幾句話來概括：似武非武，似俠非俠，似奇非奇，似俗非俗。這幾句話的意思，並不是一種判斷，說金庸小說似是而非，而是一種概括，說金庸小說有似與非二重性。金庸的小說，是由這「似」與「非」兩個層次組成的。

前面兩卷書，我們專門探討其「似」的層次，即金庸如何創造出他的武、俠、奇、俗的故事來。在這一卷書中，我們則要探討其似而不是的二重性。即金庸的小說，是寫了武、寫了俠、寫了奇、寫了情，可以說是武、是俠、是奇、是情；但又不僅僅是武、不僅僅是俠、不僅僅是情、不僅僅是奇。所以說似武非武，似俠非俠，似奇非奇，似俗非俗。說得更明白一點，即：

似武，卻又是假武術、真藝術與學術。

似俠，卻又是假俠之名，寫人物、寫人性、寫人生故事。俠如此，魔當然也是如此。

似奇，卻又是借傳奇來表現世界與人生的本質或真相，故奇而致真。似俗，看似商品文化，不能不迎合世俗，卻又不僅是純粹的娛樂消遣，而是抒寫世間的悲歡，表達深刻的人生感悟，具有鮮明的個性特徵，可謂俗文之中蘊有大雅高深之意境。

通常的武俠小說只有「似是」這一層次，而無「非是」這一層次。所以通常的讀者，對金庸小說的「非是」的內蘊層次也常常視而不見，將它輕易地放過。如此談論金庸小說的藝術，自然不可能深入堂奧。

金庸的小說內蘊豐富、意境深廣，不僅有精彩的故事、鮮明的人物、精妙的技巧和方法，更有言外之意，韻外之致，道理禪機。不僅有可視可談的形式，而且也有需品需悟的境界。即不僅有藝術的第一項（**外觀形式**），而且有藝術的第二項（**形而上的深層次**）。

對於金庸的小說，實不能讀「流」了。不能僅僅是看情節曲折跌宕，看人物你正我邪，你方唱罷我登臺。那樣，既不能領略金庸小說的字裡行間的微言精義，更不能把握金庸小說的整體的藝術境界。那樣，就忽視了金庸的藝術創作的內功心法，而只看到其招式套路，又怎能明白金氏功夫的高深厚重之妙？

下面各章，我們要具體地談一談金庸的小說何以謂似武非武，似俠非俠，又何以能似奇非奇，似俗非俗。

第二章
俗而能雅

金庸小說的最突出的藝術特徵是雅俗共賞。這使金庸的讀者群最為龐大，而又最為複雜。專家學者、教授通人、政客商家、知識分子、工人農民、販夫走卒，其中都有金庸迷。

對此，我們在《金庸小說賞析》及《金庸小說之謎》等書中都已作過分析。在《金庸小說之謎・雅俗篇》中，我們更是對金庸小說的雅俗共賞的藝術特徵進行了專門的討論。本來，對這一問題，我們已無需再說，但我們一來要探討金庸小說的藝術境界的奧妙及金庸小說創作的藝術的內功心法，二來學術界及許多讀者中仍然還有許多不開竅的「五嶽劍派」的弟子。所以，就這一題目，我們仍是要論一論、說一說。

雅俗共賞，這不僅是一種普通的藝術特徵，更是一種難能可貴的藝術境界。

探索這一藝術境界的形成因素及其方法與過程，對於金庸小說藝術創作的「內功心法」極為重要。

首先當然是這一審美藝術境界的性質和價值需要再作論證。即雅俗共賞的藝術境界是否是可能的？是否有那麼大的價值？

關於這一藝術境界是否可能，其實並不難以論證。我們在《雅俗篇》中提出了兩條硬梆梆的證據。

其一是哲學依據。老子道：「道可道，非常道；名可名，非常名。」這就叫我們不可拘泥刻板，呆板教條。雅可雅、俗可俗，俗亦可雅，雅亦可俗，既能一分為二，何嘗不可以合二而一？

其二是歷史依據。我們從宋詞、元曲、明清小說的發展過程，即從風塵俗世到大雅之堂的地位變化中便可看到俗與雅的相對性。當年的柳永之詞；關、王、馬、白之曲；吳承恩的《西遊記》、羅貫中的《三國演義》、施耐庵的《水滸傳》乃至曹雪芹的《紅樓夢》，無不是當時的「俗文學」而又是後代的「文雅經典」。我們對金庸的武俠小說又怎可如此執著於雅俗之名、雅俗之形、雅俗之道？

按說這一問題作為一個理論的問題是已經得到論證、得到解決了。

不過，這種理論證論對於一部分讀者與學者來說似乎絲毫沒有幫助。他們也有兩點依據。

一是中國人的頭腦裡古來就有了正宗與非正宗，或正統與非正統的機械分野，此事關重大。不光是雅與俗的問題，而是正統與非正統的問題。進而，中國人近幾十年來一直都生活在一種非黑即白、黑白分明的文化價值判斷標準的支配之下，不是東風壓倒西風，便是西風壓倒東風的「方法論原則」，業已生根開花結果，實是再難改變，除非有中央文件。

二是現時代中的雅文化與俗文化的矛盾衝突極為強烈，分野越來越明顯，差距越來越大，大有各走極端，向兩極化發展的趨勢。即雅的極雅，曲高和寡：俗的極俗，濫竽充數。一方面文人開始「稻粱謀」，再也不談藝術，不談高雅，也不信藝術，不信高雅；另一方面雅文學及其先鋒文化則曲高和寡孤軍奮戰，陷於四面「下海」的潮聲之中，而更增其悲壯激烈的獻身精神，此種人決難容俗……總之是各走極端，還是東風與西風的關係。還是水火不相容的思維方式及價值判斷標準，奈何？

其實也並非完全無可奈何，純粹的理論思辨雖然是非分明卻難以說服，那麼我們只有一條路可走，那就是評論金庸小說，讓事實來說話。而這也正是我們所要做的，也是我們應該做的。

也許我們壓根就用不著說服誰。也用不著想要說服誰。有哲學依據，有歷史論證，那可以幫助我們更深入地探討和分析金庸小說的藝術奧妙及審美創作的秘訣。有作品事實擺在那兒，也不是要說服誰，而是更好地分析問題，對「金迷」朋友更好地讀金庸有所幫助、有所啟發，如此而已。

通俗文學有三大特點。即：

一、功能的通俗性：娛樂性；

二、形式的通俗性：模式化；

三、價值的通俗性：迎合世俗；

與之相對應，高雅文學（**純文學**）也有三大特徵。即：

一、功能特點：探索性；

二、形式特點，獨創性，

三、價值特點，表現自我。

我們說金庸的小說俗而能雅或雅俗共賞，那是因為它將上述俗文學的三大特徵與雅文學的三大特徵結合在一起了。從而金庸小說的功能特點，形式特點，價值特點如下：

一、功能方面：娛樂性與探索性相結合，

二、形式方面：模式化與獨創性相結合；

三、價值方面：從俗與自我表現相結合。

如此，金庸的小說創作，打破了俗文學與雅文學的嚴陣對壘，為雅、俗對峙的文化衝突開拓了一種新的局面，一條新的路子，創出了一種新的方法，形成了一種新的審美境界。不僅勾通了雅俗，在二者之間搭起了一座橋樑，而且還使二者渾然一體，難解難分，因而又可謂超乎雅俗分野之上的廣袤深邃的大境界。

下面我們就以上所提的三個特徵進行具體的分析論證。

一、娛樂性與探索性

金庸的小說是道道地地的武俠小說，只不過是新派武俠小說，且是新派武俠小說中的佼佼不群者。

金庸的小說不同於通常的純、雅文學，這一點是可以一目了然的。在功能方面，它具有通常的通俗文學及其一脈武俠小說的最大的特徵，即娛樂遣興的特徵。金庸的小說中同樣有打打殺殺、卿卿我我、哭哭笑笑、神神秘秘、曲曲折折、驚驚險險。凡讀過金庸小說的人都有體會，不必多說。金庸自稱寫作武俠小說的目的是「自娛復能娛人」。這一目的他達到了。無數金迷廢寢忘食、通宵達旦讀金庸；而又唾沫橫飛、面紅耳赤說金庸；神馳意往、繞梁三日憶金庸；東奔西走、朝暮旦夕借金庸、買金庸、租金庸……就是最好的證明。

因此，這一節的重點，我們倒要放在對金庸小說的「探索性」的論證上。即要論證金庸小說與通常的武俠小說有何不同之處，而又與高雅文學有何異曲同工之處。

（一）從可讀到可品

金庸的小說與一般的武俠小說及一般的高雅文學都是不同的。一般的武俠小說、通俗文學是可讀性強而可品性差，耐人尋味的東西少；而一般的高雅文學則相反，可品性強，而可讀性卻不夠，往往使人感到生澀難懂，甚至使人望而卻步、曲高和寡，可不是說它的可讀性差麼？

而金庸的小說則兼二者之長，既具有可讀性，又具有可品性，形式上接近於通俗的武俠小說，而內容意蘊上則又與高雅純粹的文學藝術相通。我們在《金庸小說賞析》中曾說過金庸的小說好看而又耐看，就是可讀性強、可品性亦強的意思。

一方面，金庸堅持「自娛復能娛人」的創作初衷，即保持作品的可讀性與娛樂性（**可讀性是娛樂性的基礎**），而另一方面，作者並不以此為限，而是以此為基礎，不是以此為目的，而是以此為出發點，來探索武俠小說「抒寫世間悲歡，表達較深的人生境界」的可能性，並努力實踐這一審美目標。

反過來，金庸要在小說中抒寫人世的悲歡、表達人生的苦樂及其諸多感慨，並為此而建立高深的審美目標及審美境界，卻又不脫其武俠小說的外形，始終保持它的可讀性，使任何不懂藝術門道的人都有熱鬧可看。

要做到這一點是極不容易的。因為這簡直是要水火相容、冰炭同爐，但金庸做到了。他創造了這樣的奇蹟。

最好的例子，莫過於我們在上一章所列舉的玄難、喬峰的「太祖長拳」之戰，這一奇妙的場景，當然是一種大有深意的寓言，也是作者獨特的審美理想的象徵性的表現。通常的武功高手比武打鬥，都是要用高深的武功套路及深奧的複雜招式，它是「高深」，但尋常的武師，誰能懂得少林派「拈花指」或「無相神功」的奧妙？誰又能懂得丐幫的「降龍十八掌」或「打狗棒法」的真諦？即使看了，也只不過是眼花繚亂、莫明其妙而已。那樣的武功顯然沒有什麼可讀性。

反過來，若是尋常的武士比武打鬥，當然不會什麼高深的武功如「六脈神劍」、「斗轉星移」之類，而只能用「長拳八段錦」、「太祖長拳」這一類的尋常的武功。這武功人人都會，至少是人人都能看得清楚明白，極為通俗易懂，但這卻並非「高深武學」功夫。可是，作者金庸卻要硬創奇蹟，讓玄難、喬峰這兩位當世一流、乃至超一流的絕頂高手在比武搏擊中使用人人都會的「太祖長拳」！

玄難與喬峰所使的確確實實是說一不二的「太祖長拳」，一招一式都是大家常用常練的熟套。然而在玄難的手中卻具有如此不可思議的威力，而在喬峰的手中則更是打出了許多武士畢生夢寐以求的理想絕境。當然更多的人恐怕連做夢都不會想到，一套尋常凡俗的「太祖長拳」居然會有如此威力、如此境界，如此可驚可歎、可圈可點、令人神馳、更令人尋味。

金庸的武俠小說也像是喬峰打出的「太祖長拳」，招式是人人都會、人人都看得明白、人人都喜歡看的，然而它的威力與境界卻又是人人都想不到、人人都須再三再四地尋摸品味才能體會一二的。

「太祖長拳」到了喬峰之手，正像武俠小說到了金庸之手，套路招式雖然不變，內力心法卻是高深之至。

（二）從消遣到尋思

讓我們接著前面的話題往下說。當時在聚賢莊上的千餘位武林好手，忽然見到大家都熟的套路現在變得如此不可思議，即便是出自他們的「仇人」、「大魔頭」喬峰之手，也還是忍不住要大聲喝彩，叫好稱妙。進而有人悟到這樣為對頭喝彩大為不妥，就想不再出聲，可看到那種精妙絕倫、完美無缺的武功境界，卻還是忍不住要「哦」、「嘿」、「哦」的由衷讚歎。

千百人的「哦」、「哦」之聲一齊出口，即便是克制音量，仍然是震撼人心的。為什麼會這樣呢？一是因為他們讀懂了（**若是改為高深如「六脈神劍」之類的武功，他們就未必讀得懂了**），因而忍不住要喝采，二是因為他們原先壓根兒就沒有料到會有這樣的武學境界，而出乎意料，這樣的境界卻實實在在地出現在他們的面前，因而禁不住也要喝采。因為驚喜，更因為料想不到。

讀者閱讀金庸的小說也同樣會有這樣的效果。

當然要分兩種。一種是通常的讀者，他們讀金庸與讀其他的武俠小說並沒有兩樣的心思，甚至也沒有什麼兩樣的感受，都是熱鬧有趣、緊張吸引人而已，他們所求，原不過是要消遣時光，在武俠傳奇的緊張的氛圍中，曲折的懸念及變化多端的情節發展中完全被迷住，完全忘卻時光的流逝，忘卻自我的存在，忘卻生活的卑瑣、凡俗、辛酸和一切憂患、顧慮、傷心，逃入一個完全不相干的神秘而又曲折的幻想世界，在童話般單純而又像迷宮般複雜的江湖恩怨及刀光劍影之中度過一段夢境一般令人興奮的生命過程。

另一部分讀者，原本也只是隨武俠小說的尋常的情節套路和基本模式組成的曲折發展的故事線索去作一番神遊的，可是遊著遊著、讀著讀著，卻發現金庸小說的情節線索並不是像尋常的武俠小說中那樣，僅是一根黑洞中的細繩，牽著讀者到人造的神秘黑洞中走上一番歷險之路，而是發現金庸小說的情節把我們帶入了一個燈火通明、五花十色的的神秘的樂園，兩旁的風景美不勝收而又觀之不盡，我們發現了一個精彩紛呈的藝術世界。當真是出乎意料地別有洞天，我們發現這一奇異的藝術洞天之中的人物既非木雕銅塑，又非蠟像泥人，而是活生生鮮艷艷、喜怒哀樂一應俱全的靈魂。

進而我們又發現這些小說的情節發展中展示了人物的靈魂形象，他們的個性氣質。進而我們還發現這些情節線索的發展依據和邏輯，正是人物的性格及人生的命運。進而我們又發現這一藝術世界正是我們現實人生世界的奇異的投影、豐富的表象和深刻的寓言。進而我們還讀到了作者對人世悲歡的感慨，對人生禍福的洞察，對人性癡、嗔、貪、愚的卓越表現，及對人心的常態、變態的細緻的描寫。進而……我們不斷地有所發現，不斷地出乎意料，不斷地驚訝和不斷地受到震撼：千姿百態。千奇百怪。千變萬化。耐人尋思。

而所有的這一切，都是作者內力貫注的創造，獨特心法的表現。之所以別有藝術洞天，原正是作者的審美探索和追求。

這一份望外之喜，非但在通常的武俠小說中得不到，在通常的純文學、雅文學作品中又豈能輕易的獲得？即使能獲得某種人生的感悟及藝術的啟迪，那也是「原該如此」，而決無這樣的望外之喜。更不用說金庸所創的藝術世界天地之寬廣、境界之深幽，並不是一般的小家子氣的純文學作品所能望其項背。而金庸小說的任意揮灑、自由如行雲流水的大匠寫意的文章，更使所有刻意求工、雕龍雕蟲的雅文學家汗顏無地。

（三）從發洩到吸收

一般通俗文學的功能——娛樂性——無非是讓人消遣並供人宣洩某種在日常生

活中無法或難以得到宣洩的情緒。武俠小說刀光劍影、快意恩仇，更可以滿足讀者的「好鬥」之心理，讓人發洩仇怨嗔怒的種種惡劣情緒，生活的鬱悶憤懣得以象徵性的消解，在「內摹仿」中宣洩一空，而後大樂，而後輕鬆。至若快意恩仇加之黃金美女相伴相擁等等現實人生之中無法實現的自由、富裕、快樂的夢想、激情及因求之不得而產生的期盼與焦慮，亦都可以在此神奇的閱讀——摹仿——宣洩的過程中得以虛擬的實現。

金庸的小說自然也具有這樣的功能。只不過，尋常的武俠小說供宣洩則有餘，說「營養」卻不夠。而金庸的小說在這一點上就大非尋常的武俠作品可比了。有心的讀者在金庸的小說中，不僅可以獲得宣洩的愉悅，更可以獲得豐富的精神營養。

金庸的小說縱橫萬里，其中人物南來北往東奔西走，雖是情節發展的需要，客觀上卻做了我們暢遊祖國萬里江山、領略千種風情的導遊人。金庸對祖國的名城故都、古蹟名勝、名山大川、沙漠戈壁、草原海洋……等各式各樣的自然景觀和人文景觀進行了準確的、細緻的而又是生動的藝術描寫，我們可以坐擁山水、神遊乾坤。至於山容水意、花態柳情、東西南北、春夏秋冬的四季風景、八荒秀色，那是更不必說了。

金庸的小說上下千年，讓我們對遼、金、宋、元、明、清歷朝歷代的歷史線索、民族矛盾、政治體制、典章文物以及野史典故、神話傳說等都能有所領略。重點之處，更是精細生動、真實豐富。像是歷史的解說員。

金庸的小說中不但有詩詞歌賦、琴棋書畫、醫卜星相，而且有佛經道藏、儒墨之書，乃至摩尼教等奇異教派的經典習俗。至於文章典故則更是信手拈來，俯拾即是。這又像是祖國文化的教科書。

金庸小說中更有歷朝歷代、各個民族以及各個地域的風俗民情穿插其中。

金庸的小說給我們的最有價值的精神營養，除了自然地理、歷史講說、文化經典、風俗民情之外，更主要的當然還是對人性的透澈剖析和對人生的深刻的啟發。而金庸優雅的文筆、生動的語言、深幽的藝術境界本身，又何嘗不是一種精神營養？

以上種種，在金庸的小說中都是客觀存在著，對有心的讀者可謂是極為豐厚的饋贈。這些饋贈不僅加重了金庸小說的藝術分量，而且也改變了它的審美性質和功能。即讀金庸的小說可以娛樂遣興，但又決非只是娛樂遣興而已。

二、模式與獨創性

通俗文學之所以能夠成為大眾歡迎的暢銷書，重要的原因之一是它具有人們喜聞樂見的形式。因為只有這樣，它們才能在商品文化市場上成為受歡迎的商品。

所謂人們喜聞樂見的形式，首先當然是說它通俗易懂，簡明易讀，而且顯然要有吸引人的情節內容及符合人們欣賞口味的快節奏等等。其次是一個民族在長期的文化發展中長期積澱下來某些固定的文學模式。由於它是傳統的積澱，因而符合本民族的一般審美心理，所以很容易被大眾所接受和喜愛。

武俠小說及其五六十年代在港臺地區發展起來的新派武俠小說，正是這樣一種廣泛受歡迎的文學形式。進而，受歡迎的不僅是這樣一些形式，還包括在武俠小說創作、閱讀過程中所形成的一些基本的套路，一些基本的故事模式。這一話題我們以前也曾說過，因而在此就不多說了。

金庸的小說也是利用了這些基本套路和模式來進行創作的。

關於武俠小說的模式，可以有三種不同的概括表述。

第一種表述是武俠小說發展到今天，不僅繼承了傳統的武俠小說（俠義小說）的基本傳統，而且還引進了言情小說、演史小說、神怪小說的一些基本套路與模式，從而更加新穎也更加豐富。

第二種表述是武俠小說有四大要素，即武、俠、情、奇。即寫武、寫俠、寫情、傳奇，前三者為內容要素，後者則為形式特徵。

第三種表述是，新派武俠小說逐漸形成了某些特有的故事套路，即情節模式。

比如①民族鬥爭模式；②復仇模式；③奪寶模式；④行俠模式；⑤情變模式；⑥伏魔模式；⑦偵探破案模式；⑧神秘推理模式；⑨恐怖模式……等等。這些模式中，有一部分顯然是從其他國家的現代通俗文學模式中借鑒或引進的。

金庸的小說比較特別的地方，在於它運用了上述所有的模式來進行創作，但卻又不同於一般的武俠小說，最根本的一條，就是金庸具有一種非常明顯、也非常執著的獨創精神。而且這種獨創精神及獨創性的藝術追求，也使金庸的小說創作取得了輝煌的成就。

具體地說，金庸的獨創性，表現在以下幾個方面。

（一）在《敘事藝術論》中，我們已經指出，在金庸的小說中，所有的武俠小說的招式與套路都是存在的，但卻又並不是作為一種單一的或自足的模式，而只是作為一種因素，一種組成新的小說形式整體的有機元素而存在，金庸可以說是在耍「百花錯拳」，大大的出其不意，而又似是而非。進而，金庸的小說並沒有將上述任何一種模式當成小說的唯一的形式構成方法。即金庸的小說中有武、有俠、有情、有史、有神魔、有復仇、有民族鬥爭、有報恩、有行俠……簡直五花八門，什麼都有，但卻找不到純粹的復仇小說，或言情小說，或是民族鬥爭小說，或其他什麼模式的小說。所有的模式都已化成了新的小說整體的招式，並成了新的有機體的一種自然的和不可分割的組成部分。

在同一部作品中，往往哪路拳法都有，哪一種因素都有。即便是最短的小說如《越女劍》這樣一個短篇，一共只萬餘字，我們也不知道該說它是「復仇小說」、「言情小說」還是「歷史小說」，因為它都包括了。

還有《白馬嘯西風》這部中篇，也很短，通常我們都以它為言情小說一類，其實它包括了復仇、情變、搶寶、神秘、恐怖等多種成分，而且還包括了民族風情及民族間的矛盾，甚至還包括了一段年代久遠的唐時西域高昌國的歷史傳奇。金庸的小說像是音樂上的交響樂一樣，包括了不同的聲部和不同的情節線索。用武俠本身的話說是十足的「百花錯拳」。這我們已說過了。

（二）金庸小說的獨創性，更表現在他獨創了一種敘事模式，那就是一位少年的成長、成才、成功的故事或曰學藝上、情感上、人生上的苦難的歷程。這我們在「敘事藝術論」中也已談及。只是我們並沒有對這種獨特的敘事模式進行認真的總結和分析。它的意義至少有以下幾點：首先是金庸的獨門功夫，迄今為止，也沒人寫出像金庸的《射鵰英雄傳》、《神鵰俠侶》這樣的真正的人生故事來。只有金庸的小說具有這樣的特點。

其次，是這樣的人生故事正如上述，既是他們的成才與成功的人生故事，同時又是他們的人生與情感的苦難歷程，這就使得這種小說超越了故事形式，而且具有極為複雜的結構形式與極為廣闊的表現空間。再次，這種人生故事實質上使金庸的小說超出了俗文學的層次目標，而具有深刻的思想內容及獨特的藝術風采。因為作者已將「俠文學」昇華到「人的文學」的高雅層次，同時又在「武打小說」的通俗性的基礎上建構了具有獨創性的藝術天地。

（三）我們在前文中已經提及，金庸的小說有「似武非武，似俠非俠」的特點。這正是金庸的獨創性的最好的說明。武俠小說的最基本的兩大要素，或曰兩大支柱，都被金庸改裝了，深化了，從而「變質」了。——表面形式上，武還是武，俠還是俠，但看其本質，武又是藝術、又是學術，更是人的個性形象的一種獨特的表現形式與表達方法。而俠以及與之相對的邪魔惡人，則一方面作為作者的一種人格理想的審美形式而存在，另一方面又是人性的不同層次、不同側面、不同表現形式的象徵。

金庸小說的俠的世界實際上是活生生的人的世界，其中有著不同的個性氣質、不同的形象特徵及不同的心態情緒的深刻的展示，而這一點，也使金庸的小說達到了純文學的高雅層次。這種獨創性及探索性，在其他的武俠小說作家作品中是找不到的。

（四）金庸小說的人生故事，並不是一種固定的敘事模式，它經常只作為作品的一種情節線索，勾連起作品的結構形式。而作品的結構形式的整體，則往往能夠表現各種各樣的思想主題以及各種不同的藝術境界。就像魔術方塊一樣，有多種多樣的組合形式，更有著豐富的表意境界。金庸不僅在敘述形而下的人物的故事，同時又在探索著形而上的「人」的——人性及人生的普遍本質——奧秘。這使得金庸小說具有形而下與形而上的二重建構，這正是現代主義的文學藝術的一個突出的特徵。關於這一點，我們在後文中還將詳細論及。

（五）最能表現金庸的獨創性及其探索精神的，在於他不僅不願意重複別人，而且也不願意重複自己。金庸的十五部長、中、短篇作品，雖不能說全都是傑作，但卻至少全都超出了武俠小說的最好的水平線。這十五部作品雖不能說絕對互不相同，但至少是互相之間有著非常明顯的差異。在人物性格上、主題內容上、結構形式上、表現方法上、審美境界上，都有顯著的差異。那是因為作者不想自己重複自己，而希望能做到不斷地突破自己，不斷地創新，不斷地攀登藝術的新高峰。而不是輕車熟路地重複再重複。

金庸說：「一個作者不應當總是重複自己的風格與形式，要盡可能地嘗試一些新的創造。」（《鹿鼎記・後記》）這表明他是完全按照真正藝術家的高標準、嚴要求來對待自己的創作。金庸用自己的行動證明了他追求獨創性與探索性的志向，不僅以他的創作的成功來證明，而且以他的封筆來證明。——正當金庸如日中天之際，尚在盛年的金庸宣布封刀罷筆，不再寫武俠小說。這使讀者以及其他的作者極其遺憾、又極其迷惑不解，其根本的原因正是作者要證明自己的獨創性及探索精神。

到《鹿鼎記》之後，作者無法越過自己創造的高原（應該稱高峰），無法再創造出更新、更好的作品了，就乾脆不再寫了，寧願花十年的時間去修訂自己早已名滿天下的舊作。這是雙重的嚴肅的證明。寧缺而不濫，寧封刀而不湊數，這符合金庸一貫的創新突破、不斷攀高峰的精神。而修訂舊作，更是對讀者負責，對自己負責，對藝術負責。

在《金庸小說之謎》的《創新篇》中，我們曾對作者的創新追求作過一些具體的舉例分析。在那一篇中，分析了金庸作品的主人公的個性審美形象的變化與創新、主題的變化與深化、作品敘事形式規範（模式）的變化等等。這些變化表明作者在不斷努力地突破自己，超越自己，創出新招，開拓新路，那時，金庸早已是「武林至尊」了，在他之前已經無人可以超越了，他的對手只是自己已經獲得成功的作品，所以他只有自己與自己作戰。這樣一種精神是任何武俠小說作家都無法比擬的，甚至是俗文學界無法想像的。唯有金庸如是。

三、從俗與自我表現

通俗文學的生存和發展，不僅需有大眾喜聞樂見的形式及易於接受的模式，而且還需要在價值取向上能為大眾所理解、欣賞和接受。也就是說，通俗文學的作家不得不迎合讀者、迎合觀眾。因為讀者即買主，買主即「上帝」。「上帝」的口味誰敢不去適應、不去迎合？

等而下之的作家作品則走向了媚俗。

這一點，比之通俗文學的娛樂功能、類型模式更使雅士高人所輕蔑。這也是文學的雅與俗的最後的分水嶺。

純文學作家作品最突出的、最寶貴的、最被珍視的特徵，就在於它的鮮明個性及其自我表現性。表現自己對世界人生的感受，表現自己的世界觀，人生觀、價值觀，表現自己的獨特的感受方式及藝術把握的方式……（**當然不能把自我表現理解成「寫自己」這麼簡單機械**）——它最忌的便是從眾與媚俗，沒有自己的價值觀，沒有自己的是非判斷，沒有自己的獨特感受，也沒有自己的表現形式，而只有你要買什麼我就賣什麼，或市場上能銷售什麼我就生產什麼。

對武俠小說創作而言，這種從俗乃至媚俗的市場決定一切的價值取向並非少見，簡直有些氾濫成災了。武俠小說普遍品質低劣，被人瞧不起，其主要原因就是這個。

就武俠小說而言，一般的讀者的要求是：一、打得要凶；二、愛得要烈；三、事情要奇；四、懸念要多；五、節奏要快；六、俠邪分明；七、團圓結局。這七點要求，既包括人性的渴望，又包括時代生活的特徵，還包括民族文化傳統的審美心理習慣定式。雖然層次較低，倒也還屬於中性，至少可以理解，也可以容忍。

然而等而下之的媚俗作者及其作品卻將以上的要求更進一步降低標準，或說推向下流，將以上的幾點變成了：一、打得要凶，血腥殘酷；二、愛得要烈，淫蕩色情；三、事情要奇，荒誕不經；四、懸念要多，漏洞百出；五、節奏要快，偷工減料；六、正邪分明，千人一面；七、團圓結局，千部一腔。當然這樣的作家作品會受某些讀者的歡迎。不過與我們的話題關係不大，就此打住不提。

我們看到，對於上述七點要求，不同的作者有不同的處理方法。也有不少比較嚴肅的作家並不那麼媚俗，並沒有將武俠小說寫得如此低級下流、粗劣不堪目睹，這也不用多說。

然而，對於正邪分明、團圓結局這兩點，卻是絕大部分作家都自覺遵從的。因為這是武俠小說的最基本的價值形式。看起來，「團圓結局」只是一種結構形式，實則表現了中國人特有的善惡到頭終有報的價值觀點。善有善報，惡有惡報，不是不報，時候未到，時候一到，啥都要報。這就是「團圓結局」的思想基礎。團圓結局正是這種價值觀念和思維方式的表現形式，而不只是結構的（結局）方法。

連梁羽生、古龍這樣的武俠小說大家，儘管或學識淵深，或才華出眾，且作家本人都具有鮮明的個性，但在他們的創作中，都不能不謹守這樣的價值傳統：正邪分明，善惡有報。而能表現作者的學識才情之處，只是盡可能地把作品寫得美一點、雅一點或奇一點、活潑一點。如此而已。

古龍雖有一股闖勁，生機勃勃，努力在作品中表現自我對人生的感慨，但一來這種感慨往往過於單薄淺露（「人生寂寞呀」……之類）；二來也沒有真正改變正邪分明、善惡有報的價值觀；三來不免有些迎合更新一代讀者（現代青年）的口味之嫌，所以最終是有限度的。

只有金庸才真正地打破了這樣的價值格局，自由地、自覺地表達作者對世間悲歡、人生苦樂的認識和感悟。

當然，金庸也並非對世俗的要求毫不妥協，因為他的作品畢竟是要寫給俗世中人看的。但金庸的妥協是有限度的。金庸的妥協方式有幾個特點：一是非關鍵處可以妥協，比如武打的熱鬧、愛情的熱烈、情節的曲折離奇等等，都做到了適合觀眾的口味。二是這種妥協是有限度的，寫打鬥卻不渲染血腥暴力和殘酷恐怖，而是將它寫得美雅生動、妙著紛呈：寫愛情之纏綿悱惻，但不涉及任何色情方面的點染……等等。三是大打「百花錯拳」，大搞「似是而非」，即形式上（表面）是從俗了，骨子裡卻另有深意、另有新意，而且有自己的打算。

在關鍵處，金庸卻決不妥協。他說他寫武俠小說是「自娛復能娛人」，便能說明一點問題。即金庸不是「娛人第一」而犧牲自我的。

金庸對正邪分明（亦即好壞分明、善惡分明）與善惡有報，就由「陽奉陰違」逐漸發展為公開的超越。從不妥協發展而為不買帳。而另闢蹊徑，拓展自己的藝術空間，表達自己的人生境界。金庸如此「正邪不分」逐漸給他帶來了一個「邪派高手」的封號。因為他沒有堅持和繼承正邪分明的正統，所以不是正派高手。

其實那是一種腐儒之見。

金庸之所以正邪不分、正邪合一，乃至書中主人公「俠氣漸消而邪氣漸漲」，那是因為他發現了用正邪善惡這樣簡單的標籤去概括人，是不真實的。真實的人不是那麼正邪分明的，更不是好人極好而無缺點、壞人極壞而無優點，真實的人常常「既是天使，又是魔鬼」。進而，真實的人生，往往不是我們想像和希望的那樣簡單和完美，沒有那麼多的大團圓結局或光明的尾巴，善無善報、惡無惡報的事在現實人生中是常有的，真實的人生「不如意事十之八九」。

金庸要「自娛」，也要自我表現，更要表現一個「真」字。

這個「真」字看起來很簡單，實則正是傳統與現代、通俗與非通俗的試金石。傳統的文學價值的核心是善，而通俗如武俠小說則正是一種很古老的傳統文學模式，所以它的價值的核心自然也是善。傳統的與通俗的文學作家的功夫，主要表現在善而後美，如若做到「盡善盡美」，那就是絕對的正宗佳作。

而現代的、探索性的文學則更注重一個「真」字。

金庸與其他人的區別正在於他的真，以及他要表現真，而後才考慮善與美。而傳統的價值體系中卻沒有真的概念。在這一價值體系中，甚至以善為美。所以也沒有真正的美的概念。至少是沒有真正獨立的美的範疇。

因為以善為核心，甚至以善為美，所以傳統的審美創作模式既簡單、又呆板，即只有善與惡，善人與惡人；而善即是美，惡即是醜；善人常是美的化身，惡人則是醜類的典型……如此，想要避免千人一面、千部一腔的致命弱點，又怎麼能夠？

一個真字的引入，看起來很簡單，實際上是一次文學革命，甚至是一次文化革命，因為它徹底地、真正地改變了傳統的價值體系，而且也改變了美學的性質，使文學獲得了真正的蓬勃生機。這是因為，真的世界是豐富多彩的，而不像善的標準及模式只有一個。進而，人們對真的認識及對真實的人生和世界的感受更是千差萬別的，這就保證了文學創作的個性、創造性能充分得以實現。

進而，真的引入，使善與惡變成了真正可以理解、可以把握的東西。善與惡再也不是絕對的，因而也不再虛假，它變成了相對的矛盾範疇，相對的道德評價，因而不僅更真實，而且內容更豐富，形式更多種多樣。

最後，真的引入，也使美脫離了善本位，而有了獨立的範疇，它可以獨立於真善之外，亦可存在於真善之中；它可以是真可以是善，亦可以包容真與善。

梁羽生的小說往往失之於對人物的美化，而美化的原因在於善本位，結果則是

「失真」，因而成了小說藝術成就的局限。

金庸的小說之求真，正是其脫俗的根本途徑。使之不從俗、更不媚俗，而追求自我表現（**對真的認識與熱愛**），追求獨創性，從而獨邁俗流，臻於絕境。

關於金庸的求真，我們在後文中再說。

最後，我們要說明一點，即我們花了這些篇幅來論證金庸小說不俗、脫俗、高雅、深純，並不是要證明金庸的小說不再是或不是武俠小說、通俗文學作品，而是純文學、雅文學作品。我們要證明的是，金庸的小說不僅僅是通俗文學，而是兼具高雅脫俗的藝術層次。

如若說金庸的小說就是純文學、雅文學，那不僅顯然是胡說八道，而且恰恰是對金庸小說的一種誤讀。因為金庸的小說是兼具俗、雅文學之長，從而在雅、俗之上的一種新的藝術境界。它比俗文學更高深耐看，卻又比雅文學更通俗易懂、熱鬧好看。它是雅俗共賞的。

它有兩個藝術層次，兩重藝術境界。

這種獨特的二重性，是我們理解和把握金庸小說的藝術創作及其審美境界的關鍵。

第三章 奇而致真

表面上看來，金庸的小說與尋常的武俠小說未沒有什麼不同，它也是一種傳奇文學的形式。所寫之武、俠、情、事乃是奇武、奇俠、奇情、奇事。金庸在奇上下的功夫很大，與一般的武俠作家相比，恐怕尤有過之。

所不同的，是金庸並非一味的為奇而奇，而是要追求奇而致真的藝術目標。這使得金庸小說的傳奇一不至於荒誕不經，二不至於失了分寸。不荒唐不失範的傳奇，自有另一番風貌，更有其一番真滋味。

「抒寫世間的悲歡，表達人生的境界。」這是金庸小說創作的總體審美特徵和藝術追求，當然就是他的傳奇形式的本質特徵和美學功能。這其實也正是所有傑出的文學藝術家的共同的審美追求，是他們所期望能達到的共同的藝術境界。

金庸寫的是通俗的武俠傳奇文學，骨子裡卻有著與人類高雅藝術大師一樣的藝術追求。他這樣想，也這樣做了，便成了他的突出之處和獨特之處。這對於一位武俠作家而言，不免有一些異想天開，然而因此而格外的難能可貴。

問題在於：他能不能達到自己追求的藝術境界，又怎樣實現他的藝術追求？武俠小說不過是些通俗的傳奇故事，讀者所需也只是一些奇聞奇事而已，另一方面卻又有相對固定的創作——接受的文學模式和審美模式，諸如必須有武而且有俠，既然有俠就必須善惡分明、正邪清楚、好壞一目了然。如此，又如何能夠抒寫世間的大悲歡，表達人生的深感慨呢？

這就要涉及「似奇非奇」這種雙重性了。

「似奇非奇」，正是金庸創作的秘奧。

他手頭在寫至奇至幻的傳奇故事，而心中所想的卻是人世的悲歡；筆下描繪的是俠邪對立的江湖人物，而意中所寄則是深刻的人生感慨。

正是由於作者洞悉了人世的悲歡，才使書中的故事千奇百幻，正是由於金庸著意於人生境界的表達和人生悲苦的感慨，才使筆下的人物千變萬化。

正所謂：

世事洞明皆學問，

人情練達即文章。

既然已洞明世事而又人情練達，則表面上編織什麼樣的故事，敘述什麼樣的奇武、奇俠、奇情、奇事，那又有什麼關係呢？蕭峰的武功臻於化境，所以用一套尋常的「太祖長拳」也能創造出一種至高至尚的藝術境界。曹雪芹先生將一生的經歷和滿心的悲苦盡鑄於《紅樓夢》中，何以就不怕「滿紙荒唐言」而「誰解其中味」？正因其中有「一把辛酸淚」在，則什麼樣的「太虛幻境」以及「無根道士」、「渺渺僧人」，或「假語稱言，將真事隱去」……又有何妨？

我們說過，金庸的小說，表面上是在寫傳奇，實際上在寫「童話」，而童話的內在本質，則又是寓言。所以，表面上傳奇江湖中傳奇人物的傳奇故事，卻是作者對人性的讀解、人生的感悟、人世的洞悉的象徵和表現。

金庸的每一部作品都是曲折離奇、懸念跌宕、精彩動人的傳奇故事，但又都是深刻含蓄、象徵表意、隱喻內藏、意蘊豐富的藝術寓言。

奇與真是相對的。而且，奇有不同的形式，真有不同的層次。

金庸的小說創作，正是利用這種奇與真的相對性，利用傳奇的不同的表現形式以及真實的不同的層次本質，大筆揮灑，排列組合，內功外式結合得恰到好處。內力無窮，招式亦無限，所以就使出了一路又一路、一套又一套傳奇的功夫，無不使人眼花繚亂。其內力到處，一花一葉俱能「動」人。

下面我們就具體地談一談金庸創作的內功與外式結合的方法及形式。

一、故事奇與背景真

筆者在《金庸小說之謎．史詩篇》中曾分析和論證過金庸小說的「史詩性」。在本書的第一卷中，又專門分析過金庸小說的「歷史視野」，都是這一話題的內容。在人們的觀念中，「史」是真，而「詩」則是虛構的，屬奇。金庸小說的「史詩性」，正是說它是形式上的史與詩的結合，實質上的真與奇的結合。正如《荷馬史詩》，表面上是神話般的傳奇故事，骨子裡則是史詩的內容。

我們在前文中所說的人生故事——歷史視野——傳奇情節，這種三維結構方法與形式，則是對「史詩」的內在結構的展開，當然也是對金庸小說傳奇的內在結構的展開。在金庸的小說中，傳奇與史詩是同一種東西，至少可以說是兩種不同的東西的完全的重合，從而成為合二而一，再加上人生故事，就成為三位一體。金庸的史詩是傳奇的史詩，金庸的傳奇則是史詩般的傳奇。

既然傳奇是史詩般的傳奇，那麼我們這裡要說的故事之奇與背景之真就找到了依據和立足點。

金庸、梁羽生的小說與其他作家的小說大不相同的一點，是小說中的傳奇故事，往往依託於一種明確的（**真實的**）歷史背景。甚至將歷史的時間、歷史的事件及一些歷史人物請入書中，與書中的傳奇時空，傳奇故事及傳奇人物混成一體。

這使得金庸的小說形式具有下列特點：

其一，金庸小說大多具有明確而又真實的歷史背景。在這些有明確的時代背景的作品中，由於出現真實的歷史年代乃至真實的歷史人物或歷史事件，首先是使我們增加了閱讀的真實感。其次是使人物的傳奇故事由於有了明確的時代背景，而有了一定的限制（**對於這種限制，我們下面再談**）。再次是使人物的生存環境背景獲得真實性，從而促使我們對歷史與人生之關係作深入的思考，因為小說作品中的人物的命運總是與他們所處時代的環境背景密切相關的。

其二，由於有了這種明確的歷史背景，使得金庸小說中幾乎沒有純粹的江湖故事，乃至幾乎沒有純粹的江湖世界。這不僅是限制了傳奇的疆界從而控制了傳奇的本性，更重要的是它使小說的傳奇故事服從於特定的歷史的主題。例如《書劍恩仇錄》中的漢民族英雄人物的反滿抗清，《碧血劍》中的農民起義以及反明又反清的歷史潮流……等等。

因為沒有純粹的江湖世界，所以金庸小說的人物也就沒有純粹的江湖人物（**即純粹的傳奇世界中的人物**）。相反，作者總是千方百計地讓書中的主要人物與歷史人物、歷史事件扯上關係，如乾隆與陳家洛、袁承志與袁崇煥、郭靖與成吉思汗、楊過與楊再興、張無忌與朱元璋、韋小寶與康熙……等等。讓虛構的人物與歷史人物扯上關係，並不僅僅是為了要顯得真實或以假亂真，而是要讓這些虛構的傳奇人物去完成真實的時代賦予的主題，或表現某一時代的本質。

其三，金庸小說中當然也很少有純粹的歷史的描寫。我們說過，歷史在金庸的小說中的作用，一是作為背景，二是作為主題線索，三是作為傳奇的「話柄」。金庸的小說中固然沒有純粹的江湖及江湖人物，可也沒有純粹的江山（朝廷或廟堂）及江山人物，不僅主人公都是虛構的傳奇人物，而且書中的歷史人物也大多被傳奇化了。即金庸小說中的歷史人物及歷史事件具有明顯的二重性，一方面取自於正史，因而具有史料的真實性；另一方面則是取自於野史或傳說，因而沒有史料的真實性，但卻具有另一性質或另一層次的真實性，即藝術真實性或本質的真實性。

乾隆當然不是陳世倌的兒子（**儘管有許多傳說，但傳說畢竟不等於歷史，它沒有史料的真實性**），當然就不可能是陳家洛的哥哥。從這一層面而言，小說不是歷史的演義，它只是一個傳奇故事。然而我們從一個更深的層次去看，從陳家洛所領導的紅花會及其所代表的千萬漢族人的情緒來看，這一傳奇故事所反映的歷史發展的潮流與方向是真實的。

當然，這只是藝術的真實。而乾隆的種種表現，從藝術的假定性與人性的角度而言，也是真實的，當然這還是歷史的真實。袁承志參與歷史的方式是幫助李自成的起義軍，這使有關他的所有的傳奇都獲得了一種藝術真實的基礎，因為在那一時代，李自成確實代表著一種理想和希望，因而支持他的人定然不少，袁承志只不過是一個虛構的典型代表罷了。進而，袁承志參與歷史的原因是要報父仇，這從人性的角度是真實的，更主要的是，他的報仇的線索為我們揭開了崇禎及明王朝統治有的真實面目，同時也揭開了皇太極、多爾袞及滿清統治者的真實面目，而小說的最後，則又通過李自成殺李岩揭示李自成的農民領袖的局限性，又使這一歷史人物形象更加真實可信。

金庸小說的世界是介於歷史與傳奇之間，即歷史的廟堂與傳奇的江湖之間的一種特殊的藝術世界。這使它具有一種特殊的審美的功能。即像三稜鏡那樣，從這一面看它是歷史，從那一面看卻是傳奇，而從第三面看則是歷史——傳奇熔於一爐的藝術真實。傳奇的情節與歷史的背景相結合只是它的表面形式，而傳奇與歷史結合所表達的主題思想及其意蘊所具有的藝術的真實性，則代表著作品的內在本質。

金庸與梁羽生之間的差異就在這裡。看起來這兩位作家的作品的外在形式是十分相似的，即都是「半史半奇」，然而梁羽生的作品止於以歷史與傳奇的相互裝飾，即用傳奇來裝飾歷史，而又用歷史來裝飾傳奇。除了外在的形式之外，它缺乏更豐富的深層次內容，因為它的人物及主題大多是固定的、理念化了的。而這種歷史與傳奇的相互裝飾，在本質上只不過是對那種固定的理念進行故事演繹而已。

金庸的小說不是這樣。它除了歷史與傳奇相互裝飾之外，還在二者之間創造了一個特殊的藝術世界，既不同於傳奇，也不同於歷史，而是以傳奇與歷史相結合的形式來表現一種更深刻的藝術真實，抒寫世間的悲歡，表達人生的意境。金庸的小說有其「第二層次」。即歷史背景下、傳奇基礎上的藝術真實的層次，而不是只有歷史的傳奇，或傳奇的歷史的表層形式。對此，我們在本書的第一卷中已經作過一些分析了。這裡不再多談。

二、情節奇而人物真

在第二卷書中，我們已經提及，金庸小說創作的一個重要的原則，是借傳奇的故事來寫真實的人物性格。我們引述了作者在小說《神鵰俠侶》的「後記」中所寫的話；武俠小說不免有離奇與巧合的情節，「武功可以事實上不可能，人的性格總是應當可能的」，作者還說：「我個人始終覺得，在小說中，人的性格和感情，比起社會意義具有更大的重要性。」

這些都表明作者極重視人物性格的真實性，並且把它當成自己的一個創作原則和一種審美追求。武俠小說當然不可能沒有傳奇與巧合，它不可能像現實主義文學作品那樣真實地再現某種社會存在。作者很明白這一點，所以說人物的性格比社會存在及其意義更重要。進而，傳奇的故事中反映人物性格和感情，非但是可能的，而且是應該的、必要的。所以，故事之奇與人物之真是金庸小說的一大特點。

不過，我們在第二卷書中所討論的，只是金庸塑造人物性格的方法。其重點在於：一、人物個性，二、創作方法。這裡，我們再談這一話題，重點轉為：一、人性的真實；二、審美形式與審美境界。

這一節的題目「事奇與人真」中的「人」，主要不是指個體人物的性格，而是指它所表現的普遍人性及其真實性。即如雨果所說的「借暫時的人物來揭示永恆的人性」。這裡的人，就包括了這兩個層次：「暫時的人物」（**具體的個性形象**）及「永恆的人性」。

金庸在《笑傲江湖》中的「後記」中這樣說：「我寫武俠小說，是想寫人性。只有刻畫人性，才有較長期的價值。」這就不是一種具體的創作方法了，而是一種更深刻、也更高遠的藝術目標。追求這樣一種藝術目標，不僅可以使小說中的人物形象的意義或價值更深刻、更大，同時還可以使小說的創作方法更加靈活、更加豐富。

關於「事奇而人真」，有兩種情況，或者說兩個層次的意義。

一種是通常的情況，即人物的經歷被寫得很奇特，而人物的性格卻很正常、很真實並很鮮明生動。例如我們多次說到的乾隆與陳家洛的關係及他們各自的經歷，顯然是虛構的，並且明顯地帶有傳奇的色彩。但「假若他是真的」，卻會改變我們的看法。設若乾隆真的是陳世倌的兒子、陳家洛的哥哥，情況又怎樣呢？如果真是這樣，我們就會發現，書中所寫的乾隆形象非常的真實而且還非常的精彩。

現在我們進一步，明明知道乾隆不是陳家洛的哥哥，也不是漢人，而只是作者「假定」他為陳家洛的哥哥，我們也按這樣的假定去欣賞，我們還會看到同樣的情況，即乾隆的形象寫得很好。這便是事奇而人真的意義所在了，乾隆之「真」，不在乎他是否漢人，而在乎他這個形象所表現出的人性的真實。所以關於他身分的虛構和傳奇，作為一種藝術假定，並不影響小說人物的真實性，反而有助於這種真實性的展示。

書中的陳家洛的情況則又有不同。他當然是虛構的，並非陳世倌的兒子，亦非乾隆的弟弟，但對他的這一身分，人們都不在乎。人們在乎的是他的人生經歷。他的人生經歷確實具有傳奇性，從一個富家公於變為江湖草莽，從一位朝廷大臣的兒子變為一個反朝廷的義士；從一個飽讀詩書、考過功名的書生變為一個武林高手，從一個後備官僚變為一個江湖組織的總舵主……他當總舵主之後，救文泰來以及幫木卓倫，與乾隆周旋及陷於霍青桐、喀絲麗這對姊妹花的愛情的兩難之境……等等這些無一不奇。

然而這些傳奇情節中所表現出來的陳家洛的個性形象，卻是可信的、真實的。喀絲麗這位美女居然會使看見她的清朝官兵發癡發呆到自動放下武器，心中一片和平溫柔，一點兒也不想打仗，這一事情當然是離奇的，甚至可以說是不可能發生的。但小說中卻發生了，無非是極言喀絲麗的美麗和純潔，喀絲麗的美麗、純潔卻是完全可能的、是真實的。

《鹿鼎記》中的康熙與韋小寶的情況也是這樣。韋小寶的那些經歷當然是虛構的，小說中的有關情節都是傳奇，虛構、誇張出來的，但韋小寶這一形象卻是真實的。進而，正如作者自信的那樣：「在康熙時代的中國，有韋小寶那樣的人物並不是不可能的。」（《鹿鼎記・後記》）這又將韋小寶的真實性更落實了一層。

有人說這部書中的康熙形象寫得不能令人滿意，即作者把康熙這位異族的少年皇帝寫得太英明、太高大、太完美了。我不這樣看。我以為這樣的人的理由無非有三。一是康熙不是漢人；二是其為皇帝；三則他又是少年，怎麼可能那麼好，值得懷疑。其實異族與皇帝都可能有好人，少年皇帝天縱英明這也是有的。

人與人確實不一樣。這當然是就一般的情況而論。具體到康熙形象，書中所寫的那些政績，都是康熙做的，僅這一點就足以證明此人確實是一位偉大的人物。其次，作者並沒有對這一人物的歷史政績及為人品德做任何的虛誇，相反，作者倒寫了他與韋小寶這一小流氓的友誼，揭示他的性格的另一面。

再次，書中寫到康熙對假太后毛東珠的複雜情感時，透露了他內心深處將權位看得比父母天倫更為重要；又寫到他逼著韋小寶去滅天地會；又寫到他派奸細打入天地會……這些細節把這位皇帝的無情、殘酷、陰險等等平時不易被人察覺的心理與品質都給揭示了出來。這一人物因而變得相當的豐滿。就事奇而人真這一點而言，康熙與韋小寶由摔跤而結下友誼這一事情看起來似乎有些荒唐離譜，但這恰恰是作者的高明之處。即揭示了皇帝也是人、少年人愛玩鬧、少年時重友情的人之共性，而且還進一步揭示了少年太子或天子平常像一個囚犯的特殊的生活環境，更使他們愛玩愛朋友的渴望顯得真實而又迫切。所以韋小寶出現在康熙的面前，自然使他喜出望外。

再次，小說中還揭示了康熙喜歡韋小寶的複雜的心理原因，諸如：

一、韋小寶會拍馬屁，會見風使舵，會討人歡心；

二、韋小寶是一位福將，做了不少事情，立了不少功勞；

三、韋小寶粗鄙無文，反倒使康熙獲得了一種別樣的快樂，韋小寶像一位弄臣、小丑；

四、韋小寶立過奇功，從不居功自傲，這使康熙大為歡喜，進而滿足了自己的虛榮心。他知道自己樣樣比韋小寶好，韋小寶能辦到的事他當然更能辦得到。只是限於身分，不能自由行動，則韋小寶是他最好的替身；

五、韋小寶是他少年的玩伴，少年的友誼實在難忘；

六、韋小寶對康熙確實忠心耿耿，頗講義氣。雖不去滅天地會，但也不幫天地會來殺康熙，反而幫他通風報訊……如此，康熙與韋小寶的友誼，其事雖奇，但兩個人物的性格形象，及他們的友誼中所表現出的心理與人性的特點，卻是非常真實又非常深刻的。

以上是事奇人真的一種情況。另一種情況是事奇人亦奇，然而人性的真實仍在。

金庸的小說中常常出現一些看起來不可思議的人物，幹些不可思議的事情。比如我們在第二卷《形象與抽象》一章中所列舉的那些抽象的、變態的、奇異的人物，如天山童姥、康敏、四大惡人……等人物，就正常的人物性格來說，很難說這些人是真實的。他們顯然都是些瘋狂的、變態的乃至是「變形」的人物。但我們在那一章中也已經指出，這些人物的「形象」不真實，「本質」卻是真實的。因為他們正是人性的病態的反映，或是人性的心理變態的表現。他們的「變形」正是一種人性欲望的抽象本質形式。

從形式上看，這些人物與前面說及的陳家洛、乾隆、康熙、韋小寶等人的確大有不同之處，因為陳家洛等人不論經歷如何奇特，他們的言行舉止都保持著正常的人類行為規範，因而是正常的人，或正常的人物形象。而天山童姥等人的言行舉止及其心理特性則顯然大異於常人，不符合正常人的規範。那是因為他們本身的確是不正常的人，他們的不正常的遭遇造成了不正常的心態，而不正常的心態則支配著他們不正常的行為，這些不正常的行為造成了他們的不正常的形象。

然而，若我們更深入一層，正常與不正常，常態與病態，恰恰是人性的不同側面與不同的表現形式。所以都是真實的。當然，其間也有分別，除了他們本身的正常與不正常的分別之外，還有作者刻畫塑造方法與形式上的分別，即寫實與寫意的分別、形象與抽象的分別、工筆畫法與漫畫誇張的分別等。形式上不同，本質上是一樣的，他們都揭示了永恆的人性。

其實，金庸小說中的這樣一些變形人物，不僅反映了人性的本真，而且也有個性與情感形象的真實性的印記，只是我們平常不大注意，因而不易察覺罷了。

具體有以下兩點真實性特徵。

一是情節之奇與細節之真。

這裡的情節與細節當然是指與人物有關的情節與細節。一個變形人物在小說的敘述情節中的形象是奇異的、不可思議的，這造成了他們的大體上的變形效果。然而只要我們注意，則總不難在小說的某些細節描寫之中發現他們的生命個性的真實性（**常態部分**）。

這樣的例子有很多。比如《射鵰英雄傳》中的瑛姑，大體上是一個瘋狂變態的人物，她的作為大異常人，顯是經過作者的變形處理，當然這種變形與她的心理變態相一致。這麼一個不可思議的瘋女人，在郭靖稱她為「老前輩」時，特別的緊張、驚異、憤慨又傷心，反問道：「老？我已經老了嗎？」這一細節是尋常的四十歲女性的一種正常心態的典型情況、典型反映。

再如《神鵰俠侶》中的李莫愁這一殺人魔王，在被少年楊過抱住身子之時，不僅面紅耳赤，而且身子發軟，當然不是她的武功不如對方，而是出於一種正常的處女心理反映，楊過雖是少年，但畢竟是個男人。再如《天龍八部》中的段延慶，號稱天下第一惡人，但在與黃眉僧人下棋之時，既不讓子，又不要他人讓，這一細節表現他的心機深沉而又正常。在得知段譽是他兒子這一消息時，竟然流下眼淚，這一細節不僅表現了正常的人性與正常的心態，而且也使這位號稱「惡貫滿盈」的大惡人的形象因天倫之性的表露而出現一絲溫暖慈愛的動人光輝。

小說中這樣的例子有很多，不必盡舉。

二是過程之奇與結局之真。

這一點就更是具有普遍性意義。金庸小說中的人物，不論在小說的情節發展過程中變形的程度有多大，在他們的故事或他們的生命結局之際，總要表露出他們的凡俗人生的「常形」與「常態」。

《天龍八部》中的一些人物無不是這樣。例如「無惡不作」葉二娘，從一露面就不似常人，瘋狂殘酷到不可理喻的程度，但到了少林寺之役，發現虛竹是她兒子之後，她的行為和表現，非但盡去惡性，相反表現出對兒子、對情人的慈愛、忠貞的可貴品質，感人至深。她自殺殉情之舉，更是讓人出乎意料，卻又在情理之中。這時的葉二娘倒成了正常而又真實的悲劇女主人公。

小說中的天山童姥在未出場之前就使人聞風喪膽，出場之後更是像老妖一樣使人驚、使人懼、使人恨、使人厭，但到她臨死之際，我們瞭解到她的一生經歷，原不過是因情變及情仇而起，而她臨死前的表現則使人憐憫，恢復了她的常形，我們看到了一個衰老的、可悲的女性之死。

小說中的康敏，作惡直至最後，然而臨終之際，發現自己的美貌——這是她一向引以為傲的資本——變得醜陋不堪，既驚且怒，更多的則是恐懼和悲哀。這驚訝和恐懼，使她的凡俗的一面終於暴露無遺。

其他的例子我們不再列舉。金庸小說中的這種普遍的現象，具有兩層意義。一是「返樸歸真」，每一個角色的「戲」演完之後總要卸妝，恢復他們的本來面目。金庸並不是要寫妖魔鬼怪的傳奇，故意將人寫成非人的怪物，而是恰恰相反，要寫人的傳奇，借妖魔鬼怪式的變形與誇張來表現人的深刻本性。到最後卸妝下場之際，總要揭開變形的面具，作為作者對這些變形人物的交代或提示。即他們也是凡俗之人，也有正常的人性，戲中的表演，不過是誇張與變形。二是這樣的結局時的突變，否定了人物原先的「惡性」，而深入到人性的層面，變得可以理解，甚至值得同情和憐憫。這就是作者的真正的高明之處了。

三、形奇而質真

從總體上說，金庸的小說的表面形式是傳奇，而內在形式卻又是寓言。因為在看起來千奇百幻又千變萬化的傳奇故事之中，充滿了象徵與隱喻。這就是說，金庸小說的結構形式有明顯的雙重性，一層是表面的結構，一層是內在結構，一層是傳奇故事；一層是象徵寓言，一層是形象世界；一層是抽象領域；一層是形而下，一層是形而上。

這是金庸小說的似奇非奇以及奇而致真的根本奧妙之所在。

金庸小說看起來是浪漫主義、理想主義的作品，骨子裡卻是象徵主義、表現主義。

這樣，前文中的一些不易解釋或解釋不清的問題，在這裡就很容易解釋清楚了。比如變形人物的問題，不過是寓言中的一種象徵符號而已（**當然還是人性的象徵**）。又比如前文中的藝術真實，則是一種寓言的意義、寓言中的世界與人生的本質象徵。前面的背景真實一節，我們曾提到《白馬嘯西風》、《連城訣》、《俠客行》、《笑傲江湖》等幾部作品沒有明確的時代背景，因而不具備（**歷史的**）背景的真實性。而這類作品卻具有藝術的真實性。

金庸在《笑傲江湖》的「後記」中說，這部書中的一些人物象徵著現實中的政治人物。即作者是把他們當成政治人物來寫的。看起來這部書是純粹寫江湖及江湖人物的，因為它沒有歷史背景，沒有歷史人物，也沒有政治歷史的場景。但作者卻說，沒有明確的歷史時代，表明它可以發生在任何時代。小說中雖沒有寫朝廷與官場政治，卻寫了武林中的爭霸與奪權，而爭霸、奪權、篡位、造反等等，這正是政治鬥爭的根本形式；書中雖沒有寫皇帝、臣下、官僚，卻寫了人物的殘酷、霸道、虛偽、欺詐、陰謀、野心、不擇手段……而這恰恰是政治人物的本質特徵。因此，這部小說可謂是一部深刻的政治鬥爭的寓言。

其他的幾部書如《白馬嘯西風》、《連城訣》、《俠客行》等，也都具有明顯的寓言性質。這些沒有明確的時代背景的故事，因為具有寓言性質，確實可以概括和表現任何一個時代的人生及人性的主題。如《白馬嘯西風》的寓言主題是：你所喜歡的卻得不到，你能得到的卻又未必會喜歡。你愛上的人卻愛上了別人，那該怎麼辦？這樣的事情古今中外，不論何時何地都可能發生，這是人生之中最常見的悲劇之一。

又如《連城訣》中的是非顛倒、黑白混淆，這也是人世與人生中常見的悲慘故事。狄雲被冤枉入獄，正是從作者的一位老家僕的遭遇中發展而來。他出獄之後，正派的俠義人物把他當成了壞人，要殺他、抓他，而邪派的血刀老祖倒把他當成徒孫，要救他、幫他。水笙的清白反被人們玷污成淫蕩，花鐵幹的卑污卻被人們粉飾為俠膽包天……如此世界中有如此人生，而如此人生故事中則包含了人性的隱密。「連城訣」不是一套劍法，也不只是一樁大寶藏的密碼，而是人性之病的一種密碼：價值連城之訣，本應是俠義、忠誠、友誼和人倫，然而世人眼中，卻只盯著金銀珠寶、虛名浮利。這樣的故事哪兒沒有呢？

《俠客行》同樣是真假顛倒、善惡倒置的世界。石破天被人們當成了石中玉，俠客島又被人當成了惡魔之島，只有主人公這樣的赤子衷腸，憑著自己的靈性與直覺，才最後解開這一連串的大秘密。除此之外的幾乎所有的人無不被顛倒真假的迷霧所籠罩，人生的大恐懼與大悲哀便被揭示了出來。

除了這幾部書之外，《天龍八部》、《鹿鼎記》等等有明確的時代背景的小說，也並非歷史傳奇而已，亦都是一些深刻的寓言。

甚至那些看上去完全是傳奇歷史的小說，如金庸早期的作品《書劍恩仇錄》、《碧血劍》等等，也都有它們的象徵表意體系。

對此，筆者在《金庸小說之謎・寓言篇》中作過較為詳細的分析。在那一篇中，筆者從「奇而至真」、「字裡行間」、「謎底深意」、「整體象徵」、「破孽化癡」、「文化警示」等六個方面分析了金庸小說作品的形式結構和表意性質，並且歸結為「寓言世界」。在《寓言篇》的「寓言世界」這一節，筆者沒有多寫，只是匆匆幾句作一小結，因為這一世界的內容，不是那一節書所能概括的。所以，筆者又專門寫了《陳墨人物金庸》一書，對金庸小說的寓言世界的內容作了分析。

在以前的書中說過了的，這裡自不必再重複，何況也沒有那麼大的篇幅來重複。這裡我們所要說的，是金庸小說的「形奇而質真」的雙重結構及其審美意義。「形奇」指形式之奇，亦即小說的故事情節、結構及人物形象等等表現形式無一不奇，這一點不必多說。

關鍵在於「質真」。即指作品的內蘊、主題、本質之真實，這有兩個問題，一是此「質」主要包括哪些內容？二是「質真」的形態實質又是什麼？這兩個問題當然也是可以合二而一的，下面我們從三方面來說明。

（一）人物之奇與人性之真

這一點我們在上一節書中已經涉及。不過在上一節書中，我們將人物形象分為常態與變態二種，只將變態的人物形象（變形形象）當成「奇形」來分析。實際上，不論是常態人物或變態人物，在金庸的小說中都是傳奇人物。甚至不論是虛構的江湖人物還是真實的歷史人物，在金庸的小說中都同樣具有傳奇的色彩以及傳奇的形式。

比如康熙、乾隆這兩位皇帝的形象，因為作者虛構了他們的身世之謎，就自然使他們的人生及他們的形象塗上了傳奇的色彩，從而具有傳奇性形式。《射鵰英雄傳》中的南帝（一燈大師）段智興這位歷史人物，則更被寫成一位武林高手；《天龍八部》中的大理王族，則更進一步地虛實不分了……

由此可見，雖程度各有不同，但這些歷史人物都具有傳奇性，即都是傳奇的形象。至於陳家洛、袁承志、蕭峰、郭靖、韋小寶等人物，則更加無疑問的是傳奇形象。在傳奇性這一點上，他們與小說中的其他的傳奇——變形人物只有程度的區別，而無本質的區別，即他們都是傳奇形象，而且都是書中的「暫時的人物」，進而都可以說是一種人性的「表意符號」。

他們都是人性的不同表現形式。在形式上他們千差萬別，然而在本質上卻有一點相同，即他們都表現了人性的真實。對此，我們不必再作分析了。

（二）人生故事之奇與人生境界之真

金庸小說中的每一主人公的人生故事都是現實世界中幾乎不太可能發生的，至少是極為少見的，是「異數」。因而人們稱之為傳奇故事。

這些人生傳奇故事是作者虛構出來的，不免還有誇張。平凡的人物不可能有那樣的遭遇和經歷。比如張無忌出生於北極冰火島，韋小寶這一妓女的兒子居然會進入朝廷並且屢建功勳，甚而揚威於異域，等等。我們不必多說。

而所謂人生境界之真，是指人物的主觀感受的真實，及人生命運的本質的展示。綜合起來，當然就是作者所要抒發的人生感慨，揭示人生的真相，表達人生的境界。

我們說過，小說的傳奇性的故事情節中，包含了主人公成長、成才、成功的三重因素，在每一重因素中，都包含著感性生命及其個體感受的真實性，同時還包含了某些普遍性的人生啟示。

一、成長中的真實性表現

陳家洛出身於世家，他的一生自然都帶著世家子弟及文雅書生的特點。郭靖出生於蒙古，便像蒙古人那樣的豪爽、樸實、勇猛和正直，與南方人的聰明狡猾截然不同。楊過孤苦伶仃流落江湖，便沾了一身流氣與邪氣，想拜歐陽鋒為義父，只因他渴望父愛，而他的偏激，則既是他缺乏教養的表現，更是他自我保護的一種手段。張無忌出生在北極荒島，所以終身不會騙人而總是被人所騙。石破天出生、成長於荒山，所以對人世間的一切都絲毫不懂，而他的為人亦與常人大不相同。段譽是個飽讀經書的王子，性子就如一個「癡兒」，一腔正直熱血常湧現為可笑複可敬的行為。虛竹出生於寺廟，所以「出家人」的烙印烙到心底深處。韋小寶出生於妓院，所以他討好賣乖、賭錢作弊、聽戲學戲做戲的本領比一般人都強，這也是他的痛苦的人生經驗。……這些都無疑是極真實的。

二、成才中的真實性表現

這些人物所學的武功雖千差萬別，而且當然都是千奇百怪的。但在他們的成才經歷中卻有兩點相同。

一是要想成為一流高手，都必須博採百家之長而後卓然成家。金庸小說中的主人公高手都有過同樣的經驗，這一經驗無疑是極寶貴、極真實的成才之道。

二是各人所學的武功都必須是與自己的個性氣質相吻合的。因為「知之者不如好之者，好之者不如樂之者」，因為「熱愛是最好的老師」，因為文如其人，武亦如其人。所以陳家洛才能學「百花錯拳」，郭靖才能學「降龍十八掌」，石破天才能學「俠客行武學」，段譽的「六脈神劍」必然時靈時不靈，而「凌波微步」則必然是十分熟練；令狐冲才能學習任意揮灑的「獨孤九劍」，韋小寶註定除了「神行百變」學得三四成之外什麼也不會認真學……這也是極具真實性而且有啟發意義的。

三、成功的道路及真實性表現

金庸作品中的主要人物的成功道路都是極為曲折的，而最後的結局則總是與他們的願望相反，成功的盡頭反倒是最後的失敗結局。失敗是成功的反面，它照樣也具有真實性與啟發性。

最典型的是韋小寶，他的成功與失敗，我們已多次探討過。說到「成功」，我們不能不涉及人物的願望、動機與追求。各人的奮鬥目標是不同的，有人追求功名，有人追求利祿，有人要復仇，有人要救國，有人要娶漂亮女人為妻，有人要當武林霸主，有人要過自由自在的日子……當真是多種多樣。這些追求對於人性而言，都是真實的，因為都是人類欲望的表現，所以在動機這一方面，獲得了真實的基礎。進而在結局的那一方面，我們則看到，這些人的追求大多不能實現，不論是好人還是壞人，不論是主人公還是次要人物，幾乎無不如此，這就形成了「你想要得到的卻得不到，你能夠得到的卻不想要」的悲劇性，正如楊過所言「人生不如意事十之八九」……這種悲劇性結局，正是作者的人生感慨。它也具有真實性與深刻意義。關於它的悲劇性，我們在後文中還會談及。

（三）江湖之奇與人世之真

在前文中我們說過，金庸小說的世界是將江山與江湖集於一身，從而創造出一種介乎江山與江湖之間而又超乎二者之上的「第三世界」——即傳奇的藝術世界或藝術的傳奇世界，不管叫什麼世界吧，反正它都是傳奇的世界。我們不妨稱之為「泛江湖世界」。它的傳奇色彩，那也不用說了，然而這一世界表面上是傳奇，實質上卻表現出藝術的真實。即作為「人生世界」的一種象徵、表意或寓言的真實性。

其中又包括以下三個方面，或三種寓言形式，三種象徵體系。

一、歷史的真實性

金庸小說雖不是歷史小說，卻與歷史有密切的關係，這一點我們在本書的第一節中就已談及。因為與中國歷史有密切的關係，所以有一部分作品表現了歷史的真實性。

最典型的作品是《碧血劍》和《鹿鼎記》。這兩部作品不僅寫了歷史人物、歷史事件，而且寫了歷史發展的大趨勢並揭示了歷史的真相，《碧血劍》中寫了崇禎的自殺及明王朝的衰敗，寫了李自成起義的成功與失敗，寫了滿清人的興盛與擴張，這些都是符合歷史真實的。進而，作品還深入地揭示了明王朝為什麼會失敗、李自成為什麼會從成功走向失敗，及滿清為什麼會興盛的深刻的歷史原因。小說中寫到崇禎殺袁崇煥、李自成逼死李岩，就揭示了中國歷史的殘酷的真實及其「規律」。再進一步，小說中寫到了「嗟乎興聖主，亦復苦生民」即「興，百姓苦；亡，百姓苦」的歷史悲劇的真正本質。

二、文化的真實性

金庸小說的文化的真實性表現在不同的方面，分為兩個層次。一個層次是小說中的豐富的文化內容，諸如典章文物、風景名勝、詩詞歌賦、琴棋書畫、衣食住行以及佛、道、儒、法各家經典的引述等等。另一個層次則是對中國文化作整體的批判和本質的揭露。

典型的作品是《笑傲江湖》與《鹿鼎記》。關於《鹿鼎記》與中國文化的關係，我們以前曾多次分析過，以後還將專門進行探討。這裡我們只舉《笑傲江湖》為例，這部作品看上去純屬虛構，實際上是政治寓言，再進一層則又可以說是對中國文化的揭示與批判。因為中國文化的核心和主流就是政治——官場權力鬥爭的文化。因而在這一部書中，我們不僅可以看到政治權力鬥爭的殘酷，更可以看到中國文化的真實本質。

比如小說中所揭露的正派與邪派之爭、華山氣宗與劍宗之爭、五嶽劍派並派與不並派之爭、泰山派的掌門人之爭……這些鬥爭看上去是「兩條路線的鬥爭」即正與邪、善與惡的鬥爭，實則根本不是那麼回事。左冷禪、岳不群等正派人物與東方不敗、任我行等魔教人物並無本質的區別，只不過口號、旗幟等外表形式不同，而實質上都是一樣的。其他的鬥爭也都是如此——除了令狐冲等人的自由的追求（但**這絕非主流，更非核心**）——這一場所作為文化世界的象徵，我們看到它的主流、核心、本質是：一曰權力，二曰鬥爭（內鬨），即權力鬥爭是也。這就是中國歷史文化的根本特徵。

三、生存環境的真實性

因為是傳奇的江湖世界，所以很少有正常的人類社會生活的現實性描寫，然而金庸小說中的世界，卻依然有「人世」本質的真實性表現。

所謂人世即人生的世界，亦即人物、人生的生存環境。小說中的環境在形式上是虛構的與傳奇的，但在它的內在層次——寓言層次——上卻反映了人世即人類生活環境及人生命運的本質真實。

最典型的例子是《連城訣》、《天龍八部》等等。其中的人物與故事顯然都是虛構與誇張的傳奇，但書中的人物與故事織成了一張巨大的命運之網，卻是異常真實、深刻的。即人類的命運取決定於人類自身的發展和選擇，取決於人類自身的矛盾衝突及其結果。而具體到某一個人，則他的命運，一部分由自己的選擇決定，另一部分則由他人的選擇及行為決定。他人雖非地獄，亦非天堂，卻註定是此人的命運的某一階段的決定因素。

狄雲的命運決定於他師父、他師伯的陰險、貪婪與殘酷，更直接被暗戀戚芳的萬圭師兄弟投進監獄，從此改變了他的一生；丁典的命運被凌霜華的愛與她父親凌退思的貪婪與殘酷決定著；水笙的命運被血刀老僧的淫欲、狄雲的誠實、花鐵幹的卑污、汪瀟風的猜忌、世人的污言穢語所決定、支配或影響……

每一個人都生活在這樣的關係網中。難怪馬克思說人性是「人類社會關係在各方面的總和」。這一關係網絡則正是人世的真相。金庸的作品正是深刻地揭露了這一真相。

在金庸的小說中，人的命運往往不是神秘不可知，而是在人類本性中可以找到答案。而人類社會——人生世界——說透了便是人類欲望本能與理性良知的矛盾衝突的世界。這種本質的矛盾衝突籠罩著一切，支配著一切，個人的命運在其中像是大海之中的一葉小舟，不論他的目標怎樣、他的選擇怎樣、奮鬥精神怎樣，他都不可能真正地獨立自主地掌握自己的命運。即使他能把握命運之舵，但大海的風雨、波濤隨時都可能將他連同他的命運之船吞入漩渦、捲入水底，或送入港灣，或使他偏離自己原先的航向、增加大量的航程，更多的人會在此海洋中迷失方向，迷失自我，只能憑求生本能在掙扎……

金庸小說的傳奇故事與其他作家筆下的傳奇故事的最根本的不同之處，就在於它真實地反映了人世及人類命運的這種真相。當然，這種真相是寓言性質、象徵形式表露出來的。

第四章 悲喜交加

雙重建構的秘奧，在小說的悲喜交加的審美意境中最能體會到。

所謂悲喜交加，通俗的說法是將喜劇性與悲劇性相結合，以喜劇的形式反映悲劇性的意蘊。從而造成一種悲中有喜、喜中有悲、悲喜交加的複雜的審美意境和審美感受。

通常認為，喜劇形式及喜劇性是一種較為通俗的審美形式，或帶有明顯的通俗性。而悲劇形式及悲劇性則一向是高雅文學的審美形式或有高貴典雅的審美特徵，因為喜劇性的效果往往是詼諧、幽默、滑稽，而悲劇性的效果則往往是莊嚴、崇高、神聖和典雅。

這種看法不一定全對，尤其不能絕對化，但卻是有一定的道理的。

我們可以沿著這一思路，從這樣一種角度來探討一下金庸小說的創作藝術及其審美境界。

一、喜劇性及其喜劇情境

金庸小說在整體上講，當然不能說是喜劇作品，因為它主要走的是一種正劇式的傳奇的路子。但在金庸的小說中，我們卻不難找到喜劇性的因素，比如一些喜劇性的幽默語言、喜劇性的人物形象，以及由之而創造出的許多喜劇性的情節、細節及場景、情境。

從一開始，金庸就很注意小說敘事的喜劇性因素。只要一有機會，就抓住不放。而發展到創作的中、後期，金庸對小說的喜劇因素越來越重視，有機會固然要表現一番喜劇情境，而沒有機會也要想方設法地創造機會、尋找機會寫出具有喜劇效果的人物、情境。到他的最後一部書《鹿鼎記》，則由於主人公韋小寶是一個充滿喜劇性的人物，所以這部作品差不多可以說是一部喜劇作品。在此之前，還有一部《鴛鴦刀》也可以說是一部喜劇作品，算是作者的喜劇創作的牛刀小試。

喜劇性因素，不僅可以分為喜劇語言、喜劇人物、喜劇場景、喜劇情境等等不同的種類，還可以分為幽默、諷刺、詼諧、滑稽……等不同的喜劇形式（**也可以說是不同的層次或不同的種類**）。

金庸在《書劍恩仇錄》這部處女作中，就已開始表現他的喜劇創作的才能，更重要的當然還是表現作者的一種審美趣味和審美追求。

典型的例子有二。

一是書中第十回所寫的這樣一段：

……褚圓搶在前面，眼觀六路，耳聽八方，手按劍柄，既防刺客行凶犯駕，又防嫖客爭風呷醋，敵蹤一現，自當施展「達摩劍法」，殺他個落花流水，片甲不回。好在他已改用鐵鍊繫褲，再也不怕無塵長劍削斷褲帶了。……古往今來，嫖院之人何止千萬，卻要算乾隆這一次嫖得最為規模宏大，當真好威風，好煞氣，於日後「十全武功」，不遑多讓焉。後人有「西江月」一首為證，詞曰：

鐵甲層層密布，刀槍閃閃生光，忠心赤膽保君皇，護主平安上炕。

湖上選歌徵色，帳中抱月眠香，刺嫖二客有誰防？屋頂金鉤鐵掌。

這一段寫乾隆嫖妓，眾侍衛、武官忙碌護衛的情形。凡人嫖妓本無可笑之處，但皇帝嫖妓卻不同了，聲勢之大，不免令人感到有些可笑。更重要的是作者對乾隆及其侍衛很是反感，忍不住要這般的誇張其辭，諷刺挖苦，從而造成了如此喜劇效果。金庸說：「不諷刺他一番，悶氣難伸。」（《書劍恩仇錄・後記》）

再看下面一段：

……行到中午，忽見迎面沙漠中一跛一拐的來了一頭瘦小驢子，驢上騎著一人，一顛一顛的似在瞌睡。走到近處，見那人穿的是回人裝束，背上負了一隻大鍋，右手拿了一條驢子尾巴，小驢臀上卻沒尾巴，驢頭上竟戴了一頂清兵驍騎營軍官的官帽，藍寶石頂子換成了一粒石子。那人四十多歲年紀，頦下一叢大鬍子，見了二人眉花眼笑，和藹可親。

……那人道：「銀子倒不用，不過得問問毛驢肯不肯去。」於是把嘴湊在驢子耳邊，嘰哩咕嚕的說了一陣子話，然後把耳朵湊在驢子口上，似乎用心傾聽，連連點頭。

二人見他裝模作樣，瘋瘋癲癲，不由得好笑。那人聽了一會，皺起眉頭說道：「這驢子戴了官帽之後，自以為了不起啦。牠瞧不起你們的坐騎，不願意一起走，生怕沒面子，失了自己的身分。」

余魚同一驚：「這人行為奇特，說話皮裡陽秋，罵盡了世上趨炎附勢的暴發小人，難道竟是一位風塵異人？」（第十八回）

余魚同、李沅芷二人這回碰到的，果真是一位赫赫有名的風塵異人，他就是傳說中名滿回疆的風趣智者納斯爾丁・阿凡提。金庸將這一滑稽風趣的喜劇人物寫入書中，固然是要增強回疆特色，更重要的則是要增強喜劇效果，博讀者一樂。

上面兩段都有明顯的喜劇性。但二者卻又不盡相同。乾隆嫖妓的描寫，是作者用諷刺性的誇張語言來揭示喜劇性，意在挖苦，目的主要是作者發洩悶氣。而書中寫到納斯爾丁・阿凡提這一人物的故事，則首先是這一人物本身就是一位風趣生動的喜劇形象，他的故事當然就具有喜劇性。我們從他的裝束、坐騎、形象、語言、舉止中都可以看到可樂的特點，作者意在使讀者發笑，以調節小說的氣氛。更重要的是，作者已是自覺地為小說本身及讀者著想了。

此後，金庸的小說中總少不了這樣或那樣的喜劇因素。如《碧血劍》中寫了袁承志的大師兄黃真的滑稽突梯，又寫了黃真的徒弟崔希敏的魯莽憨直，這兩個人物都可以說是喜劇人物，各有各的可笑可樂之處。偏偏他們的關係又是師徒，相互映襯與對比，其幽默的效果就更加強烈了。只是這兩個人物在小說中出場不多，未免使人感到有些美中不足。

至《射鵰英雄傳》，作者創造了著名的喜劇形象「老頑童」周伯通，從此開了塑造喜劇形象的先河，金庸的喜劇人物畫廊也逐漸人多勢眾。我們在第二卷書中提到的那些「渾人」形象，都屬於這一類。

還不僅僅是如此，《射鵰英雄傳》中的一些非喜劇人物的故事中，也常常帶有喜劇性。例如北丐洪七公的出場，人未到，聲先至，他是聞了黃蓉烤燒的「叫花雞」的香味而來，所以第一句話便是「分作三份，雞屁股給我！」其後洪七公與黃蓉、郭靖相處，洪七公的吃相、黃蓉的聰明機智、郭靖的憨厚樸實，互相映襯就有幽默的效果。例如小說的二十二回書中，寫到洪、黃、郭師徒三人被歐陽鋒叔侄欺侮，黃蓉被迫替歐陽氏烤羊，一隻羊分成兩半，其中一片讓洪七公淋上尿水，叫郭靖將未淋尿的那一半送給歐陽鋒，算準了歐陽鋒不放心，要以那一片乾淨的換這一片淋過的，這一情形已經近於玩笑。書中又接著寫道：

……正吃得高興，郭靖忽道：「蓉兒，你剛才這一招確是妙計，但也好險。」黃蓉道，「怎麼？」郭靖道：「若是老毒物不來換掉，咱們豈不是得吃師父的尿？」

黃蓉坐在一根枝丫之上，聽了此言，笑得彎了腰，跌下樹來，隨即躍上，正色道：「很是很是，真的好險。」

洪七公歎道：「傻孩子，他若不來掉換，那髒羊肉你不吃不成麼？」郭靖愕然，哈的一聲大笑，一個倒栽蔥，也跌到了樹下。（第二十二回）

這一段將郭靖的那種憨直愚鈍的性格寫出，令人忍俊不禁。書中像這樣的細節或場景很多。例如第十二回書中，寫洪七公吃著黃蓉燒的美味佳餚，大飽口腹之餘，不禁感歎：「他媽的，我年輕時怎麼沒撞見這樣好本事的女人？」言下之意似乎深以為憾。又見郭靖連吃四大碗飯，菜好菜壞，他也不怎麼分辨得出。洪七公又搖頭歎息，說道：「牛嚼牡丹，可惜，可惜。」黃蓉抿嘴輕笑。郭靖心想：「牛愛吃牡丹花嗎？蒙古牛是很多，可沒牡丹，我自然沒見過牛吃牡丹。」這一個細節，也是既寫了人物性格，又有一種幽默的趣味。

這部書中的三頭蛟侯通海，則是一個標準的白鼻子小丑，典型的插科打諢的人物。他一出場，就有好戲看。看他的表演，總能使人樂不可支。這個年紀不小，武功也不低，性格上卻「渾」得出奇，單純得出奇。他是沙通天的師弟，卻像是師兄的影子一般，唯師兄馬首是瞻，兩人的性格全然不同。後來《倚天屠龍記》中的華山派高、矮二老，及汝陽王手下鶴筆翁、鹿杖客師兄弟，《鴛鴦刀》中的「太岳四俠」等等也都是這種格局。都是「我師哥料事如神，言之有理」。而一旦離開了師哥，就不免要出乖露醜，大出洋相。

且看侯通海的一段表演：

……那邊侯通海與黃蓉鬥得甚是激烈。侯通海武功本來較高，但想到這「臭小子」身穿軟蝟甲，連頭髮中也裝了厲害之極的尖刺，拳掌不敢碰向他身子，更是再也不敢去抓她頭髻。黃蓉見他畏怯，便仗甲欺人，橫衝直撞。

侯通海連連倒退，大叫：「不公平，不公平。你脫下刺蝟甲再打。」黃蓉道：「好，那麼你割下額頭上的三個瘤兒再打，否則也不公平。」侯通海怒道：「我這三個瘤兒又不會傷人。」

黃蓉道：「我見了噁心，你豈不是大占便宜？一、二、三，你割瘤子，我脫軟甲。」侯通海怒道：「不割！」黃蓉道：「你還是割了，多占便宜。」侯通海怒道：「我不上你當，說什麼也不割！」（第十一回）

似這樣有趣的場景、人物，在金庸的小說中當真有不少。我們也不必一一列舉。更值得注意的是，金庸小說的主人公，除《書劍恩仇錄》中的陳家洛一板正經，沒什麼趣味以外，其他的主人公形象，都或多或少地帶有一些喜劇趣味。上面說到的郭靖是一個「大憨包」，所以在機靈鬼怪的黃蓉面前，總免不了要吃虧上當，出些洋相。

《碧血劍》中的袁承志雖然本分老實，卻學了金蛇郎君的一分邪氣，大師兄黃真的一分滑稽，所以在南京戲弄過閔子華等人，而在押寶的途中，更是裝呆裝癡，扮豬吃老虎，將山東、直隸的盜匪捉弄一個夠。

《飛狐外傳》中的胡斐、《神鵰俠侶》中的楊過、《笑傲江湖》中的令狐冲等人雖性格不同，但都聰明機智，又都有一點胡作非為的細胞，說起話來往往幽默風趣，做起事來常常使人莞爾。

《連城訣》中的狄雲、《俠客行》中的石破天、《倚天屠龍記》中的張無忌都是些老實人。老實人就不免要遇到些尷尬事，尷尬的情形以及似是而非的結局，往往令人哭笑不得，雖然辛酸得很，卻又相當的幽默。

《天龍八部》中的段譽這位癡人與他的二義兄虛竹這位迂漢，那就更是幾乎時時處處都要鬧出一些不合時宜的笑話了。別的且不說，他們倆的結拜，就是一幕幽默喜劇：在靈鷲宮中，慕容復等人離去。段譽見王語嫣離開了，不禁一聲長歎，虛竹也是一聲長歎。段譽見虛竹的懷中揣著王語嫣的畫像（**其實是她外婆李秋水之妹的畫像**），以為虛竹與他同病相憐。而虛竹倒也正在思念他的「夢姑」。兩人各有一份不通世故的呆氣，竟然越說越投機。

兩人各說各的情人，纏夾在一起，只因誰也不提這兩位姑娘名字，言語中的榫頭居然接得絲絲入扣。兩人你引一句《金剛經》，我引一句《法華經》，自寬自慰，自傷自歎，惺惺相惜，同病相憐。喝得七八分醉，段譽迷迷糊糊地提起與喬峰結拜兄弟之事，虛竹居然也因酒壯膽，要與段譽結拜，並將沒見過面的喬峰也結拜在內，結果虛竹做了二弟，段譽做了三弟，不在場也不認識的喬峰做了大哥。

此外，前面已經提及。《鴛鴦刀》中的人物，以及《鹿鼎記》中的主人公韋小寶更是獨特的喜劇典型形象。

我們也說過，金庸的小說，越是寫到後來，喜劇因素越多，喜劇情境越多，喜劇性越強。金庸為什麼這麼寫？最重要的原因之一，便是「娛人」。即要讓讀者在閱讀過程中有足夠的「可樂」之處。

這使我們想到中國傳統戲劇表演中，有專門的「插科打諢」，傳統的說書表演中有專門的「帽子頭」。這些都是為了說笑、逗趣，給觀眾、聽者提神，並藉以吸引觀眾的注意力，以便他們好好地觀看正本大戲或聽正書正傳。

金庸的做法，在功能上與上述「插科打諢」沒什麼兩樣。都是要吸引讀者，並使讀者獲得審美悅愉，娛樂身心。所不同者有三。其一，金庸小說的喜劇情境並不脫離正文，不像說書的「帽子頭」可以是與正傳毫不相干的滑稽故事。其二，金庸的喜劇人物不僅都是書中人物，甚至包括書中的主要人物，不一定是專門「配置」的「打諢」角色。其三，金庸小說中的喜劇情境，常常能夠在讓人獲得娛樂嘻笑之餘，發現人物的性格特徵，進而發現人性的某些特點。

也就是說，金庸小說的喜劇情境與人物形象的描寫有著密切的關係，不是為逗樂而逗樂。至少不是純粹的逗樂。這使得金庸小說中的喜劇因素，普遍品位較高。準確地說，是層次比較豐富，讓不同水準層次的讀者都能在書中找到樂子。

這就是金庸作品的通俗性所在了。

骨子裡頭，金庸的每一部書都不像它的表面形式那樣輕鬆活潑，充滿喜劇色彩，而是有著極深的悲劇意蘊和極強的悲劇性的。這就是金庸小說的二重性形式，使它不同於一般的喜劇，而又不同於純粹的悲劇。

二、悲劇性及其悲劇意蘊

關於金庸小說的悲劇主題、悲劇性，我們在以前的著作中已多次提及。這裡，我們將要從另一個角度來談論這一問題。

金庸的小說，可謂無書不悲、無人不悲、無事不悲、無處不悲。就連完全是喜劇形式的《鴛鴦刀》中也充滿了悲劇意蘊，而《鹿鼎記》則更是一個深刻的大悲劇。《天龍八部》有情皆孽，無人不冤，當然更不必說。《連城訣》、《白馬嘯西風》則更是純而又純的悲劇故事、悲劇情境，其他小說的主題、人物、意蘊，亦各有各的可悲之處。

當然，悲劇是各式各樣的。悲劇性也有不同的表現形式，有悲傷、悲哀、悲慘、悲憤、悲涼、悲壯、悲怨、悲憫……等等。金庸的小說中就包含著這樣一些複雜的悲劇因素和悲劇性形式，從而形成一種複雜而深邃的悲劇意境。

在這裡，我們當然不能對這些悲劇因素和悲劇形式一一列舉分析。筆者在《金庸小說之謎・人生篇》中，專有一節題為「孤獨之俠，失戀之侶，茫然人生」論述金庸小說的一些普遍的現象，即：一、主人公多是「孤獨之俠」，他們多半是父母雙亡、或連父母是誰都不知道，進而他們在人生旅程中或有一二異性戀人，卻絕少同性的知己，雖領袖群雄、受人愛戴，但真正的朋友卻找不到。

二、書中的女性，大多為「失戀之侶」，其實應該叫「失侶之戀」才對。反正是那麼個意思，即情感悲劇的承受者，同樣是孤獨苦痛之人。而書中的不少男性人物，也是一樣。

三、所謂「茫然人生」，是指他們既不知道自己是怎麼來的，來了之後又「人在江湖，身不由己」，而又不知到哪裡去，往往於成功的巔峰茫然四顧，終至頹然隱去。正像古波斯詩人峨默的詩句：「來如流水兮逝如風，不知何處來兮何所終。」

關於金庸小說的悲劇性及其悲劇意蘊，實不是我們在這一簡短的篇幅中所能論述得清的。我們只能對金庸小說中所寫的悲劇的類型及其性質略加分類簡析之。

（一）事業的悲劇

金庸創作之始便寫出了一個悲劇故事。即陳家洛為首的紅花會反滿抗清事業不成，反而差一點送了性命的故事。這與通常的「光明的尾巴」、「大團圓結局」的小說模式截然不同。陳家洛等人千辛萬苦、費盡心機，終於事業失敗，反遭其害。白白讓香香公主喀絲麗葬送了愛情、葬送了美麗的青春，而回疆木卓倫部也白白地犧牲了。

進而，在這一作品中，我們還能看出更深一層的悲劇，那就是陳家洛及其紅花會試圖利用乾隆是陳家洛的同胞哥哥這一特殊關係，逼他又求他帶頭反清復明，皇帝還是由乾隆來做，只是要改換明朝漢人服裝，驅逐滿人。紅花會群梏的這一做法，本身就不大對頭，局限性極大，這麼一個革命性組織，目的不過是要乾隆換一身衣服當皇帝，當真是皮毛得很，換湯不換藥。即便成功了，那又如何？

最後，我們還可以深入一層，看乾隆的矛盾與變節，他對漢人父母盡孝是很願意的，但要他冒著生命危險去對漢人價值觀念及民族面子「盡忠」，卻終於不幹。他還是當他的太平皇帝，陳家洛雖是他親兄弟，那也管不了許多了，誰危及他的權力寶座，殺無赦。這是中國專制政治的通例。乾隆、陳家洛的「兄弟之爭」（**有一定的象徵意義**）一旦成了「權位之爭」，那就完全是另外一回事了。

金庸小說中的事業悲劇當然不僅這一例。《碧血劍》中的崇禎、李自成、袁崇煥、李岩，乃至虛構的人物袁承志……等人的事業無一不是以悲劇告終。其悲劇的成因，我們在後文中將作分析。

（二）人才的悲劇

袁崇煥是被他的皇帝崇禎殺的；李岩則是被他的主帥（也是皇帝：大順皇帝）李自成殺的。這種自毀長城、英才被殺的悲劇在中國歷史上也不知有多少。文種、伍子胥、韓信、岳飛以及被朱元璋所殺的眾開國元勳等等都是。有的是因為皇帝主子的心胸狹窄，有的是個性的衝突，有的是敵人的反間，有的是被懷疑對權力寶座懷有異志異心……小說《碧血劍》對這種「自毀長城」的人才悲劇，義憤填膺，悲傷至深。《鹿鼎記》中的人才悲劇，則是另一種傳統形式，即「黃鐘毀棄，瓦釜雷鳴」的形式。多少人鬱鬱不得伸其志，而不學無術的韋小寶卻歪打正著、飛黃騰達。

（三）歷史的悲劇

人才的悲劇，其實又是中國歷史的悲劇的一種表現形式。

金庸的小說，對中國歷史的悲劇揭示得異常的深刻。雖然小說的主體並非寫史而是傳奇，但作者選取的歷史背景，往往是民族紛爭、社會動盪、戰爭頻繁的特殊時期，於此更能透澈地認識歷史的本質及其悲劇性。例如《射鵰英雄傳》中，不但抒發了對岳飛慘死的憤慨、南宋君臣昏庸無能，「直把杭州作汴州」的憂憤，更通過郭靖之口，揭示了「成吉思汗、花刺子模國王、大金大宋的皇帝他們，都似是以天下為賭注，大家下棋」這一歷史的悲劇本質。這些帝王元帥們以天下為賭注，輸了的不但輸去了江山，輸去了自己性命，更害苦了天下百姓。正如書中的結尾詩所寫：「兵火有餘燼，貧村才數家。無人爭曉渡，殘月下寒沙！」王朝歷史的悲劇，還表現在宮廷之中、朝堂之上的爭權奪位上。這在金庸的《鹿鼎記》、《天龍八部》中寫得更為突出。至於梟雄政客、帝王將相的虛偽殘忍、骨肉相殘，更不必說。

（四）文化的悲劇

《鹿鼎記》一書不僅揭示了人才的悲劇，更揭示了中國傳統文化的悲劇。韋小寶飛黃騰達而又左右逢源的歷史，正是中國文化的悲劇性的深刻而又生動的表現，韋小寶在清廷之中飛黃騰達，全憑康熙皇帝的恩寵，眾大臣、大將便趨之若鶩，拼命討好。而韋小寶的功夫，不過是以「馬屁功」見長而已。不料這一功夫不僅在朝廷官場管用，在民間寺廟、江湖綠林、反清幫會、漢人書生間都一律管用。韋小寶似乎找到了鑰匙，能在江山廟堂與江湖草莽之間通行無阻。這表明了中國文化的統一性。而韋小寶幫助俄羅斯公主政變，從而揚威異域，看起來是中國文化大放光彩，實則是中國的「陰謀文化」的現形。

小說中還寫到顧炎武、呂留良、黃宗羲這幾位當世大儒勸韋小寶做皇帝，這驚世駭俗的一筆看上去似是不可思議，但實則不但揭示了中國歷史的最深刻的秘密，同時也揭示了中國文化及文化人的價值觀念與人格模式的最深刻的秘密。

(五)江湖的悲劇

江湖的悲劇是文化悲劇的另一種表現形式。因為它也是小說人物的生存環境的悲劇，其中也必然充斥了一定的文化背景、價值體系。雖然江湖是由作者虛構的社會存在，但這種虛構，常常是一種象徵和寓言，是一種更本質的表現。

江湖的悲劇，首先是如《笑傲江湖》中所揭示的「人在江湖，身不由己」的悲劇，即生活在那樣一種文化社會環境之中不得自由、不得自主的悲劇。我們知道這部書乃是作者有意而為的一種政治鬥爭（**權力鬥爭**）的象徵之作，則其中江湖文化的象徵性也就不難理解。

江湖的悲劇，其次是「英雄無奈窩裡鬥」。這是筆者對《雪山飛狐》一書的概括。在別處我已作過分析。再次，江湖的悲劇表現在「恩恩怨怨何時了」。這在金庸每一部描寫江湖的小說中都能見到。

總之，在金庸的筆下，江湖世界決非想像中的自由快樂的世界，不是美麗和平的理想樂園，而是充滿血腥、充滿陰謀、充滿陷阱的地方。這是一種絕對的悲慘世界。

（六）人生的悲劇

環境決定人生。既有上述的歷史的悲劇、文化的悲劇以及作為文化社會的象徵和變形的江湖的悲劇環境，人生的悲劇就在所難免了。

另一方面，任何環境的悲劇最終都要落到具體的人生之中，環境的悲劇只有在具體的人生中才能得以表現。正如《書劍恩仇錄》中的徐潮生，迫於父母之命離開青梅竹馬的戀人，而嫁給自己並不愛的男人；徐天宏的人生悲劇則源於方有德這樣的貪官污吏的欺壓，《碧血劍》中的張朝唐兩次來中國大陸「朝唐」卻兩次遭到搶劫；《射鵰英雄傳》中的郭嘯天、楊鐵心先是背井離鄉、後則家破人亡、妻離子散，其妻其子各自孤苦飄零，這些都要到他們的生存環境中去尋找悲劇的成因。

當然，人生的悲劇又有各式各樣的，其悲劇的成因也相當的複雜。前面所說的「孤獨之俠」，就包括了種種悲劇的人生故事，進而又深刻地揭示了人生的孤獨感，這種悲劇層次就不是「形而下」的範疇所能解釋得清的了。

（七）情愛的悲劇

關於這一點，筆者專門寫了一本書，名為《金庸小說情愛篇》，這是一個地地道道的悲情世界。在金庸的每一部書中，都有許許多多這一類的悲劇故事。僅是《書劍恩仇錄》一書中，就有：一、徐潮生、于萬亭的愛情悲劇；二、余魚同對駱冰的愛情悲劇；三、陳家洛與霍青桐、喀絲麗的愛情悲劇；四、袁士霄與關明梅的愛情悲劇；五、李沅芷對余魚同的愛情悲劇；六、還有無塵道長當年的愛情悲劇……這些愛情悲劇的原因及其表現形式都是不同的。其他的作品中，我們還能舉出更多。在前一卷書中，我們對其中的一些進行了分析，這裡就不多舉。

（八）性格的悲劇

這既是一種悲劇的形式，亦是一種悲劇的成因。這是我們熟知的一種悲劇。在金庸的書中，我們也不難找到例證。

陳家洛的悲劇人生中，有一部分要歸因於環境與命運，有一部分卻要歸因於他的性格。他的愛情悲劇就是他的性格悲劇的表現。他之錯過了霍青桐，是因為他心胸狹窄，而葬送了喀絲麗，則要歸因於他的軟弱和糊塗，《飛狐外傳》中的南蘭離家出走，與這位官家千金的自私、任性而又空虛、淺薄的性格絕對有關，結果導致了拋夫棄女而投入狼窩，鬱鬱終生不得其歡愛。《神鵰俠侶》中所寫的王重陽與林朝英的愛情悲劇，更是他們心高氣傲的性格所決定的。這些我們前文都曾敘及。

（九）人性的悲劇

這是金庸小說中最為突出、最為豐富的悲劇形式，還應加一個最為深刻。因為在這類悲劇形式中，打破了「好人」與「壞人」的分別，而且也突破了「將有價值的東西毀滅了給人看」這種傳統的悲劇觀念。作者在小說中，揭示了人類欲望本性與人類理智良知的自我衝突的悲劇性，及人類本性與人類道德價值的衝突的悲劇性。揭示了人性的「貪」、「嗔」、「癡」等欲望本能及其悲劇形象。

這使小說中的性格悲劇及人生悲劇更加深化。其中又可以細分為權欲者的悲劇、貪婪者的悲劇、復仇者的悲劇、色欲者的悲劇，以及其他對功、名、利、祿的貪與癡的悲劇等等。這些悲劇形象，其實是人性的一種象徵。然而其個體生命的歷程及其悲劇的結局，卻又千差萬別，讓人感慨萬千。

（十）命運的悲劇

這當然是人生悲劇的一種形式，同時又是對人生悲劇的一種解釋（**一種成因**）。我們看到了小說中許許多多的人生悲劇，往往歸因於宿命。而宿命又是什麼呢？一部分原因當然是歷史及其社會發展的環境所致；一部分則屬於偶然的機緣；還有一部分，則需到人性之中去找尋答案。

作者對命運的描述，有兩點比較特別，一點是壞人的壞命運往往源於他們自己的本能欲望（**人性**），如《連城訣》中的萬震山、言達平、戚長發師兄弟的貪婪，造成了他們的寡義，而至於殺師、殺友、殺徒，終於在相互殘殺中不得好死，如若他們不那麼貪婪，則他們的命運當會是另一種樣子。

這當然也是一種悲劇，是命運的悲劇，更是人性的悲劇，因為他們的命運是他們自己選擇的，而他們之所以如此選擇，則源於本能的欲望，即人性本能。另一點，小說中的許多主要人物（好人）的命運之悲劇，其成因固不在他們自己，卻還是在他人的人性的本能欲望及其變態行為或陰謀中。

《俠客行》的主人公之所以不知道自己姓甚名誰，那是因為他的養母梅芳姑失戀又失常，要報復情人，將主人公擄去，從此改變了主人公的一生。再如《天龍八部》中的一些人物的悲劇命運，無不如此，人類的欲望及行為互為因果，造成一張命運之網，網住了對象也網住了仇敵，同時更網住了許許多多的無辜，致使整個世界都成了人間地獄，乃有「有情皆孽，無人不冤」的悲慘境界。

以上我們對金庸小說的悲劇性及其不同形式作了一些簡述。這種簡述是不全面的。不過足以證明我們前面所說的金庸小說充滿悲劇意蘊之言不虛。上述不同形式的悲劇性，又相互糾纏絞結，排列組合成不同的悲劇之網，張大在金庸的不同作品之中。每一部作品中都有悲劇故事及悲劇意蘊，而這些作品的悲劇性又絕非單純一種，而是錯綜複雜。有的十分明白淺顯，而有些則相當含蓄隱晦，需要我們耐心地去品味與探尋。

三、悲喜交加的藝術境界

第一節說喜劇，讓人嘻嘻哈哈、忍俊不禁；第二節說到悲劇，則不免讓人哭哭啼啼，或愁腸百結。這彷彿是兩個世界、兩種氣候，而金庸卻將它們統一在自己的同一藝術天地之中。彷彿讓冰炭同爐。

金庸的小說的藝術境界，確實不是一個單純的喜或悲所能解釋的。因為悲喜交加、錯綜複雜，從而意蘊豐富而又境界深遠。

這一境界是怎樣構成的？

（一）局部的喜劇與整體的悲劇

在談論喜劇性的時候，我們已經提及，金庸小說中的喜劇情境——包括喜劇語言、喜劇人物、喜劇情節、喜劇行為、喜劇細節等，在其大多數作品中都是一種局部現象。《書劍恩仇錄》中的阿凡提是在小說快要結束時才出現的，而且並沒多少篇幅寫到他；而除了乾隆嫖妓這一段，其他寫到乾隆之處，大多不是諷刺挖苦的喜劇性誇張，而是就事論事地寫他的人和事。這部小說除此之外，就只有二、三處帶有喜劇性的敘述和描寫，如寫到忽倫四虎與陳家洛對打等等，但所占篇幅極小，作品的整體仍是正劇和悲劇的形式。

這種局部與整體的關係，不改變小說的基本性質，卻豐富了小說的審美功能。如前所述，就是使讀者在閱讀中多一份娛樂和輕鬆。

（二）過程的喜劇與目的的悲劇性

金庸小說的喜劇性與悲劇性結合的另一種形式，是過程的喜劇性與目的（結局）的悲劇性的自然組合。

這又可以從作者與讀者兩種不同的角度來看。

從作者的角度，此「過程」是指其敘事的過程，喜劇性不過是作者要吸引讀者的一種手段和方式。而作者的創作目標，則還是要以深刻的悲劇性來表達自己的認識與感慨。這二者之關係，一如門徑（這要由作者的敘事過程來指引），一如堂奧（這正是作者的創作審美目標，卻要靠讀者自己去摸索）。

從讀者方面來看，這二者之間的關係，乃是看作品情節與結局的關係。情節發展過程中不妨有很多的喜劇性因素，而情節的結局則一反常態地揭示出悲劇性的秘奧，使得全部的情節結構自然地改變方向。達到一種「解構」性的目的。讀者對作品的情節的關注到此結束，對結局的探索與尋味從此開始。

其實，整個敘事過程——小說情節發展過程——都是喜劇性的作品在金庸的小說中並不多，總共也不過兩部，即《鴛鴦刀》這部中篇與《鹿鼎記》這部長篇。其中後一部我們還要另當別論。

《鴛鴦刀》確實從頭到尾（除了最後的結局）都是以喜劇形式出現的。其中的人物，大部分都是喜劇人物，如太岳四俠、林玉龍、任飛燕、蕭中慧、袁冠南，還有那個「鐵鞭震八方」滿口「江湖上有言道……」的鏢頭周威信等等，無一不使人發笑。書中的情節及小說敘事的語言也都是喜劇性的。直至最後，作者揭示鴛鴦刀的秘密及蕭半和（蕭義）的秘密，才猛然地使人進入一個悲劇情境，為蕭義的悲壯義舉而感慨；為袁、楊兩家的不幸遭遇而悲憤，而感傷，為鴛鴦刀的「秘密」而百感交集……這才對作品的性質及其藝術境界有了進一層的感受和領悟。

不過，若我們將敘述過程的喜劇性放寬標準，即除了濃筆重彩的幽默、滑稽、諷刺、反諷的情境之外，將小說中的輕鬆、愉悅、機智的筆調及情節也都歸入「泛喜劇性」或「輕喜劇形式」的話，那麼情形便大不相同了。我們會看到，從《碧血劍》以後，金庸的小說的敘述過程都相當的輕鬆、相當的機智，而書中的許許多多人物都或多或少地會表露出「泛喜劇性」。

這就是說，作者在敘事過程中是故意地追求一種輕鬆的情調，以便讓讀者獲得更多的愉悅。只是作品的結局及其審美目標、審美本質卻不因之而有所改變。這也是金庸小說的一個獨特之處。

（三）表層的喜劇性與深層的悲劇意蘊

上面所言都可以歸入這一項中。這是金庸小說創作的一種特殊的內功心法。《鹿鼎記》一書便是最好的證明。這部小說寫韋小寶這一奇人在一連串奇遇中化險為夷甚而遇難呈祥的喜劇性情節，從人物的性格、語言、行為、心理到作品的敘事，無不充滿喜劇色彩，隨便找一頁都會看到令人發笑的故事或語言。然而這部作品在骨子裡卻又浸透了一種悲劇意蘊，它是作者對中國歷史文化的大悲劇的深刻的揭露，形式上卻是喜劇式的反諷。表面上看不出多少挖苦的痕跡，但深層次中卻有滿懷悲憤與憂思。

關於這部小說，我們在其他的書和文章中作過分析。韋小寶這一人物的奇遇越多，其悲劇性就越深刻；韋小寶這一人物的個性表現得越充分，對中國文化和歷史的批判也就越透澈。甚而，當我們在嘻笑之中沉靜下來，我們還會在韋小寶本人的經歷發現深刻的悲劇性。

一是他始終不知父親是誰，他只知道自己是一個妓女的兒子，自幼低賤頑劣而又孤苦伶仃。

二是他雖然從內心裡將師父陳近南當成精神父親，陳近南卻死於他的少主之手，康熙雖然寵他，卻不允許他在朝廷與天地會之間腳踏兩隻船，要逼他作出難以抉擇的抉擇，在兩難之境中，他只好「老子不幹了」。

三是這一人物的奇遇和騰達，一方面固因機緣湊巧加之他生性浮滑，另一方面卻又「人生在世，身不由己」，大有不得已的苦衷。幾乎沒有哪一件奇遇是他真正想經歷的（除了娶阿珂為妻），但卻迫不得已都要去經歷。進而，在他的人生際遇中，看似遇難呈祥，左右逢源，實則恰恰是以犧牲，扭曲、毀滅自己的人格、尊嚴作為代價。

為了生存這一人生最低的目標，他不得不去賭、去溜鬚拍馬、吹牛撒謊、坑蒙拐騙，不得不落入文化環境的泥淖之中而越陷越深，且越來越麻木，越來越喪失人格尊嚴。這樣的人生其實是最大的悲劇，而他對這種悲劇的無知無覺，則加深了悲劇的深度。

我們都知道這是金庸的最後一部書，也是最好的一部書，不僅好在思想上進入博大精深的巔峰極境，而且好在藝術上進入爐火純青的徹底自由揮灑的化境。形式上便表現為將喜劇的外殼與悲劇的精神天衣無縫地結合在一起。這是金庸小說的審美極境。金庸前此的創作，可以說都是朝著這樣一個大目標努力而來。瞭解和理解了這部作品的審美形式及其創作成就，可以說就真正地瞭解和理解了金庸小說的全部。這部小說將是一個談不完的話題。

前面我們說過，將喜劇及喜劇因素、喜劇性當成通俗性，而將悲劇及悲劇性等等當成高雅，這只是一種通常的、相對的認識。不能將此分野機械化和絕對化。

在具體的創作實踐及作品形式中，情況往往十分複雜。如喜劇中的幽默，常常需要超人的智慧與機靈，因而它可以說是一種高雅的人生與藝術的修養的表現，這與諷刺大不相同，而與一般的滑稽逗趣則更有天壤之別。因篇幅所限，我們不能展開更具體的分析比較了。同樣的，悲劇性及其悲劇其實也有高下之分，其間的差距，往往因人而異。所以我們不能將喜劇與悲劇的「定性」弄得那麼呆板僵化，正如我們不能將雅、俗之別弄得那麼刻板教條一樣。

我們只是想借喜劇與悲劇來談論金庸小說的二重建構及其雅俗共賞的秘奧而已。這其實是一種不得已的作法。

我們在談論喜劇與悲劇的分野時，切不可忽視它們合流的形式。我們強調它們的矛盾特徵，亦不可忘卻它們在金庸的小說中業已成為水乳交融的統一體。成為一種有機的藝術形式，和一種完整統一的審美境界。悲喜交加的意義，既不簡單地等同於悲劇或喜劇，也不等同於悲劇與喜劇簡單、機械的相加。而是在互相交融、互相滲透之中形成一種新的、特殊的審美意境。也許喜是喜、悲是悲；也許喜就是悲，悲就是喜；喜中有悲，悲中有喜；喜後是悲，悲後又是喜……如此錯綜複雜，難以言表，只能感受了悟，方得箇中之味。

第五章
行雲流水

在拙著《金庸小說之謎》的結尾處，筆者說了一句大話：「所謂『金庸小說之謎』，至此可解。」現在讀來，不免有些臉紅。因為「金庸小說之謎」實在難解，更不會憑那一本書，那麼容易就解開了。

除了金庸小說的博大精深，筆者又才疏學淺這一明顯的矛盾原因之外，還有一個重要原因是研究方法與研究對象之間固有的矛盾。

研究的方法，無非是分析與概括、判斷與評價。而研究的對象是文學作品，往往是不能分析，更不能概括的，任何判斷與評價都有可能失之偏頗，弄不好則會南轅北轍、似是而非，將人引入死胡同。研究者不論用什麼高明的方法，都離不開理性。

而理性的成果，則只能用邏輯的推演以及諸如此類的條條框框來表達。而文學創作中起決定性作用的卻不是理性，而是感性與直覺——過去有很長一段時間，我們都稱這種感性與直覺的運作方式為

「形象思維」。它的特點就是不依理性的邏輯，而按照直覺與靈感去進行創造。

其實任何成功的藝術作品都是不能用理性分析來進行解釋的，更不能用理性邏輯來概括它。一幅畫、一首詩、一部音樂作品、一段舞蹈、一篇散文以及一部戲劇、一部電影……都是不能概括的。小說當然也是如此。

進而，能否被理性思維來概括，正是藝術作品好與不好、成就高低的一種試金石。越是能夠被「一言以蔽之」的作品，就越不是好的藝術作品。人物形象也是如此，能夠被簡單概括的人物只能是簡單的類型形象或「扁平人物」，這樣的作品只能是經典的演繹，即按照理性思維的路子去刻意附會與演繹的，才能被理性的概括所包辦。

相反，越傑出的作品，越不能被簡單地概括（**人物形象也是如此**）。因為它將藝術的方法發揮得更為出色、更為淋漓盡致，而包含著感性、直覺，靈感等非理性、非邏輯因素的藝術方法，正是理論研究者最感頭疼的，它可以意會而不可以言傳。

所以，在這一章中，在這一部書結尾之際，我要說的再也不是「金庸之謎，至此可解」之類的話，更不是金庸之謎「已經解了」，而是金庸小說的藝術之謎及其創作方法的真正奧妙我們尚未解釋清楚，而且也不大可能解釋得清楚。理由如上所述，因為這種東西只可意會而不可言傳。

可以解釋、可以言傳的東西，我們都盡可能地解釋、盡可能地言傳了。也不能說這本書中論及的內容全無用處，它們也是對金庸小說的方法、技巧、套路、招式乃至一些內功心法的分析和把握。可是，我們不得不說，最上乘的武功是把握不到的，最根本的創作秘訣是分析不透的，當然更是概括不出來的。

一

在第一卷書中，我們寫了《刻意與任意》一章，分析和概括金庸小說敘事過程中的兩種心理機制和方法形態，一種是刻意而為的套路和招式，如主題的立意、主要人物性格與命運的設計、小說情節線索的安排及小說結構的基本框架等等，這些都可以分析、概括，也比較容易解釋和評價。

而另一種則是任意而為，即具體創作——敘事——過程中的「別出心裁，隨手配合」的情況，我們就無法解釋了。正如《笑傲江湖》中的風清揚指點令狐冲，將華山劍法本來無法連接在一起的三十招「隨手配合」在一起，這就讓我們瞠目結舌。因為按華山劍法的套路，這三十招是不能相連接的，而風清揚卻硬要令狐冲將它連上，這就超越了華山劍法的套路的邏輯，也超越了尋常的理性規範。以至於幾乎是無規律可尋。奈何？

金庸既然能寫出風清揚及其創造性的發揮，這種超級武學的見識與方法自然會被作者在其小說中大用特用。這種別出心裁、隨手配合出的招式偏偏又恰到好處，而且還不留痕跡，正所謂信手拈來，皆成妙著，我們苦於沒有套路邏輯規律可循，不是只有對此乾瞪眼麼？

所以大作家是學不到的，武學高手也須自創武功。風清揚大罵「熟讀唐詩三百首，不會寫詩也會吟」的人是「蠢材」，原因是這些人不懂「自出機杼」的重要，更不能別出心裁隨手配合，尤其做不到信手拈來、皆成妙著。

其實，在《刻意與任意》一章中，我們雖然摸到了一點超級武學及超級文學的門徑，但最終還是未能深入堂奧，相反還是落入了下乘。

為什麼這麼說呢？是因為我們在那一章書中，不得不將「刻意」與「任意」當成兩種方法，兩種東西，並對它們分而論之。這就是落入下乘了。

其實它們是一種對立統一體。既矛盾、對立而又和諧、統一。我們只談了它們的矛盾與對立，而沒有論及（**至少是沒有充分論及**）它們的和諧統一，那不是未入堂奧、落入下乘？

細心的讀者可能已經想到，我的整個的這一本書都在走「下乘路線」，都在將一種渾然一體的藝術形式拆得七零八落，分成招式與內力之類的雙重形式來談。固然使我們看清楚了些，可是我們怎能還原呢？

打個比方，金庸的小說像是一個個活物，生機勃勃、氣韻生動——一切傑出的藝術作品都是如此——而我們卻在搞屍體解剖，大卸八塊、翻腸剖肚（**請別噁心**），名曰「研究生命的奧秘」。可是我們將活物搞成死屍，生命已經失去，又如何能真正尋到生命的奧秘呢？

這樣做，當然有不得已的苦衷。因為活物是無法全面解剖，要全面解剖非得將活物弄死不可。將活物弄死，解剖而得的「生命奧秘」，至多不過是解剖學的奧秘，即知道肚裡有些什麼東西，肝在哪兒、做什麼用；肺在哪兒，又是做什麼用……可是生命已不存在，真正的生命奧秘就尋它不到了。

如此，我們要想真正解開活體生命之謎，就只有在屍體解剖之外，尋找其他的方法和途徑。既然屍體解剖不成，那我們就只有搞活體的觀察和研究。當然這種活體觀察和研究也要建立在解剖學的基礎上，解剖所得的局部的組織形式、下乘的（**死的**）整體結構形式，能夠幫助我們進行活體的觀察。內外結合、死活結合，只怕能夠奏效。

讓我們還是回到原先的話題，即刻意與任意的關係上來。

在第一卷書的那一章中，我們只重點討論了小說敘事過程（**情節結構的安排與表述**）中的刻意與任意的關係，而沒有涉及小說的人物形象的塑造以及小說整體的審美境界的追求，這是它的一個明顯的局限。

那一章的另一個更明顯的局限，是只涉及到刻意與任意的關係的一個層次，一個較低的層次，即以刻意為主、以任意為輔的層次。在這一層次上，任意的方法，只是作為刻意方法與形式的補充，即「別出心裁，隨手配合」。而關於刻意與任意的關係的更高的層次及更新的發展情況，卻沒有真正的涉及。在《刻意與任意》一章中，任意的方法形式只是作為一種暫時的方法、局部輔助的形式，乃至是一種「不得已」的方法與形式。它遠遠沒有達到整體性的、主動性的、自覺性的更高的層次。

這正是我們在此要研究的。

我們看到，風清揚要令狐冲別出心裁、隨手配合、活學活用、靈活機動、料敵機先……等等，固然使令狐冲頓時進入了一個新的天地，使他的武學見識及武打技法與威力大大的提高了一個層次，可是還遠遠未達到真正的第一流或超一流高手的水準和境界。

真正使令狐冲進入一流境界的，是風清揚教了他著名的「獨孤九劍」之後。這套武功不僅保羅萬象，而且變化不拘，更為神奇的是這一套劍法的種種變化，盡是進攻招數，只攻不守。然而這還不是「獨孤九劍」的真正奧妙所在，只不過是它的外在形式（**金庸的小說也是招式繁多，變化無窮，而且有進無退**）。它的內在的要旨是什麼呢？

書中寫道：

……令狐冲越是學得多，越覺這九劍之中變化無窮。不知要有多少時日，方能操索到其中全部秘奧，聽大師叔要自己苦練二十年，絲毫不覺驚異，再拜受教，說道：「徒孫倘能在二十年之中，通解獨孤老前輩當年創制這九劍的遺意，那是大喜過望了。」

風清揚道：「你倒也不可妄自菲薄。獨孤大俠是絕頂聰明之人，學他的劍法；要旨是在一個『悟』字，決不在死記硬背。等到通曉了這九劍的劍意，則無所施而不可，便是將全部變化盡數忘記，也不相干，臨敵之際，更是忘記得越乾淨越徹底，越不受原來劍法的拘束。」……（第十回）

劍法中有招如無招，化繁為簡，進而有招式之意，而無招式之形，學而後忘，不受拘束，悟其精髓，使其意旨而變其形式，創其招數，這是「獨孤九劍」的根本奧妙。這使我們想到《倚天屠龍記》中張三丰教張無忌學太極劍，只教劍意而不教劍招之舉。這不奇怪，高深的武功自有相通之處，何況它們的真正的創制者不是什麼張三丰、獨孤求敗，而是金庸一人。

我們詳盡地引述小說中的「獨孤九劍」的形式與意旨，並不是要學一套劍法。——天下並無此種劍法。——而是要將它當成一個寓言來看，此中不僅包含了至真至深的武學的奧妙，也包含了真正深刻的文學創作的奧妙。

現在我們可以進入「刻意與任意」的關係的第二層次、第三層次了。

第一層次：以刻意為主，以任意為輔。

第二層次：以刻意為旨，以任意為形。

第三層次：以任意為主，以刻意為輔，無招無式，無影無跡，自由揮灑如行雲流水。

以上三個層次，正是文學創作的三種方法或三重境界。

第一種方法和境界，我們在《刻意與任意》一章中已經分析過了。就是以刻意表現某一主題、某一俠事及某種情節結構為主，而以任意性的隨手配合為輔，完成小說的敘事，創作出小說的形式。

第二層次，即第二種創作方法及審美境界，可以說是刻意與任意平等並舉。即如令狐冲學會了「獨孤九劍」的種種變化（**但尚未忘卻以至無招**）。即以刻意為基礎的任意發揮。這時編織情節線索、描繪人物都不會那麼刻板教條了，而是「立意」在心，「任意」表現在手。

令狐冲不僅用新學的獨孤劍法來克敵制勝，而且還可以用原來學會的華山劍法、衡山劍法等等一一任意地「化」入獨孤劍意的框架之中。在招式的選擇與安排上，已進入了無可無不可的自由自在之境。也不用去分辨是什麼招式，一經想到，便隨心所欲地混入任意性的整體結構之中。這比那種一招一式須合常規，刻意求工，執著於某種理念演繹的創作方法與形式，已然不可同日而語了。

第三層次，即第三種創作方法，其實已經不是什麼「方法」，因為它的特點是無招無式、無影無形、無痕無跡。看不到招式，也概括不出套路，找不到規律，也分析不出邏輯關係。這只能說是一種境界或狀態。有些像「獨孤九劍」中的「破氣式」，氣乃無影無形之物，「破氣」之式自然也就只能是「神而明之，存乎一心」了。它需要心無所滯，順其自然。而且可以隨心所欲，任意所之，亦即自由揮灑，有如行雲流水。

風清揚所說的無招，即是此意。

巴金先生所說的「無技巧」，亦是此意。

古人所謂「筆落驚風雨，詩成泣鬼神」，以及「下筆如有神」，或「鬼斧神工」，或「羚羊掛角、無跡可尋」……等等也都是同一個意思。

這就是說，真正的藝術的最高境界，無非是自出機杼而如行雲流水一般，沒有痕跡，看不出（**刻意的**）方法、技巧、形式邏輯，因而生機勃勃、氣韻生動，卻不能概括、無法拆解。美妙的詩、畫、音樂、舞蹈是這樣，傑出的散文、小說也是這樣子的。你要欣賞它、品味它是可以的，而要想分析它、概括它卻困難重重。因為它只能整體地被欣賞、被揣摩，而不能對它進行拆解及進行局部的分析研究。

我們在前面所說的屍體解剖不能洞悉生命的奧秘便是這個意思。我們會看到，這好詩中的詞語與平仄、繪畫中的色彩與線條、妙樂中的音符與音調與尋常的詩、畫、音樂中的詞，平仄、色彩、線條、音符、音調並無兩樣，區別它們的不是這些元素本身，而是將它們組合成獨特的整體形式。使得這一首詩、這一幅畫、這一段音樂妙不可言。「可言」的東西就不是真正的詩、真正的畫、真正的音樂和真正的藝術了。

小說也是這樣。或者說優秀的小說作品是這樣。金庸的小說作品是這樣的。

二

金庸的小說創作，當然也沒有一開始就達到了這樣的境界。正如我們在他的書中並沒有一開始就看到「獨孤九劍」或「太極劍意」，而只是看到「百花錯拳」。某種程度上，可以說，武功描寫的變化發展，在某種程度上可以說是作者的創作思想、創作方法及審美境界的變化和發展的形式標記。

金庸小說創作，由於其方法與境界的不同，可以分為以下三個階段：

第一階段：以刻意為主，玩概念、玩形式的階段，任意的作用較小。這一階段包括三部作品，即《書劍恩仇錄》、《碧血劍》、《雪山飛狐》。「百花錯拳」雖然精彩，但只是刻意的形式創造，不能說是第一流的武功。正如《碧血劍》刻意要在主題上表現袁崇煥的豐功偉績及歷史中英才被殺、自毀長城這種單薄的意旨，又如《雪山飛狐》則刻意於形式的靈巧，卻缺乏深刻的創意與深厚的內力。

第二階段：刻意為主旨，而任意在發揮外在的招式，兼收並蓄，相當於上述的第二層次。方法上更靈活也更提高一步，境界上也隨之而提高了一個層次。這一階段的作品包括：《射鵰英雄傳》、《神鵰俠侶》、《飛狐外傳》、《白馬嘯西風》、《鴛鴦刀》、《連城訣》等六部。這幾部作品的總體特點，是由故事形式發展而為人生的藝術，有了更高一層的劍意（**意蘊**）和審美追求，即開始注重刻畫人物、表達人生感慨。與前幾部書大不相同。

另外，這幾部書在形式上自由發揮、招式靈活，比之刻意的形式套路看起來似乎更隨意，實質上正是這種隨意性（**任意性**）形式及方法「救」了作品，將作品的藝術水準推向了一個更高的層次。最典型的是《雪山飛狐》之後的《飛狐外傳》。這一回作者不再刻意於形式，而是刻意要寫出一個「真正的俠」。

由於在小說敘述中的順其自然與任意發揮，才避免了主人公變成簡單的所謂

「真正的俠」的概念演繹，而是在小說中表現得較為豐滿活潑、機靈古怪而又充滿了人生的悲涼之感，有求而不得……使小說的藝術水準大大提高了。其他如《射鵰》寫「為國為民」，而《神鵰》寫「為情為愛」等等，皆因作品形式上的任意發揮，而未陷入單薄淺露之境，從而大受讀者歡迎。

《白馬嘯西風》寫情之感傷，《鴛鴦刀》寫事之幽默，《連城訣》寫價值之顛倒，皆因故事中的人物形象的獨特且鮮明以及小說立意的深刻、含蓄而獲成功。——當然，這幾部作品的藝術成就是有限的。它們還只是第二層次，尚未達到第一流的境界。

第三階段的創作，真正達到了第一流的境界，即氣韻生動、渾然天成而又如行雲流水、任意所之的藝術境界。這一階段的作品有《倚天屠龍記》（開始「太極劍意」作為表記）、《天龍八部》、《俠客行》、《笑傲江湖》、《鹿鼎記》（還有一個短篇小說《越女劍》，因其過於短小，不在話下）等。

而其中尤以《鹿鼎記》一部為傑作中的「絕作」極品，作者寫罷此書便封刀罷筆，也就可想而知是到了真正的藝術巔峰。相比之下，《倚天屠龍記》及《天龍八部》雖大氣磅礴，但結構上稍嫌鬆散；《俠客行》、《笑傲江湖》雖精巧縝密，卻稍嫌單薄；而《倚天屠龍記》、《天龍八部》、《俠客行》、《笑傲江湖》這四部書的寓言性質過於明顯，不似《鹿鼎記》那樣博大精深而返樸歸真、不露聲色、了無痕跡。

不過，從總體上說，《倚天屠龍記》以後的幾部小說都很大氣、深厚、豐富而又深邃。與前此的小說相比，顯然是又上了一個新的臺階。金庸寫作這些小說時，更是心無所滯，順其自然，更多的信手拈來的情節、細節、場景、人物，以及敘事語言等等，無不恰到好處地增加了小說整體的生動性與豐富性。閱讀和分析這些小說時，不僅有更大的趣味，而且也必須付出更大的心力。因為它們的主題更為豐滿複雜，而氣韻更為生動蓬勃，形式上更為靈活多變。金庸所創的「獨孤九劍」顯然劍法更為圓熟，而又更加無跡可尋，無招無式皆成妙著。

當然，對於金庸小說創作的不同階段的分期，以及不同的藝術方法與水準境界的分期，以上只是大致上的劃分。我們也不可拘泥於此。因為文學創作的情況是極為複雜的，作者的創作階段的分期也是複雜的。不一定所有的作家都能做到後寫的比先寫的好（**我們在中國文學史上往往看到更多相反的例子，即先寫的成名作往往是一些作家最好的作品**）。而在某一階段中，也不一定一部比一部好，進而同一階段的作品又不是同樣的水準，甚至不一定後一階段的具體某一部作品就絕對比前一階段的所有的作品都要好。

以上我們對金庸小說創作的階段及其方法形式、水準層次的劃分，也應該這樣去看，任何概括都會有例外，因而對於金庸的作品，我們必須具體問題具體對待。

大致處於同一階段、同一層次的不同作品之間，其方法形式及藝術水準的差異很大。比如金庸的第二階段的作品，《射鵰英雄傳》、《神鵰俠侶》這兩部先寫的就比後面寫的《白馬嘯西風》、《鴛鴦刀》、《飛狐外傳》、《連城訣》要好得多。而後四部作品之間的藝術水準也不是一樣的，互有差距的。

三

現在我們又要面臨下一個問題：即第三層次的作品，是只有一個層次呢，還是三個層次都包括了？

這是一個關鍵性的問題。

我對這一問題的理解是，第一層次的作品只有一個層次；第二層次的作品有兩個層次（**即包括第一層次、第二層次**）；第三層次的作品則包括了三個層次（**第一、第二、第三層次都包括在內**）。

這就像走臺階一樣的道理。要想走上第二個臺階就必須先邁過第一級臺階。而走上了第二級臺階也就等於將一、二級都踩在腳下，都包括了。走上第三級臺階則以此類推，它必然將一、二、三級都踩在腳下。當然這只是一個比較機械的比方。

實際情況當然比這要複雜，不過道理是一樣的。

我們將上述三層次簡述如下：

第一層次：注重套路形式，偶出奇招；

第二層次：注重招式與內力的配合，套路招式等等次之，奇招怪式更多。

第三層次：無分內力招式，渾然一體，每出招式必有相應的內力自然與之相配合，飛花摘葉俱含勁力，信手拈來皆成妙著。

我們在《書劍恩仇錄》、《碧血劍》以及《雪山飛狐》等書中看到了第一種情況。

我們在《射鵰英雄傳》至《連城訣》等作品中看到了第二種情況，同時又包括了第一種（**以其為基礎**）。

我們在《倚天屠龍記》、《天龍八部》、《俠客行》、《笑傲江湖》、《鹿鼎記》中則看到了第三種情況。也可以說，上述三種情況——三個層次——我們都能看到。即，我們照樣能對《倚天屠龍記》至《鹿鼎記》這幾部小說進行結構形式及組織套路進行分析；進而又可以對它們的內蘊與形式的關係及其方法的靈活多變性進行分析，我們不難在這幾部書中找到這兩個層次的特徵來。

問題是，僅僅這些，卻不能夠真正領略到這幾部小說的審美境界。而要想真正領略它們的審美境界，我們就必須進入第三層次，即更高的層次，忘卻套路、招式，忘卻內力、功法，進入一種自由的審美境界，自然而然，渾然天成，氣韻生動有如鬼斧神工的藝術天地。作者正是這麼創造出來的，任意所之，如行雲流水；那麼我們就只能這麼欣賞它、品味它、領略它的意境。而且只有在這一層次上領略它們的意境。

讓我們再打個比方，換一種說法——對於「只可意會而不可言傳」的東西，我們只得如此。

第一層次是形式結構（**故事情節**）至上，刻意求工，有如「百花錯拳」。

第二層次是內容主題（**思想意蘊**）至上，以招式配合內力，有如「黯然銷魂掌」。

第三層次是形式、結構、方法、技巧、內容、主題、思想、意蘊等等全都「化」了，全都化在行雲流水的語言過程之中，化在小說敘事過程之中。有如「獨孤九劍」或張三丰的「太極劍」。

要說招式，它可以說是無招，又可以說有千招萬招，甚至包括無數的奇招、怪招，而且尋常的招式在此都變成了絕妙的招式。所以在形式上、技巧上、方法上看不出刻意之處，卻又讓我們目不暇接，到處都能看到它的精彩招式與神奇套路。而在意蘊上，也同樣是如此，看上去似乎無意義，而實際上每一場景、每一情節、每一人物乃至每一句話都可能是有意義的，都可能暗藏玄機，具有豐富的微言大義，我們這樣看它可以看出這樣的意義，那樣看它又可以看出那樣的意義。

正所謂「橫看成嶺側成峰，高低遠近各不同」，使我們眼花繚亂，目瞪口呆，感慨萬千卻又不知道從何說起……而最難得的是作者瀟灑飄逸，舉重若輕，似有意似無意地隨心所欲、自然而然地娓娓道來，彷佛本來就是如此，或本來就該這樣。正如第一種美人外形美麗而又注重修飾；第二種美人則注重風度氣質，修飾適當；第三種美人則是天生麗質、清雅高貴、活潑純真、濃妝淡抹總相宜。我們只能稱之為老天爺的傑作。

第一層次的重點是「百花錯拳」，它勝不過「黯然銷魂掌」，而後者不僅可以破解前者，而且正是從前者深化、昇華而來，因而可以說後者包含了前者。進而，「黯然銷魂掌」勝不了無形無跡的「獨孤九劍」，同樣後者是前者的深化與昇華，而且又包含了前者。這當然也只是一種比喻。

三者的遞進關係卻是明確的，而又是值得注意的。楊過練過極靈極巧的劍法與掌法，經歷了陳家洛的「百花錯拳」的階段，後來才悟出「重劍無鋒，大巧不工」的道理，右臂被折、內力驚人，故而「不依武學常規」，甚至「反其道而行之」，創出了「黯然銷魂掌」。

此掌法的根本奧妙在於內力的驚人或曰意蘊的深厚。然而這一套掌法以及「大巧不工」等等，畢竟還是有刻意的成分，沒能做到心無所囿、心無所滯、隨心所欲，沒能做到「竹木片石，皆可為劍」、「飛花摘葉，亦能傷人」，更沒做到「無劍勝有劍」、「無招勝有招」的自由自在的武學或藝術的巔峰境界。

只有獨孤求敗做到了，只有他的「獨孤九劍」做到了（令狐冲在有生之年能否真正達到巔峰境界，這要看他的修為與造化）。只有到了獨孤求敗的境界，才能稱得上是絕世的高手。只可惜這位前輩從未露面，關於他的一切都只能想像或推測（作者寫這樣一個不露面的絕世高手，也是故意的。這是一個寓言）。

讓我們再換一個角度——這可不是同一種意思的不斷重複，而是在不同的角度可以看到不同的側面及不同的性質：

第一層次：刻意於作品的局部的精妙及其外形的縝密；即局部／外形／刻意。

第二層次：立意於作品的整體的完善及內在主題的深刻。即整體／內容／立意。

第一層次若為「正」，第二層次則是與之相「反」，那麼第三層次則是上述二層次之「合」。或者不如說是對前二者的超越。

第三層次：

整體、局部

內容、外形＝自由揮灑

立意、刻意

上述的等式當然不是一種簡單的算術等式。我們看到，第三階段、第三層次的作品更著意於寓言境界的構造，而形式上卻又任意所之。我們都知道《倚天屠龍記》、《天龍八部》、《俠客行》、《笑傲江湖》、《鹿鼎記》等作品都營造出了寓言境界。而這種寓言境界無疑擴大了作品的表現空間，從而大大地深化和豐富了小說的意蘊。更妙的是，它的故事和人物都是自然而然地帶有形而下與形而上的二重性，而且形而下的故事情節越精彩、人物越生動，其形而上的意義就越深刻、也越豐富。

最難得的是任意所之，如行雲流水。這一點不似《射鵰英雄傳》、《神鵰俠侶》那樣只求故事——主題的生動而殊乏寓言境界的深刻；也不像《鴛鴦刀》、《連城訣》那樣只在意寓言的單純卻失去了形而下世界的豐富與生動。《鹿鼎記》等作品是二者兼得並且了無痕跡。

說這些作品具有一種寓言境界，而不說它們是一種寓言，那是因為小說的寓意十分豐富，以至於我們無法表述它。我們只感受到其中有很多的意蘊，但究竟有多少，乃至究竟是些什麼，卻無法說得清楚。只能仁者見仁、智者見智。

這裡必須特別強調一點，在本書的前文中，我們曾經說過諸如《笑傲江湖》是「政治寓言」（**作者也這樣說過**），說《鹿鼎記》是「文化寓言」，其實都不一定是確切的表述，更不是全面的、完整的概括。因為在《笑傲江湖》中，既能看到政治鬥爭的殘酷，也能看到歷史發展的陰影，又能看到中國文化的本質，還能看到人性的種種表露，還能看到浪子人格及其理想主義精神。總之，它不是單純的，更不是單薄的。而是豐富的、渾厚的深刻的和淵博的。

它具有不確定性。具有多種多樣的解釋的可能性。它是一種開放的象徵體系。就像天上的行雲、地上的流水一樣。

這才是真正的寓言境界。我們看天上的行雲，時而覺得它像將軍騎戰馬，進而覺得它像美人舞翩躚；時而覺得它像頑童捉迷藏，時而又覺得它像旗幟招展……它什麼都像，變化萬千。卻又什麼都不確定，確定的只有它乃行雲，如此而已。

行雲流水的特性，就在於它們的不定、無定，在於它仍時時處於變化之中，在於它們有天空、大地這樣廣闊無邊的大背景、大舞臺，更在於它們在地為水，在天為雲，在半空則為氣，本屬一物，卻多彩多姿。行雲流水不僅有千奇百怪的幻象，更有海市蜃樓的奇觀，而所有的這一切都無不合於自然、含有天機。

金庸的小說創作，當然要一行一行、一段地寫，從局部到整體，從章回到全篇，這一過程，當然會有招式也需內力，會有刻意的安排及立意的目標。因而不論哪一本書，不論它達到了何種高深的境界，都不會真的像行雲流水那樣無跡可尋**（何況行雲流水的自然天機也有自然科學家可以找尋它們的規律）**。

我們都不會忘記一個事實，即金庸的全部作品都是報刊上連載過的。邊寫邊連載，邊連載又邊寫，這一奇特的創作形式和過程，自有其不利的一面或困難的一面。那就是不利於作品的整體構思，不能夠一氣呵成，甚至很容易顧此失彼或接錯榫頭。

過去我們一直在談論這一面。但是，我們也應想到，這一創作方式與過程也有一點好處，那就是削弱刻意的程度而增加任意揮灑的機會。因為每一件事、每一個人物都有很多的可能性，有很多的發展方向和發展形式。作者最終當然只能選取一種，選取他認為最好的和最合適的那一種。倘若一氣呵成，則時間緊湊，固然有利於作品的整體結構的縝密，同時卻難免刻意地服從整體而失去或放棄多種選擇的機會，失去或放棄任意創造和選擇的可能性。而只有在寫一段、載一段，載一段、寫一段……這樣一個漫長的過程中，作者對其筆下的人物及其事件的認識才能夠真正的全面而且深入，就像老朋友的每天對話那樣因熟悉而深會於心，可以任意揮灑，選擇最好的發展方向以及最富表現力的情節與細節。

也只有這樣漫長的過程，作者才會有更多的機會被世間萬物不斷地觸發自己的靈機，看一本書、看一幅畫、看一個人、聽一段音樂、想起一段往事乃至侍立窗前看一片風景、幾片落葉，都可能觸發一種靈感、造就一種心態，觸及一種情緒或引發一段故事……並將它寫入小說之中。這樣使小說的創作過程處於一種開放性之中，雖是不得不如此，卻也得益不小。更不用說作家每天都能以最飽滿的情緒以及最酣暢淋漓的筆墨寫作他的故事，完成一段氣韻生動、靈機閃爍的創造過程。

話說回來，這種超長的寫作過程，也只能對金庸這樣既具深厚的修養內力而又具靈性智慧，且創作態度又嚴謹認真的作家才能變壞事為好事。而對於那些修養平平、智力平庸而態度草率的作家來說，這種超長的過程無疑是一種苦役和災難，對他們的作品恐怕只有壞處而沒有好處，使其丟三拉四、破綻百出、頭尾不相銜接。

我們這裡在說金庸。超長的過程，不僅使他不斷地得到營養補充，不斷地靈機觸發，更促使他不斷地修煉「獨孤九劍」，即以無招勝有招，無劍勝有劍，無中生有，奇招迭出，順其自然、心無所滯、任意揮灑，進入行雲流水的自由境界。

我們又回到了行雲流水。這確實是因為我讀金庸小說，尤其是他的最後幾部小說，經常使我想到行雲流水。只有行雲流水，才能概括金庸小說創作的藝術境界。除此而外，一切概括與分析，都只能是暫時的、片面的、局部的或有局限的。

《倚天屠龍記》中寫到武當派祖師張三丰（當時還叫張君寶）在武當山前仰觀浮雲、俯視流水，若有所悟，在洞中苦思七日七夜，猛地裡豁然貫通，領會了武功中以柔克剛的至理。創出了輝映後世、照耀千古的武當一派武功。成為一位繼往開來、承先啟後的大宗師。

寫作這一部書時，金庸剛剛進入不惑之年。從那時起，金庸也獲得了上有浮雲、下有流水的一片廣闊無邊的空間。悟到了「長江大河、節節貫通、滔滔不絕」的小說敘事及其形式的至理。亦悟到了「浮雲在天，無形無定，自由自在、自然而然」的玄機。從那時起，金庸的小說創作進入了一個新的階段，也進入了一個嶄新的藝術境界。一如行雲流水、變化萬端、通透無滯、無定無形、自由自在。

如此，我已再無話說。

這部《陳墨藝術金庸》只能就此結束。

陳墨藝術金庸(下)

作者：陳墨
發行人：陳曉林
出版所：風雲時代出版股份有限公司
地址：10576台北市民生東路五段178號7樓之3
電話：(02) 2756-0949
傳真：(02) 2765-3799
執行主編：朱墨菲
美術設計：吳宗潔
行銷企劃：林安莉
業務總監：張瑋鳳

初版日期：2021年12月
版權授權：陳墨
ISBN：978-986-352-977-4

風雲書網：http://www.eastbooks.com.tw
官方部落格：http://eastbooks.pixnet.net/blog
Facebook：http://www.facebook.com/h7560949
E-mail：h7560949@ms15.hinet.net
劃撥帳號：12043291
戶名：風雲時代出版股份有限公司

風雲發行所：33373桃園市龜山區公西村2鄰復興街304巷96號
電話：(03) 318-1378
傳真：(03) 318-1378
法律顧問：永然法律事務所 李永然律師
北辰著作權事務所 蕭雄淋律師

行政院新聞局局版台業字第3595號 營利事業統一編號22759935

定價 ：340元

國家圖書館出版品預行編目資料

陳墨：藝術金庸 / 陳墨著. -- 初版. -- 臺北市：風雲時代出版股份有限公司, 2021.03 冊； 公分

ISBN 978-986-352-977-4 (下冊：平裝). --
1.金庸 2.武俠小說 3.文學評論

857.9 109022280